思想觀念的帶動者

文化現象的觀察者

本土經驗的整理者

生命故事的關懷者

心靈工坊 |PsyGarden|

Master

對於人類心理現象的描述與詮釋
有著源遠流長的古典主張，有著速簡華麗的現代議題
構築一座探究心靈活動的殿堂
我們在文字與閱讀中，尋找那奠基的源頭

活在故事裡

物語を生きる

現在即過去，過去即現在

河合隼雄——著
河合俊雄——編
洪逸慧——譯

目錄

【推薦序一】今天是過去，過去是今天／陳永峰……010
【推薦序二】一說再說：靈魂活在故事裡／魏宏晉……014
【導讀】河合隼雄如何看日本物語／林水福……017

第一章 為什麼是故事？ 027
心理治療的世界……028
故事的特性……032
「もの」的意思……037
故事和現代……041
王朝物語……046

第二章　殞滅之美　051
故事的鼻祖……052
殞滅之美……056
不可以偷看的禁忌……059
對另一個世界的憧憬……063
老翁和女兒……067
輝夜姬的系譜……070

第三章　沒有殺戮的戰爭　075
故事與殺人……076
《宇津保物語》和爭戰……079
如何對戰？……082
征戰與對話……085
日本人的美學意識……089
依靠自然現象解決……092

第四章　聲音的不可思議　097
聲音與氣味……098
《宇津保物語》和琴……102
音樂的傳承……106
音樂與異世界……111
第五章　繼子的幸福　119
《落窪物語》……120
繼子故事的種種樣貌……124
母親和女兒……129
復仇的方式……134
阿漕的觀點……138
第六章　冗句・定句・疊句——《平中物語》的和歌　143
歌物語……144

文雅的戰役……148
喚起意象的力道……153
具備美學概念的搗蛋鬼……156
和歌的傳統……160

第七章 物語中的Topos 165
「場所」的份量……166
《換身物語》的情形……169
《濱松中納言物語》……174
日本與唐土……178
轉世……181
故事要說的是什麼?……185

第八章 紫曼陀羅試行方案 189
閱讀《源氏物語》……190
女性與男性……194

女性的物語……198
紫曼陀羅……201
做為獨立個體的女性……207

第九章　《濱松中納言物語》和《更級日記》的夢　215
夢的價值……216
《濱松中納言物語》的夢……219
《更級日記》的夢……225
夢與現實……232
夢的體驗和故事……237
事情的演變趨勢……242

第十章　設計在故事情節裡的惡　247
《追溯自身身世的公主》……248
族譜的意義……251

私通……255
《理查三世》……259
恨的故事……262
原罪與原悲……265
後記……268
解說　串聯起所有一切／小川洋子……271
「故事與日本人的心」選輯　發刊詞／河合俊雄……278
附錄　延伸閱讀……282

【推薦序二】

今天是過去，過去是今天

陳永峰／東海大學跨領域日本區域研究中心主任

本書，《活在故事裡》的作者是河合隼雄，編者是河合俊雄。譯自日本岩波書店二〇一六年重新編輯出版的岩波現代文庫「故事與日本人的心選輯 II」『物語を生きる——今は昔、昔は今』一書（初版，小學館，二〇〇二年）。

筆者還在京都大學留學之時，曾經在會議現場同時見過河合隼雄和河合俊雄這對同為京大教授的父子檔。雖然一次都沒有交談過，但是單從身影來看，一者爽颯，一者憂沉。在畫面上，與其說是父與子，不如說是開創者與追隨者，說不定更為恰當。這樣唐突的來自一個外國人的「日本人觀察」，如果河合隼雄知道的話，一定不會反對，說不定還會啟動他一貫的冷笑話裝置，開玩笑地說：「哦、吼吼！你這個外國人，太危險了吧！不行，不行。」然後再追加一句，「沒辦法，這就是日本社會裡的組織支配原理，連臨床心理學家也超克不了啊！」

也就是說，對於河合隼雄而言，活在日本的社會構造之外，不知道日本人的「故事」，也不知道日本人的「神話」的外國人，不可能理解日本人，更不可能理解日本人的心。但是，相反地，河合隼雄也指出了一條幫助外國人理解日本，理解日本人的正道。毫無疑問，那就是接近日本人的「故事」，接近日本人的「神話」，接近日本人的「世間」。

不過，只看本書的話，讀者們可能無法想像，河合隼雄年輕時重度著迷於西洋文化，相對地，對於日本的傳統文化則是憎惡不已。根據河合俊雄的證言，年輕時吸引河合隼雄的都是西洋的故事，戰爭的經驗使他極度厭惡日本的故事與神話，但是後來他之所以不得不面對它們，和他經由夢來分析自身的經驗有關。同時，在日本從事心理治療工作的經驗，也迫使他認識到日本故事的重要性。也就是說，對日本人而言，日本的故事就像來自遠古的歷史沉積。這樣的認識，促使他完成了許多關於日本故事的著作。（河合隼雄著，河合俊雄編，《神話心理學——來自眾神的處方箋》，心靈工坊出版，二〇一八年，頁二〇八。）

本書從只要是日本人就沒有人不知道的《竹取物語》寫起，再到《宇津保物語》、《落窪物語》、《源氏物語》等等，日本民間口耳相傳的民間故事。河合隼雄發現這些故事幾乎都沒有直接衝突的情節，並且從中指出日本人的美學意識是盡可能避免直接的爭端，比起為了勝利、利益、慾望而衝突，日本人更重視努力維持體面與格調。因此，為求勝利而不擇手段的人，經常被塑造成「反面角色」，而貫徹遁世美學的那一邊則被視為「正面角色」。這也使得「離開」、「消失」，成為日本型故事中永遠的不是結局的結局。

依照河合隼雄的解釋，Nothing has happened，什麼也沒有發生，留下來的只有「空」跟

「無」正是日本型故事的重要特徵。例如，有名傳說的主角浦島太郎既沒有跟龍王打了起來，也沒有帶走龍王的女兒，說走就走，好像什麼也沒發生一樣。

如果不明瞭這件事的話，確實非常難理解日本人的歷史觀。也就是說，日本人明顯地可以從「無」的場所（Topos）出發，這種特徵在其他文明則不明顯。本書第七章「物語中的Topos」就提到了此一文化特徵。

對基督教文明以及中華文明而言，歷史的主軸是「時間」，相對地，日本文化的主軸是「空間」。所以，日本人只要「空間＝場所＝Topos」一變，行動準則就變。

例如，二〇一五年末，日韓慰安婦問題在「外部的場所」的韓國首爾達成和解的同一天，日本第一夫人安倍昭惠在「內部的場所」的日本東京參拜靖國神社。

二〇一六年底，同樣的劇本再度演出，安倍首相與當時的防衛大臣稻田朋美剛在「外部」的美國珍珠港悼念完太平洋戰爭的犧牲者，一回到「內部」，稻田朋美就出現在東京靖國神社祭拜擴大戰端，遂行戰爭的A級戰犯。

讀者讀到這裡，大概多少可以理解日本人在「空間＝場所」之間，縱橫無盡，自由穿梭的文化能力了吧。至於哪邊是真，哪邊是假；哪邊是「表」，哪邊是「裏」；哪邊是「本音」（編按：真心話），哪邊是「建前」（編按：表面話），就一點都不重要了。

河合隼雄在戰後日本學術界中的地位，就在於創造了以研究「故事」為主的學術流派，並且不斷強調日本社會的母性意識。母性意識包容一切，追求全體性，無可避免充滿了必須被容忍的內在矛盾。京都學派哲學家西田幾多郎也直指這就是日本人最重要的文化特徵，言之為「絕對矛盾下的自我同一」。

說不定在潛意識裡，戰後京都學派的重要繼承者河合隼雄，利用對日本型「故事」的整理和解說，替祖師爺西田幾多郎的「絕對矛盾」在日本型的「故事」裡完成了「自我同一＝identity」。

「故事發想的起點不在於『個人』，而是把自己當作是委身在整個『事情的演變趨勢』（組織）之中的人物，用這樣的形式來找到主體性。而我，不也讓人感覺是偉大的『演變趨勢』中極小的一部分嗎？」（本書第十章「追溯自身身世的公主」）

毫無疑問，河合隼雄身為一個受到西方文化強烈影響的日本人，透過本書以及對日本型「故事」的研究，說明「我」該怎麼做才能不失去自我認同。

也就是說，筆者認為如果台灣的讀者想要正確理解日本和日本人的話，本書非讀不可，當然河合隼雄的其他著作，也不能放過。

【推薦序二】

一說再說：靈魂活在故事裡

魏宏晉／心靈工坊成長學苑「現代大歷史」授課講師

作為出身日本的榮格學派精神分析師，河合隼雄不僅精通深度心理學，更善於深入文化思想，他在《活在故事裡》中的論述，是兩條脈絡的精彩淬煉，熔鑄出「靈魂」與「關係」的心理與文化的關鍵議題。

「靈魂」（psyche）是榮格心理學裡重中之重的議題，所謂「個體化」（individuation），可說就是自我（ego）朝靈魂邁進的過程。然而，於此之際，靈魂必然出現歧義。就榮格主張的目的性認識論（teleology）而言，靈魂本質也許就是大寫的「Self」，或可暫借佛教術語，擬之為「自性」，也彰顯人的存在的價值意義。不過，這樣的論調，卻碰觸到形而上的本體論問題，而這是榮格本人所明確拒斥的。因此，靈魂一說，或許是心理實存（psychological authencity），與自我的自由意志有關。惟此為「靈」（spirit）之「他者」？亦或是「魂」（soul）的「本我」？卻也難說。連榮格都承認自己無法用語言文字說清楚。這些字眼不管是在哪種文化系統中，都是多重多義，彼此糾纏不清，論述者只能各據立場，著力發揮。

就古典學派而言，常見以「烘雲托月」之法分析個體化過程的象徵，比如，瑪麗-路薏絲・馮・法蘭茲（Marie-Louise von Franz）談永恆少年時，是運用與母親關係的連結，藉以論證永恆少年原型本身；而部分可能受到榮格古典學派影響的客體關係理論，走的也是類似的路數。理論上，儘管避談本體，通過主客辯證向上的過程，心靈也必然提升，朝核心慢慢逼近。

然而對於被譽為分析心理學最具創造力的後繼者詹姆斯・希爾曼（James Hillman）來說，靈魂的問題若侷限在原型的個別型態與互相作用的理論分析是沒有意義的。靈魂是人的整體，他的「原型心理學」（archetypal psychology）主張以靈魂為基礎的內在敘事，說的是生命的完整故事，是一種關係的整然呈現，而非個別原型象徵的隻字片語。

希爾曼自稱是榮格學派的離經叛道者，他要「從治療室出走，更廣泛地與西方文化意象連結起來」。不過，這種看似叛逆的主張，卻也是在積極地回歸精神分析的浪漫主義思想源頭，回到文化中，找尋心靈的根本。

河合隼雄從事心理治療研究時，受希爾曼的啟發，領悟到：當治療進入故事的關係與脈絡中，故事「敘說的」，便是個案靈魂「想講的」的道理。他進行日本文學研究，是把包括許多華人讀者也熟悉的《源氏物語》、《竹取物語》等日本古典文學當作「個案」進行「治療」，以希爾曼為師，強調「故事在說話」的方法論；於認識的層面，則突出日本的「物之哀」（物の哀れ）思想，說出特屬日本人的心靈物語。

物之哀思想出現在西元十一世紀左右的日本文學作品中，時處平安時代。到了十八世紀時，思想家本居宣長宣揚反對中國儒家外加的倫理觀，倡導以內在價值自我省視的物之哀代之。這樣的思想革命，除了讓日本脫離中國這個政治與文化他者的制約，確立了自我的主體性外；價值觀的判定標準，也從外審轉為內視，就如稍早發生在歐洲的那場文學革命一般，日本也出現了一場專屬日本的浪漫主義變革。

物之哀經常以感物傷時的方式表達，在視覺意象上，類於中國元朝文學家馬致遠《天淨沙》的描寫，「孤藤、小橋、瘦馬」，托襯出「斷腸人在天涯」的孤寂；情緒則若「感時花濺淚，恨別鳥驚心」。但，這些都無法完整說明日本特有的物之哀美學。那是一種主、客二者在衰敗的必然性中，卻於最完美的一刻偶遇，完成了共時性的美的極致。櫻花落下，亦當隨死，物與我一起脫離了醜惡，未必成神，但也能在柏拉圖神學與哲學交界的宇宙靈魂（Ames universelles）處相融，重回本來一體的靈魂關係中。

《活在故事裡》的論述本身就是個故事，一個日本文化靈魂所自我敘說，與深度心理學確立關係的故事，河合先生說得真精彩呀！然紙過短，也拙於筆力，於此卻只能對背後的理論脈絡稍加拈提。關於其中故事的美麗與哀愁，就有待讀者您自行品味，自我再加敘說了。

【導讀】

河合隼雄如何看日本物語

林水福／日本文學研究者、作家

物語的「物」不是「東西」而是「靈」

光看書名可能不知道，究竟說些什麼？

其實，這是河合隼雄談日本的物語。包括《竹取物語》、《宇津保物語》、《落漥物語》、《平中物語》、《換身物語》、《濱松中納言物語》、《源氏物語》、《更級日記》。

物語，是物語？要界定它不是件容易的事。解釋之一：文學型態之一。以作者想像和見聞為基礎，針對人物、事件以「說」（かたる，讀音 kataru）形式敘述的散文文學作品。狹義指平安朝時代的《竹取物語》、《宇津保物語》等創作物語，經《伊勢物語》、《大和物語》等的和歌物語，往《源氏物語》展開，到鎌倉時代的擬古物語。

物語的日文是「ものがたり」（monogatari），「もの」雖然漢字寫的是「物」，卻不是具

象的「東西」，而是如民俗學家折口信夫所說的「指的是靈，像神，位階較低的各種精靈」。「ものがたり」乙詞，河合的看法是「mono」（物）在「說」（語，讀音gatari），即「物が語り」；但有另一說法是「說」（katari）「mono」，即「物を語り」。二者的「mono」皆指靈、神，這點並無歧義。因此，以下所談物語或多或少都存在著傳奇性與非現實性因素。

河合隼雄是心理學家，非日本文學研究者，因此，他的觀點往往有異於傳統看法，或有出人意表之處。本文以此為重點，略疏淺見。

物語的鼻祖——《竹取物語》

《竹取物語》有「日本物語之祖」之稱，可見其影響與重要性之一斑。具體而言，對後來的物語最大的影響是什麼呢？

不完美的結局——消逝之美

《竹取物語》是一般的通稱，《源氏物語》裡的〈繪合卷〉稱它為《竹取之翁》，〈蓬生卷〉稱《輝夜姬之物語》，可知這個物語平安時代應已廣為人知。

以砍竹製造各種器具營生的老翁，有一天發現竹子的一節閃閃發光，裡頭有三吋大小的女娃，於是帶回家和老婆小心翼翼養育。她就是《竹取物語》的主角輝夜姬，畢竟非凡人，成長異常迅速，也為老翁帶來財富。

輝夜姬長大後，是個大美女，遠近聞名，卻「讓人無法輕易靠近……是冷冰冰的美」，日本比較文學大家中西進教授指出：古典文學中以「清ら」（讀音 kiyora，無垢之意）形容的女性只有二人。另一個是《源氏物語》裡的「紫之上」。

「紫之上」正室地位被女三宮所奪，鬱鬱寡歡，雖有出家之意，源氏不許，最後香銷玉殞。她臨死前的樣子，物語如此描述：「那頭豐富的烏髮，任其流瀉，依然光澤美麗，一絲不紊。明亮的燈火下，玉顏白皙透明。」（引自林文月譯文）

回到輝夜姬長大後，五個貴公子競相來求婚，輝夜姬自己提出難題，如果有人可以辦到才願意與之結婚。當然沒有人做得到，最後連天皇都來向她求婚，甚至派出二千人的軍隊想阻止她回到天上；最後，沒有成功，輝夜姬還是昇天了。

美與永恆是不能並存的，輝夜姬對竹取翁報恩之後，回到天上，意味著斬斷父女之情；而拒絕包括天皇在內的求婚，不是王子與公子典型的完美結局，似乎影響到後來日本文學作品的結尾。

例如整部《源氏物語》表面上似乎是源氏左右逢源的風流情史，其實，源氏最後的結局是孤單、寂寞的。女三宮與柏木通姦，讓源氏飽嚐情感的背叛，紫之上的逝去，體驗到死別的難堪。本居宣長稱《源氏物語》為「もののあわれ」（物之憐、物之哀）美意識的代表性文學，正因為有不少與死亡、出家等的「消逝」相連結，才誘發出來的。

對另一個世界的憧憬

除了死亡，河合隼雄把「出家」也當成是對另一世界的憧憬。

在這系譜上，首先是源氏物語的紫之上。如上述紫之上的正室地位被奪，想出家，源氏不許。最後鬱鬱寡歡而死。而這想出家的心願能夠達成的是「宇治十帖」裡的浮舟。浮舟先是薰的情婦；然而，對薰而言，從浮舟身上追尋大君（浮舟的同父異母姊姊）的影子，換句話說浮舟只是大君的替代品。浮舟過的是形式大於實質的夫妻生活。有一天匂假裝是薰，進入浮舟寢室，共度一宿。此後，浮舟夾在薰與匂之間，在恐懼與不安中度日。「浮舟」之名，即從和歌描述自己如一葉「浮舟」，不知何去何從而來的。

浮舟無法拒絕二男，企圖跳宇治川尋死，被橫川的僧都救起，說：「跟輝夜姬好像！」浮舟懇求僧都，最後得以出家。

此外，永井和子教授也舉《寢覺物語》的主角中之君也是「輝夜姬體驗」的例子。中之君十三、十四歲時的八月夢見「天人下凡」。天人在夢中預言，中之君將成為琵琶的名人，但終其一生歷經苦難。永井教授認為中之君或許覺得自己是另一個國家天啟的特殊人才，或許自己跟這個世界的人不一樣。這種體驗永井教授也稱之為「輝夜姬體驗」。

聲音與異世界——《宇津保物語》

《宇津保物語》有二條主線，一是跨清原俊蔭、其女兒、藤原仲忠、犬宮四代有關靈琴的音樂靈驗譚，二是以源雅賴的女兒貴宮為主角的故事。二者互有關連。琴的故事富傳奇性，貴宮的故事則有各色各樣的求婚者的描寫，以及〈國讓〉卷有政爭等的描述，具寫實性。

平安朝貴族間的戀愛，聲音扮演著非常重要的角色。物語中出現琴、箏、和琴、琵琶、篳篥等樂器。

清原俊蔭渡唐途中遇海難，漂流到波斯國，見到佛陀和文殊菩薩，經驗一場極為不同的異世界之旅。他帶回的琴及彈奏技巧，就是聲音的世界，具高度象徵意義。河合隼雄指出：王權雖由血統繼承，但與異世界的連結也是必要的。俊蔭一家即扮演著連結王權與異世界的重要任務。琴的傳承作為支持王權的象徵，其實，更接近於靈魂的傳承。

物語的「場所」——明石、宇治與吉野

河合隼雄指出近代之後以個人為中心的思想增強之故，場所（Topos，希臘語）的觀念變得薄弱，其實，物語中場所具有重大意義。

例如：《源氏物語》的「明石」。

源氏在朝廷政爭中失敗後遠離京城，到須磨海邊度過失意落魄的日子。約一年左右，邂逅明石君。明石君的父親明石入道是前播磨守，任滿後留在明石，建豪宅、過著奢華的生活。

獨生女明石君出生前，他作了一個夢。夢見自己右捧須彌山，日月從山的左右照射出亮光，照亮世界。自己使山浮在海上，乘小船往西划行。明石入道認為這是好預兆，表示即將出生的女兒將為國母。入道常向住吉之明神祈願，神告訴他要迎源氏到明石。

源氏初見明石君對其氣質之優雅、雍容華貴之相貌感到意外，隨著見面次數增加，越來越傾心，明石君遂懷了源氏的孩子。二年半的韜光隱晦之後，源氏獲准回京。明石這段經驗，促使源氏性格及處世方式皆有改變，意即明石場所的經驗「對他的成長是必要的」。明石君的女兒成了東宮女御，生下一子。東宮繼位後，入道的外孫被立為東宮，明石君成為國母之日，似乎指日可待，應驗夢中的預言。

其次，談到《換身物語》（原文『とりかへばや』）裡的吉野。

日本平安時代權中納言生下一男一女二個孩子，姊弟（一說兄妹）個性反差相當大，男像女，女像男。因此，父母從小將姊姊當男孩，弟弟當女孩養育。姊姊以男性之姿進宮當官，官至大將。弟弟則以女性身分服侍（女）東宮。後來弟弟與東宮發生關係，東宮懷孕。而姊姊也與友人中將交好，被識破是女兒身，也發生關係，懷孕了。中將把懷孕的大將偷偷送到宇治，準備讓她在這裡生產，恢復女兒身。然而，這時中將的夫人也懷孕，過程不順利，中將不得不在京都與宇治之間多次往返。

這時弟弟恢復男兒身，決心尋回姊姊，遂與中將同行到吉野深山。吉野，有一位隱者，有著超乎邏輯的大智慧；在這裡姊弟「完成了極不可思議的性別交換」。河合認為如果不是場所吉野發揮了大作用，單靠隱者是不成的，或許因此事成之後，隱者往山的更深處去，斷絕與世人的往來。

當然，河合也不諱言現實裡，場所（Topos）的意義沒這麼明確，物語裡的場所也並非都能如此簡潔論述的。

《濱松中納言物語》與《更級日記》裡的夢

《濱松中納言物語》與《更級日記》的作者，日本學界的主流看法是同一人。二部作品的共同之處是有多處有關夢的描述。由於河合隼雄是心理學家，尤其看重夢在作品中的意義。前者的舞台跨日本與中國，主題是夢的告知與轉世。三島由紀夫就讀學習院時期上松尾聰教授《濱松中納言物語》的課，由所觸發後來撰寫「豐饒之海」系列。如果說《濱松中納言物語》是由夢構成的物語似乎也不為過，有趣的是稱現實發生的事是「夢」，而真正做夢時卻不使用「夢」字，夢與外在的現實有著密切的關係。池田利夫教授指出：《濱松中納言物語》裡連一次解夢的敘述也沒有，因為夢的內容清楚到毋須解釋的程度。

《更級日記》裡作者做的夢與外在的現實沒有關連，即使請人解夢也無濟於事。但河合提醒我們夢十一，如作者所言「把這個夢當作是來世極樂世界的依靠」，夢裡佛陀承諾「我暫且回去，之後再來接你。」作者把這個夢當作現實，心懷感謝，因為對當時的人而言，死後的涅槃是最大的心願。

儘管同一作者二部作品都以夢構成，與外界的關連性如上述截然不同；然而其共通的主題，河合指出是「事情的演變趨勢」，這裡的事情包含心和物質。以「意識的流動」解釋也可以，包括西方深層心理學者提出的無意識，超越人的意志和意圖，感受到源源不絕持續流動的「事情」的氣勢。

詼諧、逗趣、風流而不下流的《平中物語》

平安朝的歌物語，除《平中物語》之外，有《伊勢物語》，如果只介紹一部，一般會選擇後者。理由如某事典如下的說明：

這物語（指平中）明顯有模仿《伊勢物語》之處，主角形象有相當的差異。《伊勢物語》奔放不羈；而平中是為世俗的榮華浮沉而勞心，被女人拋棄，為失戀而哭泣的懦弱者。

《平中物語》，是否如上文所說的那麼無趣呢？其實不然，以三十九篇短文，內含一百五十首短歌、一首長歌、二首連歌的《平中物語》，處處充滿詼諧、逗趣，例如平中遭人誹謗失去官職，哀嘆度日，即使眺望明月，亦惆悵滿腹，於是詠歌一首送友人：

天上月如空，望之為興嘆，孤寂負心愁，淚流成銀河。（引自譯文）

友人的答歌：

君之傷心淚，若成銀河水，必如入瀑沫，絢爛色繽紛。（引自譯文）

答歌表面上看來似乎在誇平中「你的眼淚如果真的流得像銀河的水那麼多，那也一定像瀑布的飛沫，在陽光照射下多麼絢燦奪目呀！」其實，還有一層意思「哼！平中，你也有這麼落魄的一天啊！」平中不可能不知另一層「深意」依然收入，顯見胸襟的寬闊，個性開朗。

河合隼雄說：「平中的特徵應該是他的美學吧！……無論陷入多糟的窘境，他還是創作和歌，而他的和歌中，又滿載如此豐富的詼諧。」

如上述，河合隼雄這本《活在故事裡》從聲音、異世界、場所、夢等多角度，帶領讀者閱讀、解析平安朝的物語世界，由於其心理學的專業，每每見到純文學者看不到的地方，讓人驚嘆連連，或擊掌叫好！

| 第一章 |

為什麼是故事？

1 心理治療的世界

我接下來將以「活在故事裡」為題，舉日本的王朝物語[1]為例進行討論。我想我既非日本文學也非日本史學專家，卻特意要針對日本的物語[2]加以論述，應該在文章的最開始稍微說明一下是什麼緣故。

我的專門領域是臨床心理學，一心為心理治療竭盡心力。一開始，我強烈希望可以將自己執行的工作盡可能「科學化」，讓它成為可信賴的職業，也一直朝著這個目標努力。但此同時，我在工作上最重要的目的依然是——探究怎麼做才能為前來諮商的人提供最大幫助。在持續以後者為中心的執業過程中，我漸漸自覺到，自己的工作是一份不得不異於**以往**科學方法的工作。

讓我這樣思考的機緣很多，我舉一個例子。在我們的領域中有學會，大家都期望在學會裡見到科學的、客觀的研究發表。因此在初期，清一色都是這樣的成果發表。然而在反覆舉辦的過程中，我逐漸了解比起這樣的內容，徹底追究一個實際案例的「個案研究」對聽眾更有幫助。我從經驗中清楚知道，這和其他「科學」領域中的「專案報告」（a case report）意義並不相同。也就是說，一般而言，專案報告是為了指出有這樣特別的案例存在，因此今後在這樣特殊的案例出現之時便可以派上用場。但我卻了解到，我們所進行的「個案研究」在更加廣泛的意義上會有幫助。

例如，當某個人發表「焦慮症」的個案研究時，聽者會感覺這可以運用在自己所負責的拒學學生心理治療上。就算是女性的個案，在男性個案上一樣可以派上用場。因為這雖然是「個案」，卻能夠普遍地造福其他案例。這種時候，我不僅會想要自己也來如法炮製，更會湧現出想要從頭開始重新整理研究發表內容的欲望。

這是為什麼呢？最直接了當的回答就是：在心理治療中「人際關係」是非常重要的因素。在自然科學領域中，一直以來，研究者都必須和他所研究的對象切斷關係。因為是從彼此沒有關聯的立場來客觀地進行研究，所以研究結果具有普遍性。然而，心理治療師如果和前來諮商的案主「切斷關係」，用這樣的態度來聽對方說話，諮商是無法進行的吧。這樣說起來，這個「關係」是什麼樣的關係？這段關係又會如何變化呢？治療師與案主的關係雖然重要，案主自己不是也置身在家人、朋友、同事等的關係網絡中嗎？再加上，即使說是兩個人「交談」，在這個過程中，治療師的心理狀態、身體狀態都會發生變化，如果像深層心理學家說的無意識也會產生關聯的話，治療師與案主的關係將變得極其複雜。

治療師一邊全盤考慮這樣的關係，一邊在這關係的整體之中找出條理，和案主朝著治癒的方向邁進。對聽者而言，在聆聽這類發表的時候，心裡會對於種種關係的樣貌進行反省、發現，而這些反省、發現，會超越該個案的具體事實，成為有用的東西。在明白會有這樣的效益之後，我們的學會便開始十分重視個案研究。順帶一提，就在我們開始這麼做之後，帶著熱情來聆聽發表的參加者變得非常多。因為內容可以立即派上用場，有這樣的反應也是理所當然的。

然而，雖然我從經驗上得知個案研究的重要性，但讀到榮格學派的心理分析學者詹姆斯·希爾曼（James Hillman）主張個案研究的本質是 story telling 的時候，我才茅塞頓開，這就是**說故事啊！**人類要將自己所經驗的事情化做自己的一部分，或是放在自己心裡，必須要將這些經驗善加組合在自己的世界觀或是人生觀中。這項作業也就是將這些經驗化為自己可以接受的故事，並從中梳理出脈絡。有情節，是故事的特徵。在「報告」個案的時候，報告者認為自己只是在敘述事實，但因為其中具備了已經被收藏到治療師內心裡的脈絡，就這一點而言，個案報告在不知不覺中已經變成了 story telling。

如果以這樣的邏輯來思考，我想我們也可以說心理治療這份工作，本來就是要幫助前來諮商的人創造適合他們自己的故事。例如，對於為神經衰弱症狀所困擾的人而言，他們的症狀是不是可以視做「沒辦法放進自己故事裡的材料」？又例如焦慮症患者，他們是因為不曉得這些焦慮是從何而來、為什麼會出現，所以才會焦慮。他們無法將這些不安編進自己的故事裡，用自己可以接受的方式說出來。因此，為了使創造自己的故事成為可能，我們必須進行各式各樣的調查，像是自己過去或是現在的狀況、從前自己未曾意識到的內心運作等等，在進行這些調查的過程中，會有新的發現，獲得新的觀點。在這個基礎之上，我們可以透過一覽全貌得知「原來如此」，藉此能夠把自己的人生「當做故事來述說」。這時，這些症狀應該就消失了。

如果採取「我的人生故事」這樣的思考方式，每個人應該都是不一樣的，但在某個程度上卻又可以類型化。也因為如此，我們心理治療師在一定程度上必須知道各式各樣的故事以及其類型。這是我之所以對故事抱持興趣的一個很大的原因。

人，喜歡故事。人類從獲得語言能力的那一刻開始，或許神話就已經誕生了。伴隨著神話，人們的對話內容也以「民間故事」或「傳說」的型態流傳下來，而它們的共同特徵是「作者」不詳。說不定，它們是某個天賦異稟的個人所創造的作品，卻透過了共同擁有這些故事的人們，以「我們的故事」的形式存續了下來。藉由這些故事，人們得以強化與過去的連結、與土地的連結，以及人與人之間的相互連結。如果用現代的詞彙來說，我們可以說「故事」在建立某個部落民族或是家族的主體認同上幫了大忙。

心理治療師的工作之一，便是幫助前來諮商的人探索自己的主體認同。這項工作和前文中提到的創造「自己的故事」，可以說是同義詞。就我目前為止所論述的幾個點來看，讀者應該可以認同這樣的說法吧。

2 故事的特性

在上一節中，談到了身為一個心理治療師，之所以意識到故事重要性的思考歷程。在本節中，我想針對故事的特性再多加思考。在故事的特性中，首先我想強調的是「建立雙方關係」的作用。或者也可以說，故事是從想要為某些事物「建立關係」的意圖中產生的。

我們來思考一個非常簡單的例子。杯子中插著一朵野花，如果事情只是這樣，或許沒有誰會特別注意這朵花。可是，一旦知道這是一個十歲的小女孩為了替臥病在床的母親打氣而在放學的時候摘來的，這朵花就不單單只是一朵花了。透過這朵花，我們對這個女孩有了親近感，也能體會她們母女之間的親情。這個時候，「關係的建立」便形成了。當我們受到這件事感動，便會想要向人訴說。當我們跟朋友聊到的時候，我們可能會說，小女孩本來是想買花的，可是對她來說太貴了，當她不知道如何是好的時候，突然看見了一朵野花……，故事稍微有了改變。聽到這件事的人再去對其他人述說的時候，可能又會加油添醋：她的母親看到這朵花覺得很開心，高燒一下子便退了……。

所以有人說「故事」不可信，這就是原因之一。雖然把故事內容完全當真，是愚蠢的，可是如果因為這樣就說故事是毫無意義的，這也不對。透過敘說故事，我們得知了母女關係的樣貌。

透過對於母女親情的感動，說者與聽者之間產生了關係，「關係的圓」範圍漸漸擴大，從而故事有了它的意義。關係中的真實，會像這樣漸漸傳遞出去。

關於事物的本質，如同眾所周知的，紫式部早在將近一千年以前就在《源氏物語》中論述過，這是非常了不起的。在〈螢〉的這一卷中，光源氏一開始給了故事相當低的評價，他說「故事很少說出真正的事實」。可是到後來他說，比起敘述單純的事實，故事傳遞了更多的真實。此時，源氏所說的「《日本書紀》等史書都只是片面之詞」，可說是「一語中的」的一句話。他的意思是，只記載事實的《日本書紀》等正史史書，寫的都不過只是極少的一部分而已。賭上性命創作故事的紫式部自視之高，藉光源氏的口說了出來。

曾經擁有高度評價的故事，在近代之後急遽失去其價值。其中，自然科學占了很重要的角色。自然科學雖然致力於找出外在事實之間的「關係」，尤其是「因果關係」，但前提卻是把這些外在事實當做是和觀察者（研究者）沒有關係的東西。因此，從中發現的事實具備了超越單一個人的普遍性，而這個「普遍性」擁有非常強大的力量。也就是說，如果巧妙地結合透過自然科學所發現的結果和技術，人類就得以立於現象的「外側」來進行控制、操作。或許是因為這個方法太過有效，人類才會因此以為科學知識可以化一切為可能，或是誤解科學知識才是唯一的真理。

因為這樣的誤解，許多現代人因此切斷了與這個世界的「關係」，變得像是無根的浮萍一樣。雖然生活變得方便而有效率，但自己到底為何而活？這個「活著的意義」感覺似乎急速地變得薄弱。所謂「意義」，就像是整體關係的應有樣貌。如果人活著，卻不知道自己和圍繞著自己的世界有著什麼樣的關係，當然也就感覺不到「意義」。

可是，許多人在察覺這個道理之前，就已經否定了自然科學以外的知識，或是嗤之以鼻。而人們也假設很多的學問研究是「科學的」，他們嘗試將十八世紀的物理學方法論適用在自己的領域中，無論他們的專業範疇是社會**科學**還是人文**科學**。他們獲得了一定的成果，這是事實。可是如果他們以為僅僅如此就是做學問，或是只有這個方法才是獲知真正事實的方法，那就錯了。

現代人被迫從種種不同的觀點反省「自然科學是全知全能的」這樣的想法，其中一個相當大的主題應該可以說是「死亡」。無論醫學再如何進步，人類都無法對死亡說不。人們希望至少可以盡可能長壽，所以延命醫學愈來愈進步，近代人的平均壽命也因此增加。可是，這個現象反而讓「死亡」成了更深化的課題。

如同前文所述，關於「人類的死」，我們或許可以把它當做是和自己無關的事情，用科學的方法加以研究，可是關於「我自己的死」，要當做是和自己無關的事情，卻是不可能的。不只是我自己的死，連和我關係親近的人的死也是一樣，不是嗎？經歷了家人、情人、對自己而言重要的人的死亡，人們有時候會罹患抑鬱症而來找我們心理治療師尋求諮商。「為什麼他會死？」對於這些人這樣的提問，用科學的方式來說明，是沒有意義的。這些人想知道的是，「第二人稱的死（近親者的死）」[3]代表了什麼意義。換句話說，他們是想針對「為什麼他會死？」這個問題，找出自己也能夠接受的「故事」。

這麼一想，你或許會察覺在故事裡提到「死亡」的例子有很多。「第一人稱的死」、「第二人稱的死」，對人類而言是永遠的課題。也因為如此，它們很容易就在故事裡成為主題。在後文將舉出的王朝時代的物語裡也是一樣，沒有一個故事是完全不提及死亡的，只是各故事的說法各不相同而已。

故事具有創造兩者關係的作用，這一點我們不能忘記，故事除了建構自他之間的關係之外，也會在我們的內在建構連結。如果以深層心理學的思考方式來說的話，就是我們必須要認知到故事所扮演的，連結意識與無意識的這個角色。在人的內在，除了平常就在運作的意識之外，還會產生我們無法輕易意識到的內心運作。人們稱之為「我」的存在，到底具有多大的廣度和深度，這是無法測量的，可是一般人都相信，「我」**知道**我自己的事情。然而，試著去想想我們的身體，你就能馬上明白，「我」對於我的身體是如何運作，其實一無所知。儘管如此，身體一樣運作得很好。身體中有「我」可以控制、能夠認知到其運作的部分。而關於內心，好像也是如此。雖然有些我們不知道的內心運作會發生，但是它們會以一個整體的形式妥善運作。

如果這個整體性的統合出了差錯，這樣的人便會尋訪我們心理治療師。為神經衰弱所困擾的人，就是這一類的典型。例如，當一個人罹患不潔恐懼症，他在摸了東西之後就必須洗好幾次手。他在正常的意識中雖然知道沒有必要，可是不洗手他就覺得不痛快。無意識的內心運作為了和正常的意識達成妥協，不斷洗手這樣的強迫行為便成了必要。

如果事情沒有這麼嚴重，又會是怎麼樣的情形呢？例如，在正常的意識裡，一個人會充分明白自己擔任某家企業課長的這個事實，在一般人的觀念裡具有多高的地位。可是在無意識中，他會希望能夠大大強調自己是獨一無二、無可取代的存在，無論他的地位高低或是財產多寡，他都擁有絕對的存在價值。此時，聯結這兩種意識的「故事」就有了必要。每個人都有自己的方法，舉例來說，某個課長在喝醉之後一定會自吹自擂，編造自己指正部長[4]的過失，給了對方沉重一擊的「故事」——事實可能沒有這麼了不起——這個「故事」便扮演了統合他的人格的角色。

在這樣的情況下，如果他是在清醒而且部長也在場的時候說這個「故事」，或是他周圍的人聯合起來，當他又要開始說一樣的故事時就說「知道了啦」，阻止他繼續說下去，他就會陷入相當程度的危機裡。「故事」在維繫一個人的意識整合上，發揮了它的功能。所有的人應該都擁有這樣的「故事」，雖然也有人並未意識到這一點。

3「もの」的意思

「故事」（日語：ものがたり，讀音為 monogatari）這「東西」（日語：もの，讀音為 mono）到底具有什麼樣的意義呢？對此，日本民俗學家折口信夫說，「**もの**這個詞指的是靈。像神，但位階較低的各種精靈」[5]，根據這段話來看，他似乎認為「もの」是「もののけ（讀音 mononoke，意指鬼魂）」的もの。以這樣的思考為根基，日本哲學大師梅原猛認為，「所謂的『ものがたり』指的是『もの』所說的話。是指『もの』談論『もの』的內容[6]。」[7]

「もの」是靈，這是一個有趣的想法。現代人提到「もの」，一般會想到的應該是「物質」吧。不過雖然這麼說，現代人卻在相當廣泛的範圍中使用「もの」這個詞。我們說「ものごころ」[8]、「ものになる」[9]，我們在生氣的時候也會說「そんなものじゃない」[10]，又或者，我們不會單純地說「知りたい」[11]，而是會在後面加上「もの」，說「知りたい**もの**だ」[12]。除了這些例子之外，若是再加上古語中的用例，我們就可以知道「もの」這個詞彙涵蓋了廣泛得不得了的意義範圍[13]。過去，哲學家市川浩精心調查過「み」[14]這個字，弄清楚了它不僅代表了「身體」，更超越了身體，包含了心和靈魂，實在是一個遍及廣泛範圍的詞彙[15]。「もの」可以說是一個可以與「み」相互匹敵的字。

「もの」因此被認為不只代表了物質，更代表了人類的心，甚至超越人類內心，觸及靈魂層次。另外，梅原猛雖然說故事是指「もの」談論「もの」，不過若要說是「某個人談論『もの』」，這樣的理解也是成立的。因此如果持續擴大解釋，「ものがたり」真的是包括了很多的意涵。

而如果廣義地來看「物語」，其中不只有「虛構物語」[16]，還有歌物語[17]、歷史物語、說話物語[18]、軍記物語[19]等形形色色的物語，彼此在性質上也有很大的差異。其中，有接近於記述外在現實的作品，也有接近於我們今天稱之為奇幻故事（fantasy）的內容。不過，在這樣包羅萬象的作品當中，梅原所指出的「『もの』談論『もの』」的作品居於核心的中堅位置，一般認為這或許就是平安時代[20]的特徵。

前文中說明過把「ものがたり」的「もの」當做是「靈」的解釋，這一點和故事具有「建立關係」的作用的這一點相互牽連，讓我聯想起詹姆斯·希爾曼針對「靈魂」（soul）所論述的意見。希爾曼說，現代人的重要課題是重新去認識人們在近代之後所遺失的「靈魂」價值。那麼，這個「靈魂」是什麼樣的東西呢？在這裡，我依照希爾曼在著作《原型心理學》（*archetypal psychology*）[21]中的論述加以說明。

希爾曼說：「從靈魂這個詞彙，我首先意會到的不是一個實體（substance），而是某個展望（perspective）。也就是說，靈魂意指的不是事物本身，而是針對事物的看法。」這樣的論述等於是藉由導入「靈魂」這個語彙，宣告他將採取與法國哲學家勒內·笛卡兒（René Descartes）

的世界觀相抗衡的觀點。近代的人透過明確切割物與心、自與他，得到了許多收穫，可是希爾曼想要重新審視在這個過程中人們所失去的東西的價值。也就是說，他認為在明確分割的瞬間，人們所失去的是「靈魂」。如果用不同的方法來表現，我們可以說，「連結」心和身體的是靈魂。此時，靈魂的「連結」作用便出現了。

假設我們明確切割了自與他。當一個研究者把人體當做是與自己完全沒有關係的東西來思考的時候，或許他可以主張「腦死就是死」。這個時候，如果你問他「腦死狀態的時候，靈魂是什麼樣的狀態呢？」他或許會回答你「這是不合乎科學的」。可是如果參考希爾曼所說的「靈魂」思想，這個提問便指出了一個觀點的重要性，也就是當一個人在面對「某個和自己有關係的人的身體、和自己無法切斷關係的身體」時，會如何看待腦死這件事情。亦即這裡提出了一個問題：當我們以第一人稱的死、第二人稱的死來思考死亡的時候，是怎麼思考腦死的呢？這也就是說，當我們運用靈魂這個詞彙來思考的時候，很多事情就變成了「自己的事情」。

假設你曾經和一位女性交往，可是她年紀大了，漸漸失去魅力，所以你沒辦法和這樣的女人繼續交往下去。或許真的是這樣吧。可是我們試著去想想，在這個時候，她的「靈魂」會怎麼樣？或是你的「靈魂」是不是贊成你拋棄她？透過這樣的思考，你的行動是不是會稍微產生變化？在這樣的時候，如果一個人在行動時完全將「靈魂」拋諸腦後，「靈魂」是不是就會變成「鬼魂」出現了呢？也就是說，這裡有了一個故事誕生的機會，故事成了「靈魂所說的話」。

在這裡，我來說一件我聯想到的事情。在基督教流傳到日本的時候，日本人誤將外國傳道士所說的「阿尼瑪」（anima，意指靈魂）聽成「arima」，並記載為「有り間」[22]。也就是說，日本人以為，在存在著的東西之間的，就是「靈魂」。這和「心的存在和身體的存在之間有著靈魂」的想法如出一轍，實在是了不起的誤解，高明地掌握了「anima」的本質。

如果換成希爾曼的說法，他認為所謂「靈魂」，指的是「故意帶有模糊性質的概念」。「靈魂」到最後雖然是未知的東西，然而卻如同目前為止我所論述的一樣，當我們以為可以明確區分身、心的時候，它卻擁有一股模糊兩者界線的力量。為了讓「靈魂」擁有這樣的力量，這個詞彙本身就非得要模糊不清才行。人們可能會抗議，把所有的事情都變得模糊不清，不是只是徒增煩惱而已嗎？可是希爾曼像這樣導入了故意的模糊不清，才使「意義變成了可能」。拋棄了不愛的女人或許讓你感覺無事一身輕，此時她成了沒有意義的存在。可是，這個時候如果考慮到「靈魂」，「意義」便浮現了出來。藉由這個女人的鬼魂登場，你將有必要再次檢視這個女人的意義，以及你過去和這個女人交往的人生意義。而在這個過程中，你應該會發現意義才是。當你想嘴硬地說「她跟我沒有關係喔！」的時候，「靈魂」卻持續主張你們是有關係的。而一般認為，「故事」就是在敘述你們之間的關係樣貌時所產生的。

4 故事和現代

物語到了近代，突然變得乏人問津。廣義地來說，同樣也屬於故事的「小說」，變得強勢，人們認為近代小說比物語更有文學價值。相對於物語的**非現實**內容，小說主張的是描寫現實。可是，真的是這樣嗎？

在這邊雖然用「近代」這個詞，或許說「歐洲近代」更為正確。在歐洲近代所產生的文化極為強勢，說它席捲了全世界也不為過。我們可以說，世界各國認為所謂的「近代化」，指的也就是「歐美化」。清楚展現出歐洲文化高強之處的，就是起源於歐洲的科學與技術。藉由科學與技術，人類得以控制、操縱自然，人們甚至認為可以透過這樣的力量支配其他的國家。

帝國主義把「divide and rule」（分割之後加以統治）用來當做標語，如果稍加仿效，直接拿來當做科學的標語也很有意思。也就是說，我們可以將它另外解讀為區分（分類）事物，並在事物之間找出規則，建立秩序。這便是近代科學在做的事情。如果站在這樣的思考之上，「靈魂」便不存在了。在近代之後，人們即使要談論心和身體，也都捨棄了靈魂這個部分。

人們甚至認為，透過自然科學與技術的組合，任何事情都是可能的。不過最近人們針對這樣的想法，開始有了省思。例如，出現在醫學領域中的眾多身心症就是一個例子。雖然有明顯的身體症狀，例如皮膚炎等，卻無法在身體或是心理上發現**原因**。想要找出現象的因果關係，藉由追究原因，利用單一意義的方法來治療，卻無法成功。想要醫治身與心的分離，用近代醫學的方法是不可行的，這一點從近代醫學的方法論來思考的話，也是理所當然的。

近代的科學、技術類型的思考方式也被帶進人際關係之中，造成種種混亂的情形。例如，對於老人。把老人和一般人切割開來，思考用什麼樣的方法來**處理**這樣的「對象」最為方便，沒有人會站在這樣的觀點來思考**老人政策**的吧。這對老人而言，是完全無法忍受的。如果政策是這麼訂的話，人們難道不會在內心偷偷想著乾脆早點失智好了嗎？

這個時候，有一則民間故事是我經常會舉出來當做例子的。百姓遵照領主的命令，將年紀上了六十歲的老人家遺棄在山上，可是有一個兒子把自己的父親藏了起來。有一天，領主命令人民「用灰燼搓出一條繩子來」，沒有人做得到，大家都很煩惱。此時，被藏起來的老父親教導兒子，將繩子綁緊之後再燒，就能燒出一條用灰燼做的繩子。領主因為這件事情對老人的智慧心生佩服，進而廢止了「遺棄老父母」的陋習，是這樣的一則故事。這則故事的有趣之處，在於它巧妙地說出了「逆向思考」是老者的智慧。當其他人努力試著用灰燼搓出繩子的時候，老人提議將繩子燒成灰。如果在思考老人政策時運用這個逆向思考的模式，又會是怎麼樣的呢？一般說老人家「跟不上社會的進步，所以沒用」、「無所事事，一點兒用處都沒有」，可是如果逆向思考，老人「因為妨礙進步，所以有其價值」，又或者是「因為無所事事，所以很了不起」，試著這樣想想看如何呢？這何嘗不是了不起的近代批判呢？

在思考日本的教育時也是一樣。人們將教導者與受教者明確切割，教師負責思考要採取什麼樣有效率的指導方式，而孩子們則負責學習如何能夠以高效率吸收知識。在這裡我們也看得到近代思想的影子——人們希望能夠手段高明地「操縱」一切。其結果造成師生、親子之間斷了連結，孩子們的心靈散漫頹唐。教育學家佐藤學主張在現代的日本教育中，有必要「讓內容豐富的物語復活」[23]，我也有同感，私塾教育中不是曾經包含了物語嗎？

「關係喪失」應該說是現代人的疾病，故事做為一個治療的手段，其重要性便浮現了出來。故事有著「連結」的作用，前述「遺棄老父母」的故事，便具有連結老人與社會的功能。

區分物語和近代小說的一個重要指標，在於「前者喜歡偶然，後者卻不喜歡」的這一點。小說因為處理的是「現實」，因此不會像物語一樣去處理荒誕無稽的玄虛之事。

我身為一個心理治療師，有很多機會接觸人類生活在其中的「現實」。有時候，一些被主流社會烙上「無可救藥」印記的人也會造訪。這些人想要再站起來，需要歷盡艱辛，與治療師兩個人持續進行艱苦的奮鬥。我不得不承認，「偶然」是一個讓問題解決的重要因素。對於和他們一起辛苦過來的我來說，我甚至想稱之為「內在的必然」，這是我的真實感受。然而如果只就表象來看的話，我們只能說發生了一件「湊巧得不得了」的事，除了稱之為「偶然」之外，別無他法。我只能形容這些事不可思議，有些事情甚至讓我覺得是「理所當然」。

如果將我親身體驗的這些故事直接當成「小說」發表，應該會遭人否定，被人批評「寫這種非現實的東西」或是「偶然的好運不值一提」吧。可是，這些故事是「現實」。這件事情如果反過來說的話，或許近代小說幾乎沒有書寫「現實」，或是僅僅記述了「現實」極其有限的一部分而已。近來，紀實文學（Non-fiction）之所以被廣泛閱讀，其中一個原因或許就在於此。我對於文學並不擅長，因此不再深入談論。我只是想事先說明一個事實，也就是我在以現代人為對象進行心理治療時，「物語」提供了非常多的啟示。這絕不是荒誕無稽之談。

在透過物語來嘗試擺脫近代主義時——而且是利用日本的王朝物語——還有一點需要事先考量之處，那就是日本在我的童年時代曾經高聲呼籲「近代的超克」[24]這個事實。日本在打第二次世界大戰的時候，有名的學者們一致標榜「近代的超克」，視之為此場戰役的意義之一。我想讀者需要事先了解這大概是什麼樣的內容。

日本在一九四一年十二月對英美宣戰。十個月後，當日本國民還沉醉在日本軍隊的勝利之時，在雜誌《文學界》昭和十七年（西元一九四二年）十月號中，記錄了以「近代的超克」為題的座談。如果要列出所有出席者的姓名，哲學家西谷啟治、作曲家諸井三郎、西洋歷史專家鈴木成高、核物理學家菊池正士、科學史家下村寅太郎、吉滿義彥、作家小林秀雄、文學評論家龜井勝一郎、小說家林房雄、詩人三好達治、影評家津村秀夫、文藝評論家中村光夫、作家河上徹太郎共十三名，我們可以得知這是一場廣邀當代各領域最高權威人士參加的集會。

如果通讀此座談會的紀錄，許多發言，即使從現在看來，也讓人點頭稱是，有一些發言則是希望無論如何都要能夠回應時代的需求，實在是很有意思。我雖然希望能夠就這一點詳細論述，但因為不是本書的主題，因此留待其他機會。只是有一點我想先強調的是，座談的主題之所以命名為「近代的超克」，並在當時加以討論，是因為日本受到近代歐洲過多的影響，為了要超越、克服，我們必須要樹立日本自己的思想，或者說是藉由樹立日本自己的思想來超越、克服近代。

關於這一點，眾出席者表現出微妙的態度差異，例如，西洋歷史專家鈴木成高說：「為了克服文明開化，樹立日本自己的思想雖然好，但是我想對歐洲進行更加徹底的理解，應該還是有必要的。」林房雄則呼應：「這是非常好的想法。」或是，當時的人們趕流行，對於日本的古典文學採「輕率、冒然、方便主義、牽強附會的解釋」，關於這一點，三好達治清楚地表明了反對的立場。但是我們可以說，出席者被當時的時代潮流推著走，逃不出「（樹立）日本自己的思想」的緊箍咒。

這一點是我們應該留意的地方。確實，現代人努力地想要超越近代。可是，如果因為西洋的近代已經窮途末路，就想要以東洋的智慧取而代之，這樣思想單純的置換是非常荒謬的。我之所以在本書中舉出日本的古代物語，是因為以目前為止我所敘述的觀點來看，日本古代物語的意識和近代歐洲所確立的意識不同，從前者依循這樣的意識所敘述的內容中，我想我們可以得到一些啟示，是我們生活在現代，也就是我們做為一個現代人在創造自己的故事時可以參考的。因為我碰巧天生是日本人，所以以日本的物語為論述對象，並不是因為日本相對於其他國家特別優秀的緣故。我在物語中所獲得的領悟，對於身為日本人的我可以用來參考，然而同樣的內容對於努力想要超越近代的那些人，或是對於其他國家的人，應該也具有某種意義。我認為，找出和他者之間的關聯是非常重要的。

5 王朝物語

基於上述的想法，以下，我將以日本王朝時代的物語，而且主要是舉被稱為「虛構物語」的文本來加以論述。可是，這充其量只是站在「活在現代」的這個觀點來做的論述。問題在於我完全沒有日本國文學的研究資歷，關於這一點，希望能夠活用此領域諸先進的批判和協助，藉此補足。過去我所持續進行的關於物語的對談[25]，在這一點上幫了很大的忙。

日本的這一些物語群，是在西元九世紀到十一世紀之間寫成的。這一點和基督教文化圈相比，薄伽丘[26]寫出故事集《十日談》是在十四世紀，由此可知日本的王朝物語是在多早以前的時期就完成的，這一點讓我佩服不已。當然，所謂「物語」，在各個文化中以神話、故事、民間故事的形式，一直都存在著，可是「物語」是以「**個人作品**」的性質存在，這是一個必須大書特書的事實。

對於這一點，我想稍微敘述一下自己的想法。我認為，在日本，這樣的物語出現在這個時期的重要原因有三：日本不是一神論的國家、這些作品創作當時的女性立場，以及平假名的發明。

首先是一神教的問題。如同前文所敘述的，人要活下去需要「故事」。可是，在一神教裡認為應該將這些全部託付給神，既然已經存在神所創作的故事《聖經》或《可蘭經》——其中滿滿都是故事──人類如果特地再去創造故事，不就相當於犯下瀆神之罪了嗎？因此，過了相當長的一段時間之後，人類才終於以個人的身分創造出「故事」，人類相對於神的立場開始轉變，所以才會出現薄伽丘這樣的人。因此，他所寫的「故事」，才不得不具有瀆神的傾向吧。

依據日本文學研究學者，哥倫比亞大學的芭芭拉．路希（Barbara Ruch）教授所言（依據她和我私下的對談），在歐洲的中世紀時期，也有修女將她們的夢境、幻象記錄下來的作品，然而這些卻長久以來遭到教會的忽視。她希望今後能夠將這些作品和日本相同時期的物語、日記，尤其是其中的夢境等進行比較研究。路希教授說，這些作品很多也出自於女性之手。這一點和日本一樣，很有意思。

其次是關於當時女性的立場。紫式部等人被視為當時女性的典型，而創造出這些物語的女性很可能具有在經濟上雖然安定，卻被排除在當時仕途之外的共同特徵。當時的男性在一定程度上身處官場體制之中，對晉升宦途相當關心。也就是說，男性們因為活在體制的故事裡，所以對要創造出自己的「物語」這件事，連想都不能想。這一點在現在也是一樣的，人活在體制的故事裡，便會相信自己活在「現實」之中，因此很多人並不覺得故事有其必要，或是低估其價值。

而女性雖然也進入了體制之中，大致上過著安定且獨立的生活，卻和體制內出將入相的情節碰不上邊，女性是不是因此才開始書寫「自己的故事」呢？即使是女性，身分高者也會參與男性飛黃騰達的故事情節，如果成為天皇的皇后，生下孩子，孩子成了皇太子繼承天皇皇位，自己就成了「國母」，站上最高的地位。當她相信這樣的情節並且生活在其中，便不需要專屬於自己的故事了。

接下來，因為平假名的發明，女性得以用文字表達自己的個人想法或是情感等，也是一個重要因素。漢文[27]怎麼說都帶有官方性質，漢文用來記述官方事實，個人情感難以注入其中。再加上當時的女性相當獨立，這一點也很重要。女性即使結婚了，並不一定要住進夫家，她們從父親那裡獲得財產，在經濟上應該也相當獨立。

我推想，應該是綜合了以上的優勢條件，這個時代才能創作出這麼多的物語。具備上述這些女性條件的男性雖然不多，卻還是存在，所以不能武斷地下定論，然而我推論，王朝物語的作者應該幾乎都是女性。

接下來我想就王朝物語中敘述了非常多的夢境、出現被認為是非現實的存在，以及論及轉世內容的這幾點事實來加以思考。因為上述幾點的緣故，如果採用近代小說的評價觀點，古時候的物語看起來是荒誕無稽的。而在評價物語的時候，過去有些例子是站在近代的立場，當所謂「非現實的」內容愈多，就將它評價得愈低，又或者是基於非常單一的道德觀來進行評價。我希望能夠掙脫這樣的束縛，自由地來看這些物語。

例如，有些評論家看到書寫夢境與外在現實一致的內容，便會據此判定它是「非現實」。像我一樣進行夢境分析的人，從經驗上會知道，這樣的事情即使在現在，實際上也是會發生的。與其說是「靈魂」也牽涉進來的、基於榮格所說的共時性（Synchronicity）原理所發生的現象愈來愈多，倒不如說如果從靈魂的層次來看事情的話，人們經常可以見到共時現象。而如果將它「以

故事的方式敘述出來」，那麼從近代的意識來看，視之為「非現實」現象的記述就增加了。有學者認為「ものがたり」的「もの」是「靈魂」，這樣的認知就是在敘述這樣的事實。

我們不應該站在近代的觀點來看王朝物語，而是要以一個現代人的角色，重新評價物語中所敘述的智慧，並在我們創造自己的故事之時，能夠當做一些參考。我抱持期待，從中應該會得到非常多的收穫。

註釋

1 編註：日本天皇實質統治的奈良時代、平安時代，通稱為「王朝時代」，與後來武士握有政權的「武家時代」相對。「王朝物語」則是指日本平安時代後期到室町時代前期（約為十二至十四世紀）所創作的小說、物語中，以日本原生語言（非漢語）及平假名寫作，以王朝時代之風俗、美的意識、文學觀念為依據所產生的作品。

2 譯註：日語中的「物語」雖指故事，卻也是文學題材的一種，因此在中文譯文中將視「物語」在原文中的含義區分使用「故事」或是「物語」。

3 譯註：法國哲學家弗拉基米爾・楊科列維奇（Vladimir Jankélévitch）將死亡分為三類：「第一人稱的死」（自己的死）、「第二人稱的死」（近親者的死）、「第三人稱的死」（其他人的死）。

4 譯註：日系企業中，部長的層級高於課長。
5 原註：折口信夫著〈鬼魂及其他〉（「もの丶け其他」）《折口信夫全集》第八卷，中公文庫，一九七六年。
6 譯註：日語中，「もの」泛指東西，「がたり」則是說話的內容。
7 原註：梅原猛《精靈鬼怪說故事》（『もののかたり』）淡交社，一九九五年。
8 譯註：讀音 monogokoro，意指懂事、懂得人情世故。
9 譯註：讀音 mono-ni-naru，意指成為一個人物、成就一件事情。
10 譯註：讀音 sonna-mono-janai，意思是說「才不是那麼一回事」，此處的「もの」代表了「一回事」。
11 譯註：讀音 shiritai，意思是「我想知道」。
12 譯註：讀音 shiritai-mono-da。此處「もの」變成了助詞，有「因為……嘛」的意思，全句的意思是「因為我想知道嘛」。
13 譯註：原文中，作者用了「ものすごい」這個字，讀音monosugoi，意思是「……得不得了」，為「もの」的用法再添一筆。
14 譯註：讀音 mi。
15 原註：市川浩著《「身」的構造》（『〈身〉の構造』）青土社，一九八五年。
16 譯註：つくり物語，讀音為 tsukuri-monogatari。是平安時代物語的一種，從古代民間傳承或是在漢文中可見的傳奇故事所發展出來，為具有強烈虛構、傳奇性質的文學作品。
17 譯註：日本平安時代，以和歌為中心的短篇故事。
18 譯註：神話、民間傳說。
19 譯註：戰爭故事。
20 譯註：平安時代為西元七九四年到一一八五年左右，是日本天皇政權和日本古代文學發展的巔峰時期。
21 原註：日譯本『元型的心理学』由河合俊雄翻譯，青土社，一九九三年出版。
22 譯註：讀音 arima。
23 原註：《學習的死與重生》（『学びその死と再生』）太郎次郎社，一九九五年。
24 譯註：意指對世界近代化過程的超越與克服。
25 原註：河合隼雄對談集《談物語中的故事》（『物語をものがたる』）全三冊，小學館，一九九四、一九九七、二〇〇二年。
26 譯註：Giovanni Boccaccio，文藝復興時期的義大利作家，著有故事集《十日談》（*Decameron*）。
27 譯註：日本人仿效中國古代文言文體所書寫的文章。

第二章

殞滅之美

1　故事的鼻祖

《竹取物語》是被紫式部稱為「故事濫觴的鼻祖」的一部物語作品。很遺憾地，其作者及完成年代都無法明確得知。不過，《竹取物語》在西元九世紀便已經存在，在日本的「物語」中，可以說是年代最為久遠的。只是，「故事濫觴的鼻祖」這樣的說法，不只單純意味著最古老的意思，也讓人感覺包含了日本物語作品「原型」的意義。

實際上閱讀《竹取物語》，再接著閱讀王朝時代的物語，會發覺《竹取物語》所提示的主題，雖然改變了種種樣貌，卻重複又重複地出現。這個主題就是，絕世美女最終未與男性共結連理，並且轉身離去。接下來，我將舉種種例子加以論述，這個主題不僅對王朝時代的物語作品而言是重要的，甚至可以被視為日本文學整體共通的主題。因此，在物語論的最開始以《竹取物語》為例，有著比「因為這是日本現存最古老的物語」更深一層的意義。

有個問題是，《竹取物語》的源頭是什麼？關於這個問題，自古以來有著種種論述。在《萬葉集》[1]裡可以看到竹取老翁的傳說，也可能是契沖[2]曾經指出的《廣大寶樓閣經》第一卷〈金色三童子〉的說話故事[3]，又或者，歷史學、神話學學者三品彰英也指出，新羅[4]神話中的〈竹筒美女〉是重要的源頭。除此之外，也有一說指西藏地方的傳說故事〈斑竹姑娘〉才是《竹取物語》的原型。這個問題的答案摻雜了各種說法。只是，如果說藉由追究某一個故事的「源頭」就能完全了解一個故事，這樣的心態，以我的立場來說是不太贊同的。我比較想要重視的，應該是故事本身所具有的意義。當然了，在思考其意義時，參考類似的故事——雖然無法斷定它是原始的故事——我認為視情況是有必要的。

前述的各項說法，確實和《竹取物語》中眾多的主題之一相關，然而我覺得缺乏了可以把它們當做是原型故事的決定性要素。人們之所以說《萬葉集》的竹取老翁傳說可能是《竹取物語》的原型，是因為它說的是竹取翁這個老人和女兒們的故事。而〈金色三童子〉的傳說，則是敘述一簇竹子以及從中誕生的童子身上發出金色光芒的故事。可是，這些故事的主題都不是我所矚目的「轉身離去的美女」。就這一點而言，新羅的《新羅殊異傳》[5]讓我最有熟悉的感覺。在這個故事裡，一個美女從竹筒中誕生。這個美女和男性結為夫妻關係的這個情節，雖然與《竹取物語》相異，但是在故事結束之時，美女突然消失離去的這一點，卻讓我感覺似曾相識。西藏的傳說則是歡天喜地的結婚故事，難以說是《竹取物語》的根源。

在《竹取物語》的一開始，一位叫竹取老翁的老人登場。和其他國家的故事相較，在日本的昔話（譯按：泛指自古流傳的民間故事，以下譯為民間故事。）中，老人登場的頻率相當高，這一點早就已經有人指出。只是在《竹取物語》裡非常有趣的是，在一般的說法裡，這個老翁的名字被叫做讚岐造麻呂。民間故事有一個特徵是不特定時代、地點，或是人物。「從前從前，在某一個地方，有一個老爺爺。」藉由這樣的敘述明確指出這是一則和日常的、具體的世界距離遙遠的地方所發生的故事，將聽故事的人一下子就帶進非日常的世界裡。這一點，在近代小說裡，由於重視與「現實」的連結，因此即使是架空的故事，也必須指定時代、地點及人物。在這一點上，我們可以將設定故事人名後創作出來的「物語」，當做是介於小說和民間故事之間的作品。

《竹取物語》從「從前從前」開始敘述故事的這一點上，和民間故事雖然是一樣的，卻明確指定了登場人物老翁的姓名，顯示出它和單純的民間故事是不一樣的。物語雖然是介於近代小說和民間故事之間的作品，其中卻有程度上的差異，在王朝物語中，如果說《竹取物語》的風格偏向民間故事，則《源氏物語》可以說是站在偏向小說的位置上。即使只是比較兩部作品一開始的部分，都可以看出其中的差別。民間故事是從民眾群裡誕生的產物，當然作者等是不可考的。在這一點上，小說很明確是個人的作品。雖然有人對於《源氏物語》抱持種種疑慮，但是它被視為是紫式部這個獨立個人的作品。而《竹取物語》作者不詳的這一點，也符合前述民間故事的定義，甚至有人認為它或許也可能是由一位以上的作者所寫成的。

從竹子裡誕生的少女純潔而美麗，而且，後來老翁發現竹筒中藏有黃金，老翁於是變得愈來愈富有。這一點明確顯示出這個女孩不是一般的女孩，而她又被取名為「嫩竹的輝夜姬」[6]，將她就像是閃耀著光芒的美麗也在名字裡展現出來。像這樣的美女有許多人前來求親，她的心卻一點兒也不為所動。其中也有一些人直接懇求竹取老翁，然而老翁回答：「她不是我親生的孩子，沒辦法隨我的意。」他們兩人或許看起來像是父女或是祖孫，但事實並非如此，老翁做到了不起的自覺，知道自己應該尊重她的自由意志。然而即使如此，老翁還是希望輝夜姬可以結婚。而輝夜姬雖然看似順從，卻想盡辦法讓這個婚絕對結不成。她向求親者提出了不可能實現的難題。而如同眾所周知的，這些難題都只為求親者帶來不幸的下場而已。

故事將輝夜姬所出的難題，以及男性們為了解題而付出的無謂努力敘述得有趣又好笑。如果只是將焦點放在這一點上，人們或許會把西藏的〈斑竹姑娘〉當做是故事原型而加以矚目。然而我卻認為，這部分不如說是為了讓故事內容妙趣橫生，才在後來加入或是增添篇幅的。因為我認為最重要的主題是前文中已經提過的，輝夜姬離去的部分。

有一個點需要留意，那就是這些求親者故事的結局，都是用從前的「生搬硬套」，也就是讓人感覺牽強附會的形式，藉由文字遊戲來收尾的。例如，第一則故事的石作皇子送上了偽造的「佛前的石鉢」，卻馬上就被識破，所以他便將此鉢丟棄。然而即使如此，他還是繼續求親，這樣厚顏無恥的行徑在文中用「恥を捨つ」來表現[7]，像是這一類的部分。這樣的收尾方式在《風土記》[8]中其實很常見，在其他的王朝物語中則很少看到，這可能還是跟《竹取物語》是年代久遠的作品這個事實有關吧。

2 殞滅之美

五個求親者，誰都沒有成功，其中兩個人還因此丟了性命。即使如此，輝夜姬的心意依然沒什麼動搖。到後來，天皇終於也有了興趣，但輝夜姬一樣不為所動。如同接下來文章中也會提到的，在王朝物語中，繼承輝夜姬系譜的諸美女們雖然拒絕了許多上門求親之人，唯獨對於帝王的求親是無法明確回絕的，又或者，她們會認為那是不得已必須接受的親事。在這一點上，輝夜姬貫徹了她的意志。但這也是因為《竹取物語》是「民間故事」的緣故，所以才有可能。在這之後，當物語逐漸接近於現實，或許就很難以同等的方式對待帝王和其他角色了。

輝夜姬不顧帝王的感受，返回到月世界去。絕世美女無論如何都不會和男性——即使他貴為帝王——結為連理，非離開這個世界不可。唯有藉由這樣的情節安排，當時日本人的美學意識才得以完成。而這樣的美學意識，其實長時間持續流動在日本文化的底層。為什麼日本人會想要透過這樣虛幻的內容來體驗美感呢？

在思考這個問題的時候，我們來看看幾個可以視為是輝夜姬先驅的故事人物。我立即聯想到的，是日本神話中的木之花開耶姬（Konohana-sakuya-hime）。那是天神的孫子瓊瓊杵（Ninigi）在日本這個國家遇見的美麗女性。他很快便向她求婚，木之花開耶姬的父親卻將她和她的姊姊石長姬（Iwanaga-hime）一起嫁給了他。瓊瓊杵因為石長姬長得醜而不喜歡她，將她退還給娘家。她的父親知道了之後告訴瓊瓊杵，石長姬一如其名擁有永生的力量，然而他卻拒絕了她而只要木之花開耶姬，他的子子孫孫壽命必不長久。也就是說，因為這件事情，人類喪失了永生的可能性。在這裡，美與醜、剎那與永恆形成了對比，而它們透過花和岩石的形象表現了出來。

輝夜姬其實也擁有醜陋及永恆的一面。當五位男性前來向輝夜姬求親時，竹取老翁勸輝夜姬早點結婚。此時，輝夜姬說，像自己這麼醜的女人，如果一不小心和一個不了解對方內在的人結婚了，之後將會不幸。也就是說，她覺得自己是醜陋的。關於這件事情，之後又提了一次。而她所擁有的永恆特質，則是透過在她的家鄉月世界裡沒有人會老，還有天人帶來「不死之藥」的這些情節來表現。

木之花開耶姬和輝夜姬的故事中所述說的道理都是一樣的，也就是在「這個世界」裡，美和永恆不可能兩者兼得。暫且不管實際上是如何，人在心裡祈禱著永恆而結下的婚姻，是不會和美有所關聯的。

試想，誕生在這個世界的人必有一死，既然如此，接受死亡難道不能說是體驗美的前提條件嗎？正因為以花的凋謝、月的陰缺為前提，我們才得以看見其中的美。

將凋零之花的短暫無常連結到美的印象，還有一個人物應該也算是輝夜姬的先驅之一——《萬葉集》中的「櫻兒」。她因為兩名男性同時前來求親，無法承受不知該如何抉擇的痛苦而自殺，就像是她和花兒一起凋零了一樣。其實，輝夜姬也說過讓人覺得她將要自殺的話。帝王對竹取老翁說，如果你交出輝夜姬，我將賜給你五品官位。老翁得知之後大喜，當他把這件事情告訴輝夜姬，輝夜姬說，如果要進宮的話，她不如消失得無影無蹤，又或者是她先進宮，等到老翁得到官位的賞賜之後再死，除此之外別無他法。在這裡也看見死亡的陰影蠢蠢欲動。

與其說是特別高度評價殞滅之美，不如說，當人們在追求不屬於這個世界的美的時候，將無止境地向死亡靠近。也就是說，在美的背後必然存在著死亡。美，誘發了殞滅的決心。本居宣長[9]說，《源氏物語》是一本談論「物之哀」[10]的書。「物之哀」的美，也是因為與死亡產生了連結，才會誘發出「哀」的情感。

輝夜姬的美，讓人無法輕易靠近，甚至可以說是冷冰冰的美。而關於用來形容輝夜姬的「けうら」、「清純」，日本文學家中西進論述了很有意思的見解。他說：「被形容為『清純』的女性人物還有一位，就是《源氏物語》裡的紫之上。紫之上「清純」，「清純」是描述紫之上時，經常出現的字眼，因此可以說紫之上承襲了輝夜姬的形象。」此外，他也說：「紫之上是在中秋前一夜的月光下死去的。另外還有一點是，書中最初是用櫻花的形象來形容紫之上的。」[11]

在這裡，月亮、花、美女之美，以及這三者與死亡相關的印象有了連結，我們甚至可以說，這樣的連結就存在日本人美學意識的核心位置。而如同在這裡紫之上被舉出來當做例子一樣，在後來的物語中，輝夜姬也伴隨著種種不同的樣貌變化，以女主角的身分出現在故事裡。

3 不可以偷看的禁忌

輝夜姬說自己毋寧是醜陋的。即使面對帝王的求親，依然藉口自己不美而推辭。而當帝王強行造訪要帶她離開，輝夜姬則消失成為幻影。也就是說，她逃避了，好讓帝王不能好好正視她。

日本的民間故事中，明確可以見到以消失離去的女性為主題的，有〈黃鶯之居〉這個故事。關於〈黃鶯之居〉，因為已經在其他書中詳細論述，此處便不再重複[12]。只是在故事裡有一點應該注意的是，因為男性打破了女性要求「不可以看」的禁忌，所以女性就消失離去的這個事實。

因為觸犯了「不可以看的禁忌」，使得女性因此消失離去的情節，讓我想到神話中豐玉姬的故事。豐玉姬和來到她海底宮殿的山幸彥結了婚，當她懷孕就要生產的時候，交代山幸彥不可以窺視產房。可是丈夫還是打破了禁忌偷窺，看到豐玉姬變成一隻鱷魚，他大吃一驚。豐玉姬因為被丈夫看見自己醜陋的樣貌而離開，回到海底世界。

就觸犯「不可以看的禁忌」的男性這一點而言，我們不得不追溯到伊邪那岐和伊邪那美的神話。這則神話不但關係到醜陋，也關係到死亡。因為伊邪那美死去，丈夫伊邪那岐追到了黃泉之國，想盡辦法要帶妻子回到人世間。面對丈夫的期待，伊邪那美說她要去跟黃泉之國的神明談判，請丈夫稍等，另外，在等待期間，也請丈夫不要偷看她的樣貌。可是，伊邪那岐無法遵守這些禁忌，點亮一支火把照看了妻子的樣貌，迎面見到的是屍體赤裸裸的醜態。伊邪那美勃然大怒，想要捉住伊邪那岐，伊邪那岐則想盡辦法逃回了人間。

在伊邪那岐和伊邪那美的神話中，男性觸犯了「不可以看的禁忌」，而當他看的時候，見到的是醜陋的樣貌。這一點和豐玉姬的故事有共通之處。只是，伊邪那美表現出了駭人的憤怒，就這一點不同而已。伊邪那美的憤怒和輝夜姬時而賜死前來求親的男性，他們的情節是不是有相關之處呢？我甚至覺得，輝夜姬實現了伊邪那美當時無法達成的報復。

在不屬於人世間的美背後，有著這樣的醜陋。對於這些故事，我們應該如何接受呢？做為回答這個問題的線索，我想來說一個很久以前聽聞的例子。

有一位高中女生是個非常漂亮的女孩，她的美甚至讓擦身而過的路人都會不由自主轉身再看一眼。她企圖自殺，幸好最終自殺未遂，後來她遇見了一位心理諮商師。那個時候她對諮商師說，因為她覺得「世界上沒有人比自己更醜陋了」，所以才想自殺。諮商師覺得不可思議，她繼續說道，盯著自己的那些男性的眼神非常下流，那一定是因為她自己的內在有些部分也非常醜陋的緣故。這是非常具啟發性的一段話。

在這樣的情況下，諮商師如果對她說「醜陋的是那些男性的心理，妳一點兒也不醜陋，妳只是太美了而已」，這是非常簡單的對應辦法。可是這樣說，並沒有辦法安頓少女的心。她要重新振作，需要相當程度的努力。如果我們試想，吸引那些男性卑鄙目光的，不只是她的美貌，還有一部分原因是與她的內心相呼應的，那會怎麼樣呢？美，如果只是單純的美，是不是就沒有那麼大的魅力了呢？只有當醜陋在某個角落悄悄地支撐著這個美，才可能吸引人。我們也可以說，輝夜姬說自己醜，可能不是因為謙虛，而是因為她對自己醜陋的一面有所自覺的緣故。

美與醜，在這樣的動力結構中，伊邪那美和豐玉姬偏向強調醜陋的部分，這是為什麼呢？這恐怕與「看」的這個行為有關。把對方當做是看的「對象」——明明已經受到禁止——看的行為是不是就揭露了醜陋的一面呢？在很多以非人類妻子為主角，如日本人所熟知的〈夕鶴〉的故事原型〈鶴妻〉等故事中，透過男性打破「不可以看的禁忌」偷窺的情節，除了揭穿了妻子的「本來面目」，也就是鶴、魚、蛇等樣貌，同時也迎來了彼此關係的破局。過去兩個人共同生活，男性卻硬是要把女性當做對象來「看」，彼此之間的關係就破壞了。

漢字中也用「觀」這個字來表現。「觀」，是「觀照」，這個字意味著觀看內部與觀看外部的行為同時進行。當男女共生，內、外的區別也並不明確時，「觀照」之美便支持著兩人的關係。在這樣的關係中，「本來面目」的概念甚至是不存在的。此時，如果把對方與自己切割，當成是對象來「看」的話，就會看見「本來面目」，而這便與醜陋扯上了關係。伊邪那美和豐玉姬的情形，也可以用這樣的邏輯來思考。

在這樣岌岌可危的男女關係之中，如果「被看到了」的憤怒毫不掩飾地表現出來，就會像是伊邪那美的行動一樣猛烈。可是如果在故事中，女性稍微有比較多寬裕的心思，就會像《竹取物語》的求親故事一樣，在其中衍生出滑稽之處來。在「哀」的周圍，有著「憤怒」、「詼諧」等情緒。

「哀」站在日本文化的核心位置，在王朝物語中，它以種種不同的樣貌變幻出現。不過「詼諧」的這個系統，可以說內容也是相當豐富的。提到王朝物語，在《落窪物語》和《換身物語》的故事裡，也包含了相當多「詼諧」的要素。「憤怒」的情緒雖然比較少有直接表現出來的情節，不過我們可以在例如《源氏物語》中的鬼魂角色裡發現這樣的情緒。

4 對另一個世界的憧憬

如同在前文中敘述過的，美和永恆在這個世界上無法兼得。輝夜姬最後回到了月世界，而帝王不知道是不是為了選擇美的緣故，燒燬了好不容易得手的「不死仙藥」。

愈是知道一樣東西得不到手，就愈是想要，這是人之常情。如果一樣東西在人世間是不可得的，人的內心便會對可以化不可能為可能的「另一個世界」產生憧憬。想要在人世間呈現出「另一個世界」，這樣絕望的憧憬是支持日本人美學意識的要素之一。在《竹取物語》中，這一點以輝夜姬升天的形式表達了出來。只有她可以到「另一個世界」去，甚至連帝王都無法阻止或是一同前往。在這裡顯示出輝夜姬的美是絕世之美。

「對另一個世界的憧憬」和想死的心願有相通之處。現在有很多青春期拒食症的病例。當然這沒有辦法解釋一切，可是這些女孩子拒絕飲食，有時候甚至嚴重到喪命的地步，我們認為這背後隱藏著盼望「美能永恆」的心願。對她們來說，要接受「人世間」的道理是非常困難的。順帶一提，前文提到的自殺未遂高中女生，她在箱庭[13]裡極盡可能地放入種種醜陋的生物、蛇、蜥蜴等，透過接納存在於自己內心的醜陋面來慢慢成長。

「對另一個世界的憧憬」不會立刻與死亡連結，另外還有一種實現的可能，就是「出家」。

當時，應該有很多男男女女都希望終有一天可以出家吧。這是一個迎向美好死亡，讓美可以永恆的重要步驟。

如同前文所述，《源氏物語》的紫之上，繼承了輝夜姬的系譜。她數次提出出家的請求，卻每一次都被源氏阻止。出家和死亡幾乎是相等的。因此，即使希望出家，因為對於人世的執著，或是受到人世的緣分阻攔而無法如願以償是理所當然的。王朝物語的許多地方，都描寫了伴隨著出家所產生的糾葛。

紫之上和源氏結婚，因為這樣的羈絆阻擋了她的出家之路。雖然用「彌補」的說法也很奇怪，不過書中對於紫之上臨終的描寫卻是非常美的。我們可以說，她在人生的最後，實現了出家的心願。美國的日本文學研究者愛琳．葛恬（Aileen Gatten）指出，在《源氏物語》以前，人類的死只是簡單地記載誰誰誰死了，在《源氏物語》裡第一次描述了人一路走向生命終點的樣貌[14]。這是非常重要的一點。而且，對於臨終的描寫只限於藤壺、紫之上、大君這三個人，這一點也很有意思。我認為這三個人物是作者紫式部偏愛的角色，因此更加引起我的興趣。

我們應該也要注意到，羈絆出家的人際關係在王朝物語中是以「絆」[15]來表現。「絆」這個字在現代稱為「情感連結」[16]，偶爾會以「珍惜家庭情感連結」的形式運用在標語中，但在過去是被人帶著否定的意涵使用的。絆，在從前是用來纏在牛或馬的腳上使牠們不能自由行動的工具，是真的擁有「綁住使之不能前進」的力量。這一點即使從現代的角度看來，也同時具有肯定和否定的兩個面向。只是在王朝時代，如前文所述，是把「絆」這個字當做阻擋「出家」這項個人自由意志的意味來使用的。

就這一點而言，我們可以說，輝夜姬什麼羈絆也沒有。她和竹取老翁有感情，好像可以形成她的羈絆，然而如果遇上了上天下達的命令，也是枉然。再加上輝夜姬被披上「天的羽衣」之後，她對老翁再也感受不到悲或哀的情感，這一點如實展現出她在相當程度上是另外一個世界的人。人在出家的時候，一旦披上僧衣，就應該要切斷「人世間」的情感，可是實際上卻很難做到。看看歷史，在出家之後，更加關切世俗之事的人不計其數。日本的美學意識並非總是強烈地支配著日本人的行動。就這一點而言，輝夜姬可以說是一個站在日本人美學原點上的人物。《竹取物語》，誠如紫式部所言，是「故事濫觴的鼻祖」。

紫之上雖然因為與源氏之間的羈絆而無法出家，然而後來繼承她心願的，是在故事裡出現在「宇治十帖」中的浮舟。浮舟因為夾在薰和匂宮兩個人之間，誰也無法拒絕，因而企圖跳宇治川尋死。幸而最後她自殺未遂。不過，當住在比叡山橫川的僧都法師找到蹲在樹下的浮舟時，他說：「跟輝夜姬好像」。這讓人認為，紫式部應該是有意識地讓浮舟成為繼承輝夜姬系譜的女性。浮舟雖然沒有飛上月亮，卻實現了出家的心願。可是，故事並沒有這麼簡單在這邊就結束，如同大家知道的，這後面還有接下來的故事。不過即便如此，浮舟還是堅守住了自己的輝夜姬性質。

輝夜姬做為一個鼻祖原型，對其他的物語產生了影響。其中，東京藝術大學教授永井和子舉出了《寢覺物語》的主角中之君（又名寢覺之上）的「輝夜姬體驗」做為例子[17]。

輝夜姬很明顯是另一個世界的人。然而，中之君的情況則是在少女時期，在她十三歲和十四歲這兩年的八月做了「天人下凡的夢」。天人在夢中預言，中之君將成為彈奏琵琶的名人，並終其一生經歷苦難。她不明就裡，除了深信自己是極為特殊的人類之外，同時也分不清楚這到底是夢境還是現實。中之君經歷了這樣的體驗。永井說：「因為中之君感受到自己這樣似有若無的特異能力、特異體質，所以我才稱之為『輝夜姬體驗』。」此外，永井又追加說明：「也就是說，自己這個人雖然現在存在於這個世界上，但實際上或許是身負另一個國家天啟的特殊之人，或許自己是和這個世界的人有一點不一樣的人類也說不定。中之君會不會是一個被這種自我存在的不安全感所動搖，而帶有不確定感的女性呢？」

永井將中之君體驗到青春期深刻的內心動搖以及不安的心情，用「輝夜姬體驗」這句話來表現，掌握地非常精準，這讓我十分佩服。我們可以說，這是所有青春期的少女在內心深層所體驗到的。只是，這樣的體驗以什麼樣的形式，對少女的意識造成什麼程度的威脅，有著相當程度的個人差異。這會隨著圍繞著該少女的種種人際關係，或是少女自身感受的敏感程度而異。可是在心理深層，所有的少女都在經歷「輝夜姬體驗」。

5 老翁和女兒

《竹取物語》中登場的有老翁和老婆婆。可是，故事清一色只敘述有關於老翁的內容。發現輝夜姬的是老翁，之後庇護輝夜姬、勸她嫁人的也是老翁，故事中敘述了老翁和美麗的女兒之間關係的種種樣貌。一直到最後輝夜姬穿上羽衣為止，兩人之間交流著細膩的情感。

美麗的少女以及做為其後盾的老翁，這樣的人物組合，在故事中經常出現。此時，老人時而是監護人，時而是面對外界的中間人，有時候又是太過保護女兒，到頭來卻成了妨礙女兒獨立的角色。在輝夜姬和竹取老翁的情形裡，老翁一開始發揮了輝夜姬監護人的角色功能，而之後，當輝夜姬來到適婚年齡的時候，老翁則成了選婿的中間人。即使如此，他很了不起地自覺到自己和輝夜姬沒有血緣關係這一點，認為事情不能依他自己的自由意志，所以沒有強勢主導。

在《竹取物語》中說的是所謂出難題選婿的主題。此時提出這些難題的，有一種情況是美女本人，另一種情況則是美女的父親。如果出題的是父親，他會有「不能把女兒交給隨隨便便的男子」，以及更進一步的，「我怎麼可能把最愛的女兒交給其他人」的心情。在輝夜姬的例子裡，所有的難題都由她自己提出，並且冷眼看待婚配候選的男子們接二連三挑戰失敗。不如說，竹取老翁在一旁坐立難安才是這個故事的特徵。

提到老父親和女兒的故事，可以說是這一類故事的原型的，是日本神話中的建速須佐之男命和他的女兒須勢理毘賣命的組合。大穴牟遲命造訪了這一對父女所居住的黃泉之國，建速須佐之男命出了一道又一道的難題，有時候，大穴牟遲命的生命甚至岌岌可危。可是到最後，當兩個年輕人手牽著手逃出去的時候，建速須佐之男命卻又大聲為兩人的未來獻上祝福。這個故事漂亮地敘述出了老父親心裡所產生的矛盾情感。

在女兒和老父親的感情較為深刻的情況下，她也有可能比較不容易被年輕的男子打動芳心。《源氏物語》中「宇治十帖」的大君也被認為是繼承輝夜姬系譜的人物，她和父親宇治八之宮之間的關係值得注目。他們父女關係的緊密程度，被認為是大君拒絕男性的一個重要因素。

前文中提到經歷「輝夜姬體驗」的《寢覺物語》主角中之君，她和父親之間的關係其實也相當深刻。在這裡，中之君雖然在心中漸漸對這個故事的男主角（中納言）感到愛意，卻一直不斷地避免與他結合。這雖然可以說是因為中之君考量到世俗的看法和批判的緣故，然而在她的判斷背後，總是有她父親太政大臣的影子存在。我們或許可以說，父親的力量比情人更為強大。

對女兒而言，當她的父親以父親精神的具體表現存在在她身邊時，他們之間的關係將超越父親和女兒的個人情感，甚至會變化成為她和「父性」這樣超然的存在之間的關係。如此一來，在她身邊以丈夫或是情人的角色出現的男性，在和父性的存在相較之下，無論如何都會被她視為較遜色的一方。在《寢覺物語》裡，中之君的情況被認為是因為這樣的心情同時起了作用。這裡所說的「父親—女兒」的連結問題，也是現在日本的問題。

王朝時代父親和女兒的問題，還跟另外一件麻煩的事情有關。在這個時代，掌握最實際的權力的，是天皇的外祖父，而不是天皇。這或許可以說是攝關政治[18]的特徵。天皇在形式上雖然居於最高地位，但更偉大的是天皇的母親，被稱為國母。而有趣的事情是，國母的父親，也就是天皇的外祖父是最偉大的。這和依據完全的父系所產生的權力授受結構全然不同。如果依循完全父系權力授受結構的想法，「父親─兒子」的這條軸線最為重要，這是只屬於男性的系統，沒有女性涉入的餘地。

相對於此，在日本，「父親─女兒」、「母親─兒子」的軸線巧妙重疊，「祖父─母親─兒子」這樣的三位一體受到重視。因為這個緣故，平安時代的權力人士為了謀取最高權位，生一個條件優秀的女兒、獻給天皇，並且產下男孫，是首要的前提條件。如果這個男孩子當上了天皇，那就萬事順心如意了。

因此，父親對女兒除了感覺依戀，也視女兒為強而有力的政爭工具，所以事情就更加複雜了。因為女兒在心理上、政治上都是重要的存在，身為父親，有時候會被迫處於複雜的心境裡。只是，先前提到的《源氏物語》的八之宮和他的女兒大君之間的情況是，八之宮完全放棄了政治野心，沒有前述複雜的心理運作，一心只顧著疼愛女兒，卻反而讓大君不能隨心所欲。

一旦一邊考慮「祖父─母親─兒子」的組合，一邊開始論述老翁和女兒的關係，就會出現提及所有王朝物語的必要。這一點似乎還是另找機會重新詳加論述會比較好。

6 輝夜姬的系譜

如同已經舉例討論過的，輝夜姬在王朝文學整體上造成了很大的影響。前文中已經敘述過《源氏物語》裡的紫之上、大君、浮舟，又或者《寢覺物語》裡的中之君，也是以「輝夜姬體驗」為其故事核心的女性。一旦開始詳細論述其他作品，則所有的王朝文學都和輝夜姬有所關聯。在本節中，我將提及少數自己所發覺的、具特徵的例子，並為本章告一段落。

如果在王朝物語中探詢輝夜姬的系譜，可以說再多都找得到。關於《源氏物語》和《寢覺物語》，已經在前文中敘述過了。即使閱讀其他的物語，我們也可以看到許多為「無法開花結果的戀情」苦惱的男女主角身影。故事裡雖然並不一定可以看到女性的「拒婚」，然而我們可以說，這是日本王朝物語中一貫趨向的重要主題。可以說在《狹衣物語》中也看得到「拒婚」，在《濱松中納言物語》裡也是一樣。互相傾慕愛戀的男女共度一宵，之後卻甚至連要見上一面都很困難，也有這樣的情形。

在這些繼承輝夜姬系譜的女性中，《宇津保物語》裡出現的貴宮，在接連不斷拒絕眾多求親者的這一點上，和輝夜姬是類似的。當然了，她能吸引如此眾多的男性，一定是個絕世美女。只是，《宇津保物語》不像《竹取物語》可以躍進奇幻世界裡，因此貴宮也無法回到月世界去。故事最後，情節變得符合現實，貴宮與皇太子成了婚。在這裡，貴宮與皇太子結婚的這件事情，應該具有進入遠離現世的另一個世界的含意吧。

日本國文學者高橋亨指出，「虛構物語」的系譜「從《竹取》開始到《宇津保》、《源氏》，三部作品直直地連成一條中心軸線」[19]。前文已經介紹過《源氏》中的「輝夜姬」系譜，那麼，在《宇津保》中又是如何呢？

這是從我與高橋亨的對談所衍生出來的意見，我認為輝夜姬的形象在《宇津保物語》中，俊蔭的女兒似乎和前面敘述過的貴宮是分開的。原型的輝夜姬在現實化的過程中分化了。貴宮是絕世美女，是拒絕眾多求親者的類型。相對於此，俊蔭的女兒則稍微多了點和輝夜姬一樣的「超越性」。若要說的話，就是當輝夜姬的形象被稍微拉往外在現實靠近的時候，分裂成為貴宮和俊蔭的女兒兩個人物。在這裡，俊蔭可以說是一腳踏進了奇幻世界，在日本以外的國家與半奇幻的故事裡成為彈琴名手後，再次回到自己的國家。他的才能雖然由女兒繼承了，女兒卻有一段時間生活在深山裡的「樹洞」中。也就是說，她是一個和「這個世間」稍微有點距離的人物。

俊蔭的女兒所生的兒子仲忠是位優秀的男性，他也傾心於前述的貴宮。然而，這兩個人卻因為無法結為連理而一直苦惱。貴宮雖然和輝夜姬不同，最終與皇太子成了親，然而總歸她是成了對仲忠而言遙不可及的世界的人。我們可以把這個仲忠的形象，看做是後來連結到《源氏物語》裡的薰。《宇津保》果然還是居於《竹取》和《源氏》之間的位置。

對於輝夜姬的系譜，到此就不再做更加深入的探討，然而從目前為止論述的這幾個點，我想讀者應該可以了解到《竹取物語》做為「故事濫觴的鼻祖」其影響之廣泛的程度。也可以理解，存在於故事核心的「消失離去的女性」形象，此美學意識是支撐日本文化的重要因素，並且一直源遠流長直到現代。

註釋

1 譯註：現存最早的日語詩歌總集，收錄四世紀至八世紀共四千五百多首長、短和歌作品。

2 譯註：日本江戶時代僧人、國學家及和歌創作者。

3 譯註：說話，日本故事文學題材的一種。廣義上包括了古代的敍事文學，一般則指平安時代後期到室町時代的說話集，包含了敍事、傳奇、教訓、寓言等要素。

4 譯註：古代朝鮮的王國名。

5 譯註：朝鮮半島統一新羅王國時期的傳奇文學代表作。

6 譯註：關於「Kaguya 姫」的漢字寫法眾說紛紜，本書譯文因為參考豐子愷的譯本，因此採用該譯本中的「輝夜姬」。

7 原註：採用「恥を捨つ」（讀音 hachi-wo-sutu）與「鉢を棄てる」（讀音 hachi-wo-suteru）諧音、雙關的形式。

8 譯註：奈良時代，元明天皇命令各國編撰的文獻報告。

9 譯註：日本江戶時代的思想家、語言學家，日本國學的集大成者。

10 譯註：由本居宣長首次提出的，日本平安時代王朝文學的審美觀。主要透過描寫蕭條、殘破的景物，來表達和宣洩人物內心深處的哀傷與幽情、對人世無常的感慨等。

11 原註：收錄在中西進／河合隼雄的對談〈竹取物語——美會殺人〉（「竹取物語——美は人を殺す」）《談物語中的故事》（『物語をものがたる』）。

12 原註：河合隼雄《日本人的傳說與心靈》（『昔話と日本人の心』）岩波書店，一九八二年（中譯版為心靈工坊出版）。

13 譯註：指箱庭療法中的沙盤。諮商師陪伴接受諮商者，讓他在盛有細沙的特製箱子中自由地放入玩具，藉此建構其內在世界，達到自我表現和自我療癒的目的。

14 原註：收錄於 Aileen Gatten／河合隼雄的對談〈源氏物語（I）——紫式部的女人曼陀羅〉（「源氏物語（I）——紫式部の女人マンダラ」）《續・談物語中的故事》（『続・物語をものがたる』）。

15 譯註：讀音 hodashi，意指牽絆、羈絆。

16 譯註：現代日文仍有「絆」字，讀做 kizuna。

17 原註：收錄在永和井子／河合隼雄的對談〈寢覺物語——永遠的美少女的苦惱〉（「寝覚物語——永遠の美少女の苦悩」）《談物語中的故事》（『物語をものがたる』）。

18 譯註：平安時代，藤原家族以攝政或關白的職位來做天皇的代理人或輔佐者，藉此獨掌朝廷權力的一種政治制度。類似於中國的外戚干政。

19 原註：收錄在高橋亨／河合隼雄的對談〈宇津保物語——虛構物語的動力結構〉（「宇津保物語——作り物語のダイナミズム」）《續・談物語中的故事》（『物語をものがたる』）。

第三章

沒有殺戮的戰爭

1 故事與殺人

在持續閱讀平安時代物語的過程中，我忽然察覺到的，是故事裡完全沒有提到「殺人事件」這一點。雖然我沒有確認過當時的人讀過而現在的人讀不到的作品，也就是所謂的散佚物語中，是不是有著關於「殺人」的內容，但從接下來要論述的王朝物語特徵來推測的話，恐怕是沒有的。這是非常罕見的，不是嗎？如果讀者去想想古今東西方的眾多故事就能充分了解，其中提到殺人或是賭上性命戰鬥的作品是非常多的。例如，如果我們把「殺人」的情節從英國劇作家莎士比亞（William Shakespeare）的眾多傑作裡拿掉之後重新編寫，它們會變成什麼樣的劇作呢？《哈姆雷特》（*Hamlet*）、《奧賽羅》（*Othello*）、《馬克白》（*Macbeth*）全部都會沒了骨幹吧。

以《源氏物語》為首，包括《宇津保物語》和《狹衣物語》等為數眾多的長篇物語，在這些作品中完全沒有提到殺人，或是計畫要取人性命的戰鬥。如同在後文中也會提到的一樣，雖然會稍微敘述爭執的場面，卻一次也沒有拔刀相戰。這是非常不可思議的。

佛洛伊德重視性，視之為人類欲望的根本，這是眾所周知的。相對於此，阿德勒[1]則重視人類對於權力的意志。後來，深層心理學把性和權力視為人類的基本欲求並且加以強調，雖然在語感上與佛洛伊德和阿德勒稍微有些不同。從這裡我們也可以知道，在與人類相關的「故事」裡，性與權力如同兩根樑柱一樣重要，這是非常普遍的情形。將自己的力量轉向外界，希望盡可能把多一點事情放在自己的支配範圍裡，這樣的欲望存在每一個人的心裡。可是因為不只是你，其他的人也有著同樣的願望，因此便不得不興戰。戰到最後，就會希望讓對方成為刀下亡魂。如此一來，關於要怎麼殺死對方，人們就會想出種種辦法，而受害者的親人朋友也可能有所報復。「故事」就像這樣，想要有多大的篇幅，就能有多大的篇幅。

這麼一想，殺人的情節應該是構成故事的重要因素，可是這在平安時期的物語裡卻完全看不到。這一點就史實而言，平安時代應該也是一個殺人事件非常少見的稀有時期。此次，我想要以《宇津保物語》為核心來當做例子。雖然在《宇津保物語》裡很難得地提到了在王朝物語中鮮少能夠看到的政爭，然而其中與殺人相關的情節卻完全沒有出現。只有一處提到關於殺人的內容，那就是在〈祭之使〉的這一卷裡，出現了一個名叫藤原季英的學生，在貧困的環境中依然勤奮學習。有一段內容是他敘述關於自己的身世，他說：「家父成蔭左大弁曾經是參議[2]，卻被武士殺死。」一看到這裡，讀者會以為故事裡還是有「殺人」事件的不是嗎？可是事實上仍是很少的。不管怎麼說，這個殺人事件在整個故事裡也並不重要。

朝廷命官也會持刀拿劍，可是拔刀互戰的情形大體上是不會發生的。在《宇津保物語》中，眾多男性圍繞著名叫貴宮的女性，一再努力希望可以與她成親。其中有一位名叫大宰帥滋野真菅的六十歲左右的宰相，被以稍微諷刺的方式描寫。在這個過程中，有他拔刀的情節。真菅是個老頑固，一心以為貴宮會和他結婚，連新房子都蓋了等貴宮嫁過來。可是，如同在〈貴宮〉這一卷裡所描述的一樣，貴宮進了東宮[3]。真菅得知此事，大發雷霆，想要跑出家門去向朝廷申訴。家人勸他萬萬不可做出這種不講道理的事，暴跳如雷的真菅拔出刀來揮舞，一個勁地喊著：「我要砍下你們的頭！」雖然因為這個原因，使得他的家人無法制止他的行為，然而在這裡並沒有寫到他殺了他的家人，判斷他應該只是為了威嚇家人才會拔出刀來。

這些物語作品幾乎不去碰觸可以說是人類基本欲望的「攻擊性」，卻一樣創作出許多了不起的故事來，我認為這一點值得大書特書。可是，這到底是什麼緣故呢？另外，這些物語想要描寫的是什麼呢？我認為，回答了這兩個問題，等於是釐清了王朝物語的特性。如此考量之外，在這裡，想特別以《宇津保物語》為中心，舉例說明[4]。

2 《宇津保物語》和爭戰

從《竹取物語》到《源氏物語》出現之前，有著《宇津保物語》、《落窪物語》兩個重要的物語作品。關於《宇津保物語》，在《源氏物語》中也有提及，被認為替《源氏物語》帶來了相當程度的影響。在《宇津保物語》中，貴宮繼承了《竹取物語》裡的「輝夜姬」形象，她的故事雖然是該物語的重要要素，卻不是僅此而已，還有古琴音樂傳承的這個主題。另外，故事結尾提到的政爭（以「國讓」來做敘述）情節，是其他物語裡不曾提及的內容，引人注目。在這幾點特色裡，關於輝夜姬的部分已經在前一章敘述過。關於音樂的部分則將在下一章論述，本章將把焦點放在政爭以及與其相關的爭端。

閱讀王朝物語，讀者會發現登場的男性公卿們一心一意為了追求女性，反覆努力想盡辦法見佳人一面。他們或寫和歌，或是送禮。你若要問當時的男性一天到晚只做這些事情嗎？並非如此。當然，或許這也是重要的事，然而他們任職於朝廷所賜的官位，勤勉致力於這份工作。他們最關心的事情，是如何讓官職晉升。在《宇津保物語》中也一樣訴說著人一旦失去了官職，一家將陷於如何的窮困匱乏之中。

前文中有提過，藤原季英的父親被武士所殺，他做為學生，雖然學習能力極好，卻因為貧窮，在勸學院[5]裡遭其他博士們忽視。故事中說，在他的才能終於被左大將認可的時候，博士們卻既貪婪又罔顧人情、不問能力，只拔擢賄賂之人。恐怕在當時，賄賂是相當無法無天的吧。

而我們應該矚目的部分在〈嵯峨院〉這一卷。這是圍繞著貴宮的情聖們所發生的其中一則滑稽故事。一位名叫上野之宮的年邁皇子計畫強奪貴宮，貴宮的父親，左大將藤原正賴得知之後，便找了一名女子做為貴宮的替身。上野之宮不知情，以為強奪成功而大喜（這件事寫在〈藤原之君〉卷中）。問題出在當平中納言正明和正賴談話的時候。正明在宮中不經意地問道：「左大將不是病著嗎？」上野之宮聞言大怒，大聲咆哮：「我和左大將是自己人，你在我面前說這話是何居心（他相信自己是左大將的女兒貴宮的丈夫）？你是希望他病了最好是吧？」接著他說：「就算你咒死大將，中納言的官位之上還排著很多人呢，你是沒辦法馬上升做大將的。」

上野之宮的話雖然是以滑稽的手法寫成，可是從這個部分來看，可以推測當時應該有著詛咒他人去死的風氣。但故事裡卻完全沒有提到誰為了自己的仕途晉升而去毒殺，或是暗殺他人。

另外，這些男性如此執著於官位，這一點卻幾乎不曾是其他「物語」的描述對象。只有《宇津保物語》敘述了這樣的內容。那是在結尾部分，稱為「國讓」的上、中、下三卷裡。情節內容簡要地說，就是皇太子娶貴宮進入東宮，並且在過程中已經產下男孩。然而，東宮中當然還有其他妃子。其中一名女子梨壺，是兼雅右大臣的女兒。梨壺也生了一個男孩。因此，當皇太子即位成為新帝之時，就會產生要立哪一位皇子為皇太子的問題。也就是說，哪一個男孩成為皇太子，將決定是貴宮（又稱為藤壺）這邊，亦或是梨壺那邊的家族未來將繁榮興盛，兩家的命運將大不相同，所以這是一場家族與家族之間的戰爭。

藤壺的這一邊，她的父親是左大臣正賴，可以說已經是一位實權最高的人物。再看看他的孩子，兒子、女兒為數眾多，兒子們都居於高位，女兒們也都嫁到富貴名門。長女是朱雀帝的女御[6]，備受寵愛，被稱為仁壽殿女御，是四名皇子及三名皇女的母親。另外，他的第九個女兒貴宮，如前文所說，是個絕世美女，是東宮的女御。因為這些緣故，正賴的權勢之強，無可比擬。而且皇太子在不計其數的妃子中，尤其寵愛貴宮（藤壺），他這一邊的優勢地位看起來是無可動搖的。

然而即使如此，有人卻還是硬要與正賴對抗，這個禍首就是朱雀帝的皇后，皇太子之母「后之宮」。根據她的理論，自古以來，后之宮都是藤原一族，沒有源氏一世[7]之女成為皇后，她的孩子也成為皇太子的前例。也就是說，藤原正賴雖然以藤原為姓，也有權有勢，然而實際上卻是源氏一世，所以他的女兒藤壺之子不可以成為皇太子。因此，她主張立自己家族這一邊的兼雅的女兒，也就是梨壺的兒子為皇太子。因而形成了藤壺派的正賴和梨壺派的兼雅的對立結構。

3 如何對戰？

這如果是在其他的故事裡，兩家之間應該會使出種種權謀術數，甚至有時候會拿起武器對戰吧。可是，這兩派之間居然沒有戰爭！我真想驚呼。甚至，這到底稱不稱得上是政爭，都讓人摸不著頭腦。

不過，如前文所述，只有后之宮的動作頻頻。她傳喚自己家族的忠雅太政大臣和兼雅右大臣，叫他們連兒子們也都一起帶過來，然後就展開了先前提到的議論，呼籲他們同心協力，努力不要讓這件事情成為家族之恥。可是，忠雅太政大臣卻說，他認為立皇太子一事應該由天皇自己決定，在當今皇太子繼位之時讓他自己決定就可以了。后之宮說，如果這麼做的話，皇太子一定會立自己最寵愛的藤壺的兒子為下一任的皇太子。因此她主張，大家應該同心協力向皇太子進諫，讓他立梨壺之子為繼任皇太子才是。

對此，后之宮的兄長的回答很有意思。在現場的忠雅太政大臣和他的兩個兒子都娶了正賴的女兒為妻。再加上，兼雅的獨子仲忠娶的妻子是正賴之女——仁壽殿女御的女兒女一之宮。因此，正賴家和他們家是結有婚姻關係的。如果讓正賴知道自己參加了這場議論，搞不好正賴會把自己的女兒從女婿們那裡要回來，讓仁壽殿女御離開天皇，讓藤壺撤出東宮也不一定。如此一來，將天下大亂，他們希望能夠避免。也就是說，男性們無意興戰。

后之宮不死心。她怒斥：「你們難道以為除了正賴的女兒之外，就沒有其他女人了嗎？」到最後，她甚至說出要讓自己的女兒，也就是皇女嫁給太政大臣做他的北之方[8]。另外，當仲忠說藤壺是非常聰明的人的時候，后之宮也言出詛咒：「那樣的女人，最好遭到天譴。」氣勢相當兇狠。

后之宮也向朱雀帝拋出自己的意見。然而朱雀帝卻說，應該讓皇太子在即位之後依他自己的喜好來決定，后之宮因此憎恨朱雀帝。朱雀帝退位之後，皇太子繼位為帝，卻不馬上宣布立誰為下一任皇太子。后之宮不放棄，她甚至暗地叫出兼雅，說如果仲忠反對的話，要他們切斷父子關係，卻也沒有成功。

另一方面，正賴這邊怎麼樣呢？不知道是不是因為后之宮強硬的手段傳了開來，皇宮裡是理所當然的，連世間的人都開始以為梨壺所生的皇子好像要被立為皇太子了。因此，從前聚集在藤壺周圍，希望能夠透過她求得官位晉升的人群漸漸散去。在這裡不可思議的是，如同前文中已經提過的，太政大臣忠雅的兒子們都是正賴的女婿，他們只要表明自己沒有要立梨壺的皇子為皇太子的意思就好了，卻一句話也不說，只在心裡想著正賴會如何看待世間的傳聞呢，明明和我們一點兒關係也沒有啊……。而正賴呢，則是下定決心「如果梨壺的皇子成了皇太子，那我就馬上出家」，完全看不出任何的戰鬥意志，實在令人印象深刻。

藤壺在這個時候又怎麼樣呢？她因為生產的緣故，從宮裡撤到父親（正賴）的宅邸，沒有機會和天皇見面。她曾經相信天皇還在東宮時對她說，將來要立她的皇子為皇太子的承諾，卻漸漸也開始起了疑心。而如果最後天皇決定是梨壺那一邊的話，她下定決心自己要出家為尼。不論是父親還是女兒，總而言之都是只想著輸的時候的事情。

後來，再也沒有一個人造訪正賴左大臣的官邸，相對於此，兼雅右大臣及他的兒子仲忠大將的官邸卻門庭若市。而正賴則決定，一旦梨壺的皇子成為皇太子，他將立刻剃髮入山閉關，他不但為即將前往哪一座山做了準備，還預備了袈裟。

決定立太子的那一天，情況更是不得了。正賴從一大早就躲進廂房裡不出來，正賴的妻子，也就是藤壺的母親大宮，也因為坐立難安，最後躲進了廂房。兒子們因此一籌莫展，排排站在廂房門口兩側悲傷嘆息。天皇為了決定立太子一事，下令左大臣正賴進宮謁見，廂房裡的正賴卻連回應也沒有。結果，天皇叫來了太政大臣忠雅，把寫有最終決定的封口書信交給他。之後雖然也鬧得有些天翻地覆，這邊暫且略過不提。結局是太政大臣將立太子的決定以書信的方式告知正賴。當他為了讓正賴讀信而打開廂房的時候，正賴卻用棉被從頭蓋住了自己俯臥其中。真是個驚世的左大臣啊。

天皇的決定是「藤壺的皇子」。正賴一聽到這個決定，猛地站起來問，你告訴藤壺了嗎？藤壺聽聞報告之後嫣然一笑，說她雖然知道天皇的承諾是不會錯的，之前卻因為世間傳聞紛紛擾擾而感覺不安。和父親比起來，藤壺鎮靜地多。總而言之，「政爭」就這樣子落幕了，不過卻是一場太過於缺乏「交戰」的政爭。

4 征戰與對話

從現代的感覺來看這一場「政爭」戲，很多人應該會覺得不可思議吧。前文中已經提過正賴和他的女婿們之間的關係，他們對於這麼重要的事情，絲毫沒有討論。正賴覺得女婿們漠不關心，女婿們也只是在心裡碎念「自己和這件事情什麼關係也沒有，但是不知道正賴（岳父）是怎麼想的呢」，沒有直接對話。

說到直接對話，藤壺再怎麼說人不在宮裡，怎麼就不寫信給天皇，問一問「立太子一事您是做何打算呢？」或者是再更進一步要求：「請依照您之前承諾過的，立我的孩子為皇太子。」怎麼就不說呢？

還有更有趣的例子。后之宮僅僅一人強勢而直接地希望貫徹自己的意志，她的策略之一是將自己的女兒嫁給忠雅太政大臣做他的北之方。可是，忠雅已經結婚了，他的對象是正賴的女兒，六之君。忠雅在婚姻關係上是連結在正賴那一邊的，然而后之宮卻希望透過再許他一個（后之宮認為）有魅力的女性，把他拉到自己這一邊來。當時因為是一夫多妻制的緣故，這樣的想法也容易執行。

不過那時候正值藤壺被選為女御要進宮之際，眾姊妹們聚集在藤壺即將搬出的正賴家裡為她獻上祝福。六之君聽見后之宮傳喚太政大臣忠雅，打算將忠雅禁閉在皇女的住處，非常吃驚。六之君說：「忠雅如果和那麼美麗的皇女被關在一起，肯定就不會再看我一眼了吧。」她整個人陷入悲觀的念頭裡，一直待在正賴的宅邸，白天和夜裡都只會哭泣。

不明白內情的忠雅，數次派遣使者想要迎六之君回來，可是她卻遲遲不肯歸來，因此他便親自造訪正賴的官邸。針對這件事情，六之君不直接質問，是一個特徵。她說：「眾多姊妹聚集，雜亂擁擠，連見面的空間都沒有。」忠雅雖然知道自己總之是被拒絕了，卻一點兒辦法也沒有。他說無論如何希望兩個人先直接見個面再說，六之君卻怎麼也不肯見他。結果，在藤壺的皇子確定立為皇太子之後，六之君對忠雅的疑心化解，兩個人便和解了。話雖如此，如果六之君在聽到傳聞的那個時間點，就向丈夫忠雅確認的話，問題可能馬上就能解決。就是因為她避著連直接對話都不願意，事情才變得麻煩。我之所以在前文中寫道，就現代的感覺來看會讓人覺得奇怪，指的是這樣的部分。

夫妻的對話，還有一處讓人印象深刻，那是仲忠及其妻一之宮的對話。在進行相關敘述之前，有必要先針對兩人的關係稍微做一些說明。

仲忠是一名被視為是《宇津保物語》主角的男性，他是一個既優秀又俊美，受到上至帝王下至任何人尊敬的人物。他曾經視貴宮為意中之人，貴宮雖然只是隱隱約約地，卻也有回應仲忠心意的意思。貴宮從十支手指頭也數不完的男性那裡收到情書，卻近乎不盡人情地一封也不回，唯獨對仲忠例外。

不過，為了回應雙親希望想辦法讓女兒成為東宮之妃（進而在將來成為天皇的女御）的期望，還有皇太子本身心意的緣故，貴宮進了東宮。仲忠雖然悲傷，卻也由於接到天皇命令的緣故，他迎娶了天皇與仁壽殿女御所生之女一之宮為妻。仲忠雖然一開始對一之宮沒什麼興趣，但也因為一之宮生下了美麗的女兒犬宮的緣故，他開始打從心底重視起一之宮。然而，仲忠和貴宮的心底卻經常潛藏著互相愛慕的心意。

因為有著這樣的緣由，政爭的時候，仲忠的立場是非常微妙的。如果考量自己的親屬，他是梨壺的這一邊（梨壺是他的異母妹妹）。正因為如此，當后之宮進行陰謀之際，他才會和父親兼雅一起被傳喚。可是，這個時候，他卻對后之宮說貴宮其實是個聰明人，因而引發后之宮的不快。比起自己的親屬，或許他真正的心意是更盼望貴宮能夠幸福。

另外是關於仲忠與一之宮的對話。依據〈國讓（下）〉的這一卷，兩個人有過以下的對話。仲忠對一之宮解釋，自己與傳聞中的事件毫無關聯，並說自己最近連父親的宅邸也沒有去過。可是一之宮卻態度強硬得說「無風不起浪」，即使仲忠說沒有直接面見父親，那也不能當做是與這場謀略毫無關係的證據。仲忠想問個明白：「你到底認為我們做了什麼？」一之宮回：「你雖然假裝不知道，但是太政大臣和后之宮正在策劃陰謀。」仲忠眼看沒辦法更進一步說服，便改變了話題。

在這裡，仲忠與忠雅的例子不同，他直接辯駁。可是卻行不通。為什麼呢？為什麼一之宮不相信丈夫的話呢？在這裡，恐怕一之宮最想說的是「你沒有把我當做是最重要的人吧」，而這句話背後說的應該是「比起我，你心裡有更愛的人（貴宮）吧。」在這裡也是一樣，真正的對話以間接的方式進行。

5 日本人的美學意識

寫到這裡，我覺得似乎不能再說以現代的感覺來看，《宇津保物語》的對話不可思議了。像仲忠和一之宮這樣的夫妻對話模式，在很多情況下也可以直接套用在現代日本夫妻的對話上不是嗎？不說自己真正想說的，而是想藉著言及其他，讓對方能夠明白。或者，當某個人針對某件事情怒罵的時候，周圍的人便會對「他到底想說什麼？」進行種種揣測，像這樣的情形，並不僅限於夫妻對話，在日本各地的會議裡也都在發生。這麼一想，貴宮與天皇、六之君與忠雅之間的溝通不良，就不再只能當做是笑話了。這樣的情形對日本人來說，其實是根深蒂固的現象吧。

這樣的情形之所以會發生，根本上存在著可以稱之為日本美學意識的傾向。那就是，日本人似乎有著避免形成直接衝突的這個特徵，以及遁世的美學觀念。就後者而言，從正賴和貴宮對於政爭的態度裡可以看得出來。與其為戰勝做努力，他們兩人盡力做好出家的準備，免得在輸的時候受到世人嘲笑。與他們相對照的，是后之宮。為了打贏，她無所不用其極。在閱讀文中對於后之宮的描寫，甚至會感覺是不是為了把她塑造成「反派角色」，所以才如此誇張。而遵循遁世美學的那一邊則被當做是「正派」，最後贏得了勝利。

我這樣說，雖然看似畫蛇添足，不過，避免造成直接衝突，絕對不代表不加對抗。雖然會盡可能避免，然而在「已經受夠了，到此為止」的時候的戰鬥，反而會是格外激烈的。這一點從現代日本人的行動模式或是日本的歷史也看得出來。在失去所有的耐性之後，日本人似乎沒有貫徹美學意識到底的強烈意志。這一點雖然和平安時期的物語沒有關係，容我在此說明這是一般日本人的傾向。

前文中敘述的都是關於間接的對話，不過極為直接的夫妻對話，在《宇津保物語》裡是有的，關於這一點，接下來會稍微談一下。那是在物語已經接近結束的〈樓之上（上）〉這一卷。仲忠下定決心要將從母親那裡習來的古琴彈奏方法傳授給自己的女兒犬宮，並因此在京極建了宅邸。然後他對妻子一之宮說，在教授古琴的期間，犬宮和自己都會住在那裡，不會與一之宮見面。這個時候，他是非常斬釘截鐵地傳達了自己的意志。對此，一之宮也清楚回應說她無法忍受這樣的痛苦。因此，仲忠對她說不必擔心，夜裡他會偶爾去找她。對此，一之宮卻說她想見的是犬宮，仲忠不見也無所謂，這句話也說得非常清楚明白。仲忠束手無策，便說，如果不傾注所有精神認真去做的話，是沒辦法教授古琴的，如果一之宮一定要反對，那也沒有辦法，這樣的話，自己從今以後將不再教授犬宮任何事情，他把話說死了。如此一來，就連一之宮也不得已非順從不可。

依據日本的美學意識，后之宮以外的人物都以極其間接的表達方式，也就是沉默，來表達他們的意志，或是以遁世為前提來採取行動，而這樣的模式在這裡被打破了。尤其是仲忠在故事裡感覺被特別當做是一個理想的男性來描繪，這些話竟被當做是他的台詞，如前文所述一般地寫出來，實在很有意思。

這恐怕是因為故事人物把官位升遷與家族利益，以及古琴演奏的傳承看做是完全不同層次的事情的緣故吧。這件事超越了個人利益。關於音樂，將於後文中論述，要把「俊蔭─俊蔭之女（仲忠之母）─仲忠」這樣的傳承族譜再傳給女兒犬宮，和天皇的族譜有著一樣的份量。仲忠在這裡極為直接地與妻子對話，或許是因為他認為美學意識是不可違背的。

6 依靠自然現象解決

政爭因為天皇的決定，得以適切地解決。可是，這場政爭之所以沒有形成強烈的「爭戰」，原因之一可以說是后之宮的兄長兼雅沒有附和她的謀略所致。在兼雅的兒子仲忠身上，對貴宮的愛意發生了作用。因此，兼雅為了梨壺著想而採取行動其實也不奇怪。可是他卻說，如果梨壺之子成了皇太子，「對我們自己人雖然甚好，但是如此一來將引起世間群情鼎沸」，他自始至終支持著藤壺。也就是說，他超乎個人利益，順應整個世間的民情行動。或許是因為強調這種態度的緣故，王朝文學因此才不至於發生取人性命的嚴重爭執吧。

在迴避對戰的這一點上，《落窪物語》中有一段讓人印象極為深刻的故事。這則物語的女主角名為落窪之君，在繼母的迫害下成長。關於這一點，將於後文中敘述，在這裡介紹以下的情節。

落窪之君雖然被繼母欺負，卻出現了一名愛慕她，並悄悄造訪她的貴公子。只是依照故事慣例，這件事情被繼母察覺，繼母大怒，將落窪與侍女一同關進倉庫裡。此外，繼母更叫來一名遠親，一個名叫典藥助的老人，告訴他這個女孩可以隨你的高興處置。典藥助大喜過望，深夜之後來到倉庫小屋。

像這樣類似的情形，在古今東西方的故事裡數不清說了多少次。美麗而柔弱的女性被迫置身在男性的毒掌之中。這樣的懸疑緊張要如何解決，便是讓讀者見識創作者說故事的能力之處。

這如果是過去典型的西部電影，騷擾美女的是個粗暴的男性，而美女的男友毅然決然向他挑戰，最後獲得勝利。故事要收尾，對戰絕對是必要的，在這樣的情節中有著「正義必勝」的人生觀。這雖然是舊的故事模型，但是可以說這樣的故事即使是在現代，也都還主導著許多美國人的觀念。有時候，這樣的故事也可能稍微變化形式，讓人們覺得「勝利者必定是正義的一方」。即使沒有發生肢體上的衝突，在世界上常見的故事裡，也有主角或是配角是運用智慧，也就是透過智力贏得勝利來化解危機的。若要說這是戰爭，也可以稱得上是戰爭吧。

不過在日本的《落窪物語》中，卻沒有依循上述任何一個解決方法。典藥助雖然在深夜之後來到倉庫小屋，裡面的女子卻拚命用撐桿堵住倉庫門，讓門打不開。老人性急地想辦法開門，看看有沒有地方可以乘虛而入，在他繞著小屋走的時候，因為冬天氣候寒冷的緣故，他愈來愈冷，腸胃感覺愈來愈不舒服。到最後不知不覺瀉了肚子，老人慌忙地跑去清洗內褲，搓啊搓地，天漸漸就亮了。老人到最後終究是失敗了。

在這個故事裡，沒有用到人類的暴力、智力，也沒有發生戰事。說起來就是自然現象帶來了解決之道。如果你讀這則物語，看到內容詳細描述老人腸胃「咕嚕咕嚕」的發出聲音，會忍不住笑出來。像這樣的危機解決之道，其獨特之處恐怕是世界上其他故事裡找不到的。自然的運作遠遠勝過人類的算計。

如果把這樣的情節也納入考量來看整部《宇津保物語》，其中包含了種種主題，比起批判它的內容五花八門，缺乏故事的一貫性，更讓人感覺它的情節是首尾一貫地試圖想要描寫超越人類算計的力量。就首、尾的這一點而言，故事以音樂始，以音樂終。然而，這並非單純只是音樂演奏方法的傳承。音樂的流動，應該可以說如前文中提過的，是流動在人類世界底層的東西的象徵之一。

在這樣滔滔不絕流動的脈絡中，訴說著仲忠與貴宮之間這樣受歡迎的男女愛情故事。不過，這愛情終歸還是屬於人與人之間的個人意志，無法透過抗拒流動在底層的趨勢來成就。針對這段有情人無法終成眷屬的愛情，人類至少能做到的，或許就是將它塑造成一則淒美的故事來流傳吧。《宇津保物語》所說的，似乎就是這個道理。

註釋

1 譯註：Alfred Adler，一八七〇至一九三七年，個體心理學派創始人，亦為人本主義心理學的先驅。

2 譯註：古代官名，地位次於大、中納言。

3 譯註：皇太子所居住的宮殿。

4 原註：以下依據《宇津保物語》日本古典文學主題叢書（『日本古典文学大系』）10－12，岩波書店，一九五九至一九六二年，以及浦城二郎《宇津保物語》GYOSEI Corporation 出版，一九七六年。

5 譯註：藤原氏為家族子弟創設的教育機構。

6 譯註：地位次於皇后．中宮，服侍天皇於寢處。

7 譯註：指被天皇降為臣子並賜姓源氏的皇子。

8 譯註：對古代公卿、大名等地位較高者之妻的敬稱。

第四章

聲音的不可思議

1 聲音與氣味

人類重視視覺，甚至被稱為是視覺性動物。五感中最重要的是視覺，聽覺、嗅覺、味覺排在第二、第三順位。而觸覺被視為最退化的感覺。

王朝物語中有眾多俊男、美女登場，故事裡描述著他們的樣貌。其中，用「にほひ」[1]來形容他們的美貌，值得注目。有一個形容詞叫「にほひやか」[2]。在我的童年時代，人們應該也還使用著「にほやか」[3]這個字。可是在今天，知道這是用來形容美麗女子的年輕人應該很少了吧。說起來，「にほやか」的女子或許也很少了呢。「にほひ」原本是赤色（丹色）等鮮艷的顏色美麗奪目的意思，似乎是在轉化之後變成了嗅覺上所感覺到的「氣味」。暫且不論其他，意味著美麗的形容詞和嗅覺產生連結的這個事實，實在很有意思。

關於這一點，中國的日本文學研究者朱捷指出[4]，在《源氏物語》（〈新菜下〉）中，當源氏在針對女性敘述的時候，連續使用了「にほひ」這個詞。他說女三宮是「**にほひ**やかなる方は後れて」（此人缺乏艷麗之相），明石女御是「いますこし**にほひ**加はりて」（艷麗之相較多），而紫之上則是「**にほひ**満ちたる心地して」（美麗絕倫）[5]。在《源氏物語》的中文譯本（豐子愷譯）裡，這些情況下的「にほひ」被譯為「艷麗」、「美麗」等。這是因為在中文裡，

沒有與嗅覺通用的美的形容詞的緣故。不過他說在中國，形容女性的美，會使用與聽覺有關的「韻」字。在「天姿風韻」這個詞彙裡，女性的美麗姿色（天姿）和飄散出來的氣質，亦即風韻，是非常重要的。確實，「にほひ」這個詞彙也是一個比起形容美麗的姿色，更多的是表現出從中散發出來的氣息。

日本的漢字「匂」[6]依據朱捷所述，是一個從中國的「韵」（「韻」字的別體）字的右半部創造出來的字。事物內在的氛圍不著痕跡地顯露出來，雖然無法明確捕捉，然而在中國和日本卻都試圖以聽覺、嗅覺，而非視覺的表現方式來呈現。也就是說，「にほひ」並不是一個直接與嗅覺連結的詞彙。對於無法具體表現的美，「にほひ」不是以這張臉是怎麼樣的一張臉，身材又是如何等等這樣的方式來敘述。這個詞彙是用來形容飄盪在氛圍裡的、無法捕捉的美。

透過視覺掌握的現實，很容易化為言語。可是，在嗅覺或是聽覺（音）的情況下，就很困難了。後者馬上就消失無蹤，說得極端一點，甚至連是不是曾經存在過都很難說。可是，正因為它們具有這樣的特性的緣故，「にほひ」和「韻」字才會被用來形容美人。

不過，說起在王朝物語中登場的熱戀男女的私下密會，男女在第一次相見的時候，都是在黑暗之中，因此視覺幾乎派不上用場。那是一個仰賴聽覺、嗅覺、觸覺的世界。可是如果繼續閱讀下去，會發現嗅覺、觸覺的相關敘述出乎意料之外地少。恐怕觸覺是因為過於直接，所以避免描述，嗅覺則是很少發生的緣故吧。「にほひ」應該是相當重要的，相關敘述卻非常少。

關於日常情境的描繪也是一樣。在《源氏物語》中，眾所周知的人物「匂宮」登場，讓「にほひ」成為話題，不過這應該是例外。相較之下，在王朝物語裡，聲音則真的扮演了非常重要的角色。

例如，在《源氏物語》的〈夕顏〉這一卷裡，描述源氏在夕顏家過夜時的情形，有著這樣一個段落。這一天是八月十五日，「皓月當空」[7]的寫法是常見的描述。天方破曉，可以聽見鄰人說話的聲音。從這樣的敘述也可以觀察到夕顏的家境如何。接下來繼續引用原文。

> 那舂米的碓臼，砰砰之聲比雷霆更響，地面為之震動，彷佛就在枕邊。源氏公子心中想：「唉，真嘈雜！」但他不懂得這是什麼聲音，只覺得奇怪與不快。此外騷亂之聲甚多。那搗衣的砧聲，從各方面傳來，忽重忽輕。其中夾著各處飛來的寒雁的叫聲，哀愁之氣，令人難堪。源氏公子所住的地方，是靠邊一個房間。他親自開門，和夕顏一同出去觀賞外面的景色。這狹小的庭院裡，種著幾竿蕭疏的淡竹，花木上的露珠同宮中的一樣，映著曉月，閃閃發光。秋蟲唧唧，到處亂鳴。源氏公子在宮中時，屋宇寬廣，即使是壁間蟋蟀之聲，聽來也很遠。現在這些蟲聲竟像從耳邊響出，他覺得有異樣之感。[8]

引用原文，雖然不像是我的作風，然而光是看這一段，在這短短的原文中，舂米的碓臼、砧、雁的叫聲、庭院裡的蟲聲、壁間蟋蟀等，加入了種種聲音的描寫。再加上還有先前的鄰人談話聲，源氏的耳裡，真的可以聽到好幾種聲音。舂米的碓臼等聲音，或許他從來沒有聽過呢。在這樣眾多聲音的背景之中，體型纖細、總讓人覺得有點兒虛無的夕顏與源氏共處。
　這些讓人感覺到夕顏這位女子容易與異世界連結，並且似乎預言著之後將發生的，夕顏因鬼怪出現而猝死的事件。源氏看著夕顏的樣貌，覺得她太過可憐了，因此他覺得如果她能再稍微剛強一點兒就好了。可是在聽覺上又捕捉到圍繞著她的種種聲音，隱隱地可以感覺到夕顏那超乎理解範圍的生命。故事裡述說著，聲音擁有這樣不可思議的效果。

2《宇津保物語》和琴

在王朝物語中，如同已經敘述過的，「聲音」肩負著重要的角色。如果這聲音變成了音樂，那會怎麼樣呢？這也是極為重要的一點。在物語中敘述著種種樂器和演奏樂器的情形。琴、箏（箏琴）、和琴、琵琶等弦樂器，接著是橫笛、高麗笛、笙（笙笛）、篳篥[9]、皮笛、草刈笛[10]等管樂器，再加上還有打擊樂器。這些樂器有時候用來獨奏，有時候用來合奏。現在，這些樂曲能夠被重現到什麼樣的程度，雖然不得而知，不過光是閱讀故事，浮現出的曲貌著實絢爛華麗。

如果要思考王朝物語中音樂的意義，無論如何都得舉《宇津保物語》為例。「國讓」裡說過相關的故事，這一點已經在前文中論述過。在《宇津保物語》裡，我們終究無法忽視琴的存在。一開始的〈俊蔭〉，以及最後的〈樓之上（上）〉、〈樓之上（下）〉，完全都是關於琴的故事。不過話雖如此，如果就此斷言《宇津保物語》是以琴為主題**首尾一貫**的物語，有些人應該也是沒有辦法馬上認同的吧。原因在於，在《宇津保物語》中，詳細敘述了圍繞著美人貴宮的男女糾葛，以及接著在後來發生的「國讓」等政爭情節，這些都是非常興味盎然的故事。因此，《宇津保物語》的主題到底是什麼，人們到現在依然討論不休。吸引我的目光的最新論述，是日本文學研究者江戶英雄的〈恩愛與異鄉——宇津保物語的主題〉[11]，我因此才知道專家學者依然討論著這個問題。

關於《宇津保物語》的主題，雖然依然有人進行著種種論述，不過眾所周知的，強烈主張這是一則關於琴的物語作品的，是岩波書店出版的「日本古典文學主題叢書」（日本古典文学大系）《宇津保物語》的校註、解說者、〈宇津保物語的琴〉[12]的作者——河野多麻。在文章裡她明確指出：「宇津保物語以琴的音樂為主題，全卷物語從頭到尾貫穿著對於琴的尊重和讚美，求婚故事則被放在次要的地位。」而在之後有關於《宇津保物語》中的琴的論文，我還參考了日本文學博士三苫浩輔〈琴的物語——宇津保物語序說〉上、下[13]，以及日本國文學者野口元大《宇津保物語的研究》[14]的第五章〈宇津保物語的音樂〉。每一篇研究都綿密周全、饒富趣味，我感覺時至今日似乎沒有什麼可以多談的了。不過，因為切入點不一樣，我還是希望能夠參照這些論述，說說自己的意見。

首先是〈俊蔭〉這一卷，野口指出：「這一卷，原本是被當做獨立的作品來寫成的。」確實，相較後來數卷中提到的故事情節，只有這一卷現實的程度明顯不同，感覺彷彿像是「童話」。這雖然大體上是俊蔭這個實際存在的人物的漂流記，然而他所經歷的事，可以說完全是**非現實的**。與其要探討俊蔭以遣唐使的身分踏上旅程，在船難之後隨波漂流上岸的「波斯國」位在何處，不如說他在之後遇見的人物角色全都脫離現實，他甚至還遇上了佛陀和文殊菩薩，這顯示出他身處在一個完完全全的「異世界」。前述江戶英雄的論述，也強調波斯國的異世界性質（異鄉）。

俊蔭漂流到一個陌生的國家，在不安和哀傷中，他一心念誦觀音菩薩誓願文。突然，一匹戴著鞍的白馬出現，他乘著白馬來到苦楝樹林，遇見了三個彈琴的男子。他向他們習琴。也就是說，俊蔭在離奇的異世界裡學得了琴術。可是這還不夠，俊蔭漸漸深入到異世界去。

俊蔭循著從遠方聽見的「聲音」，來到了砍倒一棵巨大桐木的阿修羅之處。在這裡，異世界的層次更甚前文。一位童子從天而降，俊蔭依照他所捎來的命令，取得了以阿修羅所伐之巨大桐木的三分之一製成的三十把琴。故事到了這裡，數字「三」成了重要要素。三名男子、連續三年伐木的聲音、俊蔭見到阿修羅之前的三年、木頭切成三等分、三十把琴等等。然而，在俊蔭彈了三年的琴之後，七位天女現身。從這裡開始，重要的數字從三變成了七。詳細的故事就不說了，接著還有俊蔭造訪七座山的主人、彈上七日七夜的琴等等。

關於數字的象徵性，存在著很多意見紛歧的論述，雖然無法斷言，不過，「三」展現出生氣蓬勃的前進歷程，「七」則意味著具備某一種完整性卻又充滿著不可思議的意義。七大不可思議的概念，是一種在世界上廣泛存在的想法[15]。或許，這跟質數連續從一、三、五、七，數到七時暫停，接下來就跳到了十一有關也不一定。

俊蔭像這樣獲得了琴和演奏的能力，帶著兩者回到了日本。也就是說，他帶著在異世界的體驗回到了「人世間」來。這樣的情節是在包括神話、民間故事等很多的故事裡都可以見到的模式。一個在某種意義上經歷了「非人世」體驗的人，他將那樣的體驗以什麼樣的形式帶回到這個世界來，在這一點上有它的意義。在異世界的體驗，因為和人世間的體驗在程度上相差太大，要說給其他的人聽，不但極其困難，甚至可能是危險的。例如，浦島太郎可以視為是無法將難得的異世界體驗順利帶回人世間的例子。又或者在《竹取物語》中，當來自異世界的輝夜姬要回去她的世界時，人世間沒有誰可以阻止得了。

俊蔭的情況則是抵達了「波斯國」，並見到佛陀和文殊菩薩，這是一場非常不一樣的異世界之旅。而他帶回日本的「琴」以及彈奏技巧，也就是「聲音」的世界，有著高度的象徵意義。如同在前一節中已經論述過的，那是眼睛所不可見，雙手所不可及，卻確確實實會發出聲響的東西。在這裡如果把這個故事當做是人類的內心世界，那麼讀者應該可以了解，從人類的靈魂傳達到意識，「聲音」正是最合適的媒介。

人類如果想要確實感覺自己的存在，就必須與靈魂連結。如果切斷了與靈魂的連結，即使得到了人世間的財富、地位，也會因為潛在的不安全感而感到恐懼。王者的權力也是一樣。雖然憑著天皇的血統來繼承、確立王權也很重要，然而做為支持王權的要素，和「異世界」的連結也是必要的。而扮演著連結王權和「異世界」的角色之人，將這個身分傳承下去也很重要。俊蔭一家，便承擔著如此重要的任務。他憑著自己在異世界的體驗，清楚地覺察到這一點。所以他的首要之務，便是「辭去所有官職」。因為如果他在回國之後馬上進入王權體制，實在太過危險。而關於他的音樂如何傳承下去，將在下一節中討論。

3 音樂的傳承

俊蔭結婚之後，有了一個女兒。他如同前文中提過的，辭去了所有官職。不過，在那之前，他曾經在宮裡展現出他彈琴的威力。當他拿出勢多風（銘）琴開始彈奏大曲[16]時，大殿的瓦片開始碎裂，時值六月中旬，居然降下白雪，魔力驚人。此時，天皇拜託俊蔭服侍皇太子並教導他彈琴，俊蔭不僅推辭了這項工作，更辭去了所有的官職，原因如前所述。

俊蔭教導自己的女兒彈琴。在女兒滿十五歲的時候，女兒的母親死了，俊蔭也跟著往生。俊蔭在臨死之前告訴女兒，他將南風、波斯風兩把琴藏在洞穴裡，除了在極不得已的狀況之外，不得演奏。女兒過著窮困的生活，和一位偶然路過的年輕貴公子結下了露水姻緣，因此有了身孕，產下一名男孩。後來山窮水盡，她便住到山中巨大杉木的空洞（樹洞）裡。

俊蔭的異世界體驗如果立即與人世間的王權連結，會非常危險。而繼承了俊蔭琴技的女兒雖然沒有再次造訪「波斯國」的必要，卻也必須與日常的世界稍微隔絕。這是她的「空洞」[17]體驗。因為這樣的境遇，她彈琴的技法磨練得更好，後來她又傳承給自己的兒子。在這裡，我們看見了完美的傳承線，也就是「外祖父—母親—兒子」這樣依據血統的傳承實現。

既非父系也非母系，而是循著「外祖父—母親—兒子」的傳承線，這是日本的特徵（雖然我認為這不能說是日本獨有的）。關於這三位一體的重要性，因為已經在前文中數次探討，因此就不再重複。不過在根本上，「母親—兒子」的組合最為重要，而為了平衡母性在這個組合中的優勢地位，同時也為了重視血脈傳承的緣故，父性以祖父的形式搭配在其中。也就是說，《宇津保物語》中的主角還是仲忠，而在仲忠的母子關係背後，則存在著極具精神象徵意味的祖父——俊蔭。仲忠在和母親共同經歷的「空洞」體驗之後，進入到**這個人世間**，並漸漸以世間人的身分出人頭地，然而他真正的角色卻是俊蔭族譜的繼承者，而俊蔭又曾經是極為異質又遠離人世的存在。

以仲忠為起點來進行琴的傳承，還是得採取「父親—女兒—外孫」的形式。因此，仲忠在自己的孩子之中，只特別重視女兒犬宮，對兒子幾乎是漠不關心。仲忠的兒子稱祖父兼雅為父親大人，把仲忠當做是外人，稱之為大將，這些敘述可以在〈樓之上（上）〉裡可以看得見。對仲忠而言最重要的，終究還是女兒。

這麼一想，我們就能夠理解仲忠與貴宮的戀情之所以無法開花結果的意義。對他來說，最重要的事情是琴的傳承，「人世間」的事就算再重要，也都是其次。貴宮雖然是豔冠群芳的美人，但是她和輝夜姬不一樣，她是「人世間」的人。貴宮很快就與皇太子成婚，感覺鋪陳不足，不過即使她對仲忠傾心，她畢竟還是被賦予了繼承「人世間」王權的命運。

有非常多的男性對貴宮寄予好感，可是貴宮對此擺出一副完全冷淡的態度，甚至教人感覺殘酷。這樣的她，只有對仲忠釋出回應（〈祭之使〉）。她雖然很明顯希望能夠與仲忠結為連理，不過還是依順命運的安排與皇太子成婚。仲忠在京極蓋了高樓，並將琴技傳授給犬宮，當他們要在八月十五日公開演奏時，貴宮（藤壺女御）希望能夠出席聆聽，她清清楚楚地對父親正賴左大臣說，自己當時是希望能夠成為仲忠的北之方的，都是正賴硬逼著自己入宮。她說，能夠依照自己的意願去看去聽，才是人世間真正的幸福。

對仲忠而言，或許他也很想說，和自己真正想娶的人結婚才是人世間真正的幸福吧。即使從外人看來，仲忠和貴宮似乎都具體實現了人世間的幸福，可是他們卻都沒有掌握真正的幸福。這一點是王朝時代眾多物語的重要主題。無論是仲忠還是貴宮，都有他們各自必須遵循的命運，他們的私人情感，在這樣的命運之前是毫無反抗能力的。仲忠在「國讓」的時候之所以沒有積極採取行動，也是因為他除了琴的傳承這件重大的事情之外，其他都不會盡全力參與的緣故。這樣來理解應該是沒有錯的。關於其他的事情，仲忠雖然會積極採取種種行動，同時也擁有實權，卻不會為了自己的家族而運作，看起來實在是個觀望主義者。或許也有人認為他這樣的表現是出自於對貴宮的愛意，希望對她好，所以才這麼做的。不過從這個物語的主題來思考的話，先前所述的見解應該還是比較正確的。

在琴的傳承實現之時，仲忠呈現了極為華麗的演出。這是這部物語的終曲，在這之前，他總是任意拒絕別人聽自己彈琴。即使是來自天皇的請求，他一樣都會端出種種藉口辯解、推辭。這是因為他覺察到，彈琴給他人聽，有著和王權同等份量的緣故。仲忠連天皇的請求都不答應，在女兒出生的時候卻歡天喜地地彈起琴來。他抱著剛出生的孩子，拿出了龍閣風琴彈奏了「寶生」

這首曲子。他應該真的是很開心吧。

此時，其他人慌慌張張地想要聽琴的模樣，也很有意思。尤其是彈琴名手涼中納言手裡拿著外褲和外衣，外衣前方還敞開著便匆忙前來，這也成了後來的話題。對涼中納言來說，這場演奏是無論如何都想親耳一聞的。這個時候，當仲忠繼續彈著，天氣突然變糟了起來。仲忠因此要求母親彈奏一曲。她所彈奏的曲子撫慰了人們的心，幾乎能使人們忘卻憂苦，仲忠的妻子女一之宮雖然因為產後正躺臥休息，卻也因此神清氣爽地從臥鋪坐起身來。總而言之，琴有著非常顯著的神奇效力。

說到琴的神奇效力，這裡回溯到之前的情節，當仲忠在與涼中納言比賽演出的時候，發生了一件讓人更為印象深刻的事。在那個時候，風起雲湧，星月騷動，冰雹降下，雷聲響起，最後，一名天女從天而降跳起舞來。仲忠配合著琴聲吟詠：

拂曉微光，天女隱約可見。百看不厭，盼能暫留人間。

天女再舞一段之後，便飛回天上（〈吹上（下）〉）。俊蔭在波斯國習琴的時候，曾經有人說七名山主人中的其中一人將會轉世成為他的孫子。這段故事顯示出，仲忠以讓人聯想到上述經歷的精采演奏，將他自己和天上世界強烈連結。他的音樂有著連結天與地的作用。

故事裡還有一處是仲忠被天皇命令彈琴而四處躲避的情節（〈初秋〉）。對此，天皇最後也放棄了，拉出仲忠的母親要求她彈琴。仲忠的母親從離開深山的「空洞」（樹洞）之後不曾再碰過琴，然而君命難違，她終究還是彈了。皇帝因此大為感動，任命她為尚侍[18]。而這件事如果發生在過去，她就成了國母，生下仲忠這位親王。這意味著她將成為皇后，而她的孩子將接著成為天皇。在這個情況下，就形成了「俊蔭—皇后（仲忠之母）—天皇（仲忠）」這樣三位一體的王權。也就是說，這裡意味著尚侍雖然進入了琴的傳承線，然而就潛力而言，她也是具有進入王權傳承線的潛能的。

4 音樂與異世界

俊蔭在習琴之前，經歷了漂流到一個名為波斯國，卻不知位居何處的國家的事實。從之後的情節發展來看，他的體驗稱為「異世界」的體驗也是合理的。而他在那個世界習得的琴，引發了種種神奇的事件。

三苫浩輔在前述的〈琴的物語——宇津保物語序說〉中，利用《古事記》[19]的大國主命、神功皇后等故事，詳細討論了琴在日本被視為何等神聖之物。另外，三苫將「空洞」視為為了增加音域而在琴板背面穿的孔洞，也就是將它與「『空洞』（樹洞）」連結，這也非常有意思。這顯示出琴在《宇津保物語》中占了多麼重要的地位。

支持著人世間的異世界，與支持著人心的靈魂是平行並列的。人為了得到真正的內心平安，就必須與靈魂產生連結。靈魂的運作無法以人類的心理輕易推敲得知，不過把它當做是傳達到心靈的「聲音」，尤其是「音樂」，是非常恰當的。有時候，我們無法清楚得知它是從哪裡傳來的，有時候它又超越或是穿透了界限傳來，還有時候那也是連結靈魂與靈魂的媒介。

以音樂不可思議的力量為重要主題的物語作品，還有《夜之寢覺》（《寢覺物語》）。這一則物語中的樂器不是琴，而是琵琶。故事的女主角中之君（寢覺之上）在十三歲時的八月十五日

——又是八月十五日——夢境中出現貌似中國畫裡人物的人，教她彈琵琶。因為這一場夢中的傳授，中之君的琵琶有了明顯的進步。而在她十四歲時的八月十五日，夢中又出現同樣的人物教她彈琴。不過，這個時候天人卻說她「有著讓她極度煩惱、心煩意亂的宿命」。

女主角中之君很明顯地是個與異世界有關係的人，這迫使她去經歷一件又一件不屬於人世間的體驗。關於這一點，我將於其他文稿中論述。不過總而言之，她的魅力雖然吸引了以天皇為首的眾多男性，然而她卻如同天人所預言的，為註定的命運而哀傷。我們也可以說是這道預言使她踏上了悲傷的命運。然而因為最後她的兒子成了天皇，從社會的角度來看，她站上了女性的最高地位，所以我們也可以解釋為她雖然接受了天人的音樂傳承，也就是她雖然身為靈魂世界的中心人物，卻被拉攏到不同於那個世界的社會王權的這一邊，因而造成了悲劇。實際上，在《夜之寢覺》中完全沒有提到琵琶的傳承。這個時代或許和《宇津保物語》的時代不同，一般人變得只關心王權了也不一定。

這裡，我們再把話題轉回《宇津保物語》。在這個故事裡平行敘述著社會意義的王權繼承，以及音樂上的「王權」繼承。因為同時敘述這兩件事情的緣故，《宇津保物語》經常遭受非議，說它主題混亂或是故事裡沒有一致性。不過如果站在目前為止我所論述的邏輯來看，則絕對不是這麼一回事，讀者應該可以充分理解，這兩條傳承線有其平行敘述的必要。

仲忠在將琴傳承給女兒犬宮的時候，面對妻子女一之宮，他採取了非常清楚明白的態度，這一點如前文所述。他看似不好爭執，尤其在「國讓」的時候採取了可謂是優柔寡斷的態度，可是一旦遇上琴的事情，即使面對的是妻子，他的態度都極為果決明快。他雖然將琴教給犬宮，卻不教給女一之宮，並且堅持在教琴的這一年之內，女一之宮不可以見犬宮。即使女一之宮抗議，他依然貫徹執行。女一之宮雖然也頑強對抗，然而最後仲忠甚至把話說絕了，他說如果女一之宮無論如何都不願意對犬宮放手，自己就什麼也不教給犬宮了。

在〈國讓（下）〉的這一卷中，事先鋪排了故事發展的線索，以突顯仲忠這樣的強硬態度。文中提到在妻子女一之宮因生產而痛苦之時，他是如何地心疼她。仲忠甚至說出如果女一之宮死了，他也將縱身深川自盡。此時，他拜託他的父親兼雅，在自己死了之後好好養育犬宮，或許這是因為他感覺到犬宮擁有繼承琴的力量的緣故吧。當女一之宮平安分娩之後，仲忠拜會女一之宮的父親朱雀院[20]之時，朱雀院覺得匪夷所思，如此相貌堂堂之人怎麼會在妻子生產的時候哭到失去了理智呢？可見仲忠對妻子的愛意是相當深厚的。如果之前沒有明確地描寫這個事實，仲忠在琴的傳承上對女一之宮語出嚴厲的意義便無法突顯出來。就這一點而言，故事的結構安排得相當出色。

由於仲忠認為琴的傳承應該在遠離俗世的安靜之處專心進行，因此他在俊蔭的宅邸所在之處「京極」新建了一棟樓。對於仲忠將地方選定在京極，仲忠之母尚侍也很贊同，心生歡喜。當仲忠表明心中的擔憂，不知道父親兼雅對這件事會有什麼看法，尚侍清楚地回應「你不需要在意這件事情」。她說，她想住在京極之地，替父親（俊蔭）辦佛事。透過這樣的對話，確認了前述「外祖父─母親─兒子」三位一體的強勢力道。雖然尚侍和仲忠被描繪成謙虛、經常替他人著想的性格，然而一旦事關緊要的琴，尚侍之夫兼雅、仲忠之妻女一之宮，都完全被排除在外了。也就是說，我們可以強烈感受到這兩個人貫徹到底的決心，是超越他們平常意志的、更高一個層次的意志。

琴的傳承在「樓之上」進行。一度曾經置身「空洞」世界的琴，現在被搬到一個強調與天連結的空間，這是「異世界」的特性。這個特性裡同時存在著地上的性格與天上的性格，而這兩種性格的其中之一，會依據每一個時間點的必然性不同而受到強調。我們也可以說是破壞與建設。琴的演奏使很多人感覺精神爽快，同時卻也帶來大地震動、雷聲鳴響。

為了聆聽在樓之上舉辦的演奏，嵯峨院、朱雀院都移駕前往。甚至連待在遙遠的皇宮裡的天皇都奇蹟似地可以聽得見這場演奏。這場演奏到底有多精彩，請讀者參閱原文，不過有一件事情必須在這裡一提。在尚侍、仲忠、犬宮彈琴、進行傳承的過程中，有一天俊蔭出現在尚侍的夢裡。俊蔭在夢裡稱讚仲忠的琴彈得非常好。也就是說，俊蔭為琴的傳承做了背書。

不過，在原文的最後，上達部[21]及殿上人[22]相互交談，他們稱讚仲忠，說他今後應該也會好好對待尚侍和犬宮吧，故事在這裡畫下句點。這和西洋的傳說故事裡經常可見的「王子和公主結婚之後，從此過著幸福快樂的日子」的結局兩相比較之下，讀者應該可以充分了解《宇津保物語》的意義。我們很難單純地說仲忠是個**幸福的**男主角。仲忠和貴宮最後並沒有辦法結為連理，妻子女一之宮對仲忠也沒能抱持溫暖的感情。人物的私人情感雖然沒有被滿足，但在王權的繼承（貴宮進入了這些傳承線中）和琴的傳承（仲忠這條線）上卻貫徹始終。也就是說，這其中無論哪一條線，對人類而言都是不可思議的，**もの**（靈魂）的顯現。王權採取的是世俗性較強的形式，琴則是做為支持王權的、更接近於靈魂的傳承線。《宇津保物語》這個「もの所說的故事」就像這樣結束了。在這則物語作品中，主題並未混亂，故事自始至終以「もの」為主題，敘述它如何清楚呈現在這個人世間。

只不過，在這裡有件事情讓我一直放在心裡。那就是在文中偶爾會預測，說犬宮是不是會與下一任的皇太子互結連理。如果這件事情實現了，犬宮成了皇后，而她的兒子在之後成了天皇，那會怎麼樣呢？這個時候如果以仲忠為起點，犬宮的兒子當上天皇之後也繼承了琴的話，這個人物將成為世俗意義上的王權，以及靈魂傳承線——琴的傳承脈絡兩方的繼承者。而仲忠則將成為可以站在任何一條傳承線上的、具絕對意義的存在。這該怎麼理解呢？《宇津保物語》是讓讀者視仲忠原則上為本篇故事的主角，並預測他將成為一個具絕對意義的人物，然後讓讀者期待這樣的劇情將在新的故事裡實現，並就此結束了這個故事嗎？又或者，作者是不是認為這是多餘的情節，是不是認為如果可以預測這樣的情節在寫完之後必定又會出現往低潮走的後續發展，那麼這原則上就是個不該被說出來的故事呢？這些問題的答案都不得而知。或許作者認為雖然留下了這些預測和疑問，但故事無論如何都應該要在這裡大致告一段落了吧。這樣的結尾，是《宇津保物語》不同凡響的收場。

註釋

1 譯註：讀音 nihohi，日文古語，名詞。現代日語平假名寫做「におい」（讀音 ni-o-i），漢字為「匂」。
2 譯註：讀音 nihohiyaka。
3 譯註：讀音 nihoyaka。
4 原註：朱捷〈在「にほひ」中看到的日本人的嗅覺〉（「にほひ」にみる日本人の嗅覚）國際日本文化研究中心紀要，《日本研究》第十五集，一九九六年。
5 譯註：上述三處括號「（）」中之中譯，引用自《源氏物語》豐子愷譯，木馬文化出版，二〇一〇年。
6 譯註：請參照上述「にほひ」譯註。
7 譯註：此處中譯，引用自《源氏物語》豐子愷譯，木馬文化出版，二〇一〇年。
8 編註：《源氏物語》一，日本古典文學主題叢書14（日本古典文学大系14），岩波書店，一九五八年。此處中譯，引用自《源氏物語》豐子愷譯，木馬文化出版，二〇一〇年。
9 編註：為日本雅樂的傳統樂器，聲音高亢淒厲。名稱可能是由突厥語或匈奴語直接音譯而來。
10 譯註：割草童子吹的笛子。
11 原註：「恩愛と異郷——うつほ物語の主題」『国文学研究資料館紀要』（《國文學研究資料館紀要》），一九九七年。
12 原註：「うつほ物語の琴」『お茶の水女子大学人文科学紀要』（《御茶之水女子大學人文科學紀要》），一九五六年。
13 原註：「琴の物語——宇津保物語序説」上·下『国学院雜誌』（《國學院雜誌》）第六三卷五號、六號，一九六二年。
14 原註：『宇津保物語の研究』笠間書院，一九七六年。
15 譯註：相似的概念例如「七大奇觀／奇景」。
16 譯註：雅樂中依規模、格式區分為大、中、小曲，其中最上位之曲。
17 譯註：空洞的古語讀音為 u-tsu-ho，與「宇津保」的讀音相同。
18 譯註：古代日本律令官制下的後宮內侍司的最高長官，後來也被視為天皇側室。
19 譯註：日本最早的歷史書籍，完成於西元七一二年。

20 譯註：退位後的朱雀帝。

21 譯註：古代日本律令制的攝政、關白以下，官位在三品以上的人的總稱。

22 譯註：官位在五品以上，被准許登殿謁見天皇的人的總稱。

| 第五章 |

繼子的幸福

1《落窪物語》

在前文中，我以「殞滅之美」為題，提到不結婚（或是在結婚之後）消失離去的美女形象，在日本的物語中是何等重要（第二章）。稱得上是這種美女形象的基本型的，是《竹取物語》的輝夜姬。不過在日本的物語中，存在著和輝夜姬完全對立的形式，故事裡的女性最後走入了「幸福婚姻」。《落窪物語》描寫出了這樣的典型例子。此篇物語的女主角落窪之君和理想的男性結婚，整個家族也跟著繁榮興盛，如字面所述極盡榮華富貴。說到榮華富貴，在王朝物語中，女性即使在社會上達到了這樣的地位，在個人的戀情上仍無法如願的人物很多。然而，落窪之君在這一點上卻是百分之百的幸福美滿。這一點是這一部物語的特徵。

不只是王朝文學，從日本文學史來看，我們也可以了解，在日本文學作品中有著多樣化的女性人物，而「輝夜姬」、「落窪之君」是女性形象兩個極端的典型例子。不過，為什麼後者在所謂的大眾文學中有比較多的著墨呢？作家小島正二郎說：「如果要問我的意見，我認為《落窪物語》是一部大眾小說。」[1]雖說如此，這部作品的價值又是另當別論了。

《落窪物語》的作品完成時期和作者都不詳。關於完成時期，雖然有種種說法，不過一般認為是十世紀末的作品。也就是說，它是存在於《竹取物語》和《源氏物語》之間的作品。這部作品是現存最古老的，獨立描寫「霸凌繼子的故事」的物語，這一點被視為是它的特徵。霸凌繼子在王朝文學中雖然也是一個重要主題，例如，在《宇津保物語》中出現的「阿忠」的故事，便是其中一則。而以霸凌繼子為主題的《住吉物語》，現存的作品是鎌倉時代[2]的改寫之作。因此，我才會在前文說《落窪物語》的年代是最為久遠的。

在我與日本國文學者古橋信孝針對《落窪物語》進行對談的時候，他在一開始就說：「追根究柢，《落窪物語》的主題到底是什麼？我認為這應該是一則關於女性成年禮的故事。」這讓我留下非常深刻的印象[3]。古橋接著還說：「閱讀這部物語作品的行為本身就是一種女性成年禮。」我百分之一百贊成他的看法。我認為，這部物語敘述的並不是一個身為「繼女」的女性的不尋常故事，而是通用於一般女性（甚至普及於一般人類）的重要事情。

《落窪物語》的開頭提到，中納言源忠賴的長女、次女已經招婿住在西邊和東邊以拱橋相連的兩棟宮殿裡，三女、四女則接近舉行裳著儀式[4]的年紀。另外還有一位女孩與他們同住，她的母親是一位繼承了皇族血統的女性，中納言偶爾會去她的住處，但她很早就過世了。中納言的夫人大肆寵溺自己的女兒，卻讓這個繼女住在一個地板陷落、恰似窪洞的房間裡，動輒對她大發雷霆。後母命令僕役們稱呼這位繼女為「落窪之君」，所有人都聽命行事。

落窪之君實際上是個美人胚子，可是誰都不理睬她。她的裁縫手藝過人，奉後母之命縫了一件又一件異母姊姊夫婿的衣服，過著像是僕役一般的生活。

服侍落窪之君的唯一一位奴婢，雖然在三小姐結婚之後被調派到三小姐那裡，她卻還是時時惦記著落窪之君。她名為阿漕，和三小姐夫婿藏人少將的隨從帶刀結婚。帶刀的母親曾經是左近衛少將的奶媽。左近衛少將後來常常去找落窪之君，兩人之間有了堅定的情感。在這段過程中，落窪之君窮得連衣服、用品什麼都沒有，過得相當悲慘，阿漕從自己的嬸嬸那裡借來了各式各樣的東西，張羅得十分周到。

同時間，落窪之君的後母接二連三地交代她裁縫的工作，沒收她的貴重物品，無所不用其極地霸凌她。她的情人少將目睹這樣的情形，雖然感到憤怒，卻束手無策。後母知道落窪之君有了情人，向丈夫進讒言，將她關進倉庫裡。在這樣的時候，落窪之君的父親經常是完全無能地照著後母的話做，這是一個特徵。

後母不只將繼女關在倉庫裡，還教唆自己的叔父典藥助，一位年過六十的老人，告訴他說落窪之君可以任憑他的喜好處置。老人大喜，想辦法要侵入倉庫裡，卻因為阿漕的機智應變怎麼也打不開門，後來更因為腹瀉的緣故，計畫失敗。對於落窪之君之前受到禁閉一事，情人少將除了嘆息之外什麼也做不了，後來他乘隙將她搶了過來，兩人住在二條附近的住所裡。阿漕也和帶刀一起服侍這對年輕的新人夫妻。

從這裡開始，故事急轉直下，年輕的少將官位逐漸晉升，成了一人之下萬人之上、有權有勢的人，在這個過程中，他狠狠地對落窪之君的後母進行了報復。畢竟他是一個有強烈復仇心又處心積慮的人，因此接二連三地想出了新計畫並且付諸實踐。也因為他既有權力又有財勢，所以可以隨心所欲地進行報復。反之，落窪之君認為後母雖然是後母，終究還是自己的母親，而且後母的不幸也會波及父親造成他的不幸，因此想辦法要阻止丈夫的計謀，可是丈夫卻一直進行下去。此時，阿漕還盡心協助，令人印象深刻。這個段落的復仇戲碼構思得非常好，有著引人入勝的力道。故事的細節還請讀者閱讀原作，不過，那個時代能夠寫出構想如此繁複的故事，令人佩服。

在復仇之後，劇情反轉，落窪之君的丈夫專心一意地孝順她的雙親（包括後母）。他從一開始就打定主意，在這樣的復仇之後要盡孝，而他在孝養方面也做得相當徹底。當他聽見長時間任職中納言的岳父希望人生中可以當上一次大納言時，他甚至願意讓出自己的大納言官位以實現岳父的心願。岳父對落窪夫妻心懷感謝，在無比的幸福中過世。

頗有意思的是後母的性格描寫。過去她極盡所能地霸凌繼女，現在雖然覺得必須感謝繼女善待她，然而另一方面，心中憤恨的矛盾情感到最後依然沒有消失，這部分描寫得實在非常好。當她七十歲的時候，在落窪之君的建議下落髮為尼。在這之後，她說：「繼女是這樣難能可貴的存在，不可以憎惡她啊。」但卻又說：「我想吃魚，卻讓我出家為尼。不是自己生的孩子還真是會欺負人啊。」

對於後母，這樣的描寫雖然傳達出現實感，但故事的結局卻也可喜可賀，幾乎讓人感覺脫離了現實。不但落窪之君的丈夫當上了人臣中最高地位的太政大臣[5]，他們的女兒在進宮之後也登上了后位，整個家族裡沒有人不飛黃騰達的。這部描寫霸凌繼子的故事，就這樣迎向了完美的幸福結局。只是，很有意思的是故事結尾的一句話，「從前的阿漕，現在當上了典侍[6]，據說這位典侍活到了兩百歲。」[7]阿漕在故事結束的時候登場，關於這一點，將在後文中進行論述。

2 繼子故事的種種樣貌

《落窪物語》幾乎可以說是繼子故事的典型，不過我們可以說，全世界都有這樣的繼子故事。我在研究日本人的領域方面，首先以日本的神話、民間故事為對象，對於日本民間故事中的繼子故事，尤其感興趣。這是因為，如同在第二章〈殞滅之美〉中稍微提及的，在日本的民間故事中，就如同「黃鶯之居」，年輕男女雖然相遇（有時候會結婚），結局卻多是勞燕分飛。相對於此，在繼子的故事裡，很多到最後都迎向了幸福婚姻。這在一般而言，悲劇結局較多的日本民間故事裡，尤其是與歐洲的故事相較之下，甚至讓人感覺是特例。然而在日本的民間故事中，繼子故事所占的份量相當大。在關敬吾所編纂的《日本民間故事大成》第五卷[8]中，收錄了將繼子故事分類而成的二十種故事類型。接下來，我將敘述其中一則「米福粟福」極其簡單的故事概要。

從前從前，有兩個名為米福、粟福的姊妹。米福是前一任妻子所生的孩子，因此後母無時無刻都在找機會霸凌她，不過妹妹粟福卻性情良善，總是護著姊姊。有一次，後母要去參加廟會，她只帶粟福，要米福看家。這個時候雖然她給米福出了種種難題，不過都在路過的和尚和麻雀的幫助之下解決了。鄰居的女孩來約米福一起去廟會，但米福沒有可以穿出門的衣服。她想起山中的老婆婆曾經給她一個藏寶箱，打開一看，裡面有一件美麗的和服，於是她穿著和服前往廟會。粟福察覺到姊姊來了，母親卻說那不是米福，因為她穿的和服太漂亮了。米福先回家換回髒衣服，當她正在工作的時候，後母和粟福回來了。後來，有個人來提親，希望能夠迎娶米福。米福從山中老婆婆給的藏寶箱中拿出了新娘子的禮服，並穿上它坐上轎子嫁過去了。粟福說她也想坐上轎子嫁人，卻沒有人要娶她。母親讓粟福乘坐在石臼上拖著她走，結果摔了一跤，兩個人都滾進田裡。她們一邊說著：「啊，好羨慕，好羨慕啊！」然後便咕嘟咕嘟地沉入水底，變成了田螺。

這則故事中，繼女被後母霸凌，但是最後有了幸福婚姻的這一點和《落窪物語》是相同的。只是，後母在這一則故事裡，因為自己的失誤丟了性命，而在《落窪物語》中說的則是有意識的復仇。在民間故事的繼子故事中，只敘述繼子的幸福結局，而不特別提及後母下場的作品相當多，其中幾乎沒有復仇的故事，後母是以某種形式受到懲罰，大概是這樣的模式。不過，在民間故事中有許多像這樣遭受後母霸凌的女兒，最後步入幸福婚姻的故事，這一點值得注目。

接下來，讓我們看看物語作品。先前提過《落窪物語》是現存最早獨立描寫「霸凌繼子的故事」的物語作品，不過在當時，同樣以霸凌繼子為主題來傳述的作品，還有《住吉物語》。只不過，這部物語只剩下在鎌倉時代改寫的作品流傳至今日。最近，《因水滴落而渾濁：住吉物語》9一書出版，是「中世王朝物語全集」中的第十一卷。透過日本國文學者桑原博史的校訂、翻譯，變得易讀好懂，值得感謝。接下來我也將極為簡單地敘述《住吉物語》的概要。

中納言有兩位夫人，其中一人是故事主角，她是先帝的皇女所生的公主。公主在八歲喪母之後，開始遭到後母霸凌。少將仰慕公主，寄情書給她，然而在後母的策劃之下，少將和後母的親生女兒三公主結了婚。父親中納言希望讓公主進宮，後母卻從中阻撓，想要讓一位七十歲的老人侵犯她。此處老人登場，讓人想起《落窪物語》中的典藥助。公主逃過一劫，因為她生母的奶媽在住吉這個地方出家為尼，因此前往投靠。另一方面，和三公主成婚的少將得知自己受騙，他思念公主，為其行蹤不明而嘆息。

少將把自己關在初瀨這個地方，並因為長谷觀音的夢諭而前往住吉。公主也夢見少將，兩個人最後透過比丘尼的協助重逢，結為夫妻。兩人相偕回到京都，但卻保密不讓人知道公主的真正身分。夫妻之間有了孩子，在這個孩子七歲的時候，他們告知公主的父親實情。父親大喜過望，並在得知後母的所作所為之後，一怒之下離家出走。之後，後母受到所有人的唾棄，孤獨而死。相對於此，公主的丈夫則晉升為關白[10]，兩人過著幸福的生活。此外，在這則物語結束之際，寫著讚嘆長谷觀音的文句，這也表現出與王朝物語不同的意趣。

《住吉物語》中寫有夢諭、提及長谷觀音顯靈的情節，是和《落窪物語》大異其趣之處。在中世時期[11]，除了《住吉物語》之外，還有很多霸凌繼子的故事。日本文學家市古貞次對這所有的物語作品進行了比較和探討[12]，他綜觀了所有的物語故事，並製成表格敘述，讀起來非常方便。

市古將中世時期霸凌繼子故事的特徵，整理如下：

(1)極為情節本位。對於每一個人物的描寫、情感的表現都是刻板的。
(2)追求情節的變化，思考題材、方案的新奇程度。因此，故事發生的場景會有所變化，每一部作品的主角一定都經歷豐富。
(3)主角走遍各地，到最後，公主會出現在偏僻的地方，故事因此擺脫了貴族的框架，散發出一種庶民的氛圍。
(4)中世是佛教滲透民間的時代，因此故事中會強調神佛的加持護佑。藉由夢境或是幻想傳達的神諭，扮演著重要的角色。
(5)被視為是佛教說話[13]及唱導文藝[14]的本地物[15]流入、混雜其中。
(6)勸善罰惡的強化受到認同。其結果造成作者對後母的憎惡更為強烈，並透過極端的故事結局來展現（例如後母發狂而死等等）。

上述幾點充分掌握了中世時期霸凌繼子故事的特徵。將這些故事和《落窪物語》一起看，繼子幾乎在所有的故事裡都有了幸福的結局，這一點是它們的共通之處。在中世的故事中，雖然也偶有例外，然而故事的幸福結局，大多都是身為繼女的女兒和條件優秀的丈夫結婚，過著幸福生活的模式。另外，除了「月日的御本地」這則物語之外，所有的主角都是繼女而非繼子，故事都是述說後母和繼女之間的糾葛。

市古指出，在中世時期的物語中，「花世之姬」（花世の姫）、「扛鉢」（鉢かづき）、「老太婆的皮」（うばかは）這三篇和其他稍有不同，他認為與其說它們是貴族的故事，不如說它們應該是源自於民間說話的產物。而他也說：「故事趣味的重點，不在於霸凌繼子，而是在於家有後母、思念生母的美麗公主，一度淪落為卑微的婢女之身，最後卻被貴公子找到的光明面上。」其中「扛鉢」、「老太婆的皮」，日文以「鉢かつぎ」、「姥皮」[16]為篇名，收錄在《日本民間故事大成》（同註 8）中，恐怕民間故事才是這些故事的源頭吧。

通盤來看這所有的故事，可以說除了少數例外之外，都是後母與繼女的故事，而繼女後來都有了幸福快樂的結局，這是它們的共通之處。我之所以認為比起「霸凌繼子」，以「繼子的幸福」做為本節的標題更為恰當，也是這個緣故。

3 母親和女兒

即使遭到後母霸凌，繼女後來還是有了幸福快樂的結局，這樣的故事情節任誰都會想起「灰姑娘」吧。也有一說是，灰姑娘的類似故事世界各地都有。甚至有人說，前文中提到的「米福粟福」恐怕是從歐洲流傳過來的故事。如果故事的流傳範圍可以如此廣泛，那麼在日本的故事應該要更多像是歐洲的一樣，結婚之後有著幸福快樂的結局，可是事實並非如此。因此，把後母與繼女的故事視為是獨立存在於日本，這樣的觀點還是比較妥當。那麼，為什麼這樣的故事在日本自古以來就存在呢？

後母和繼女的問題，在母系社會是不可能發生的。因為女兒一定會待在生母家中，即使生母死了，「後母」也不可能取代她的位置。這一點在完全遵守招婿婚制的情況下也是一樣的。而如果是一夫多妻制，妻子不與丈夫同住，也不會產生後母的問題。所以顯而易見的，這是一夫一妻制才會發生的問題。不過即使是一夫多妻制，如同《落窪物語》的例子一樣，在妻子們與丈夫同住的情況下，也會發生這個問題。

《風土記》是西元八世紀時，天皇命令各個地方寫成的地方志，現在只遺留下其中的一部分。當中記錄了相當多的傳說，但是清楚敘述「繼子」的故事卻一則也沒有。恐怕在當時是沒有繼子的問題的吧。繼子的問題可能是在《落窪物語》寫成的時代才開始產生的，不過，為什麼繼女的故事多於繼子呢？雖然說這類故事在日文中統稱為「繼子譚」，但卻幾乎沒有男孩子的例子。

人類以外的動物不會意識到「父親」的存在。看看猿猴，牠們的母子關係緊密，小猿猴充分認知誰是自己的母親。可是儘管牠們知道誰是猴王，對於誰是自己的父親卻沒有任何意識。這對人類而言也是一樣，在歷史的一開始，人類僅擁有對於母親的認知。不管怎麼說，母親孕育子孫的偉大，是任何人都可以理解的。從這一點來思考，也可以知道母系是極其自然的制度。在母系社會中，沒有女兒繼承母親地位的這種認知，有的只是「偉大的母親」，而隨著世代接續流傳，不同的女性與這個偉大的母親形象合而為一。也就是說，人會變，母性卻是不變的。

後來，當人類覺醒有了「個體」意識，便產生身為個體的女兒與母親分離的課題。當女兒想要與母親分離的時候，過去她喜歡的母親養育態度，有時候會讓她一下子產生不認同的感受，她會感覺這些策略是母親為了拉攏她、限制她的自由所採取的。過去她覺得是「溫柔」的感受，如今會覺得是不是母親為了使她順從，所以才這麼做的；過去她認為「教養」是為了使自己成為一個大人，現在卻感覺變成了限制自己自由的無形束縛。因此，無論一個女兒擁有多好的母親，當她想要獨立自主的時候，便會對母親的所有作為感到抗拒。事實上，母性本身就具有這樣的雙面性質。

如此思考起來，我發覺，物語中的「後母」說的並不是現實中原原本本的後母，而是為了要以簡明易懂的形式展現出母性的否定面向——又或者是，開始產生自主意識的女兒所看到的母親形象——所採取的策略。事實上，「白雪公主」這一則後母的故事，一開始的角色設定是生母，格林兄弟在一八四〇年定本出版之時，才改寫為「後母」。或許你會覺得不需要特地多此一舉，可是如果稍加深入思考就可以知道，所謂母性，是具備著這樣的面向的。人類自古以來的智慧深明此理，正因為如此，霸凌繼子的故事才會存在於世界上這麼多的地方，有這麼多的人閱讀。

閱讀《落窪物語》的時候，你會發現，後母的樣貌描寫得栩栩如生。我們很容易區分故事裡人物樣貌的類型，可是這位後母的形象極為人性化，相當真實，令人印象深刻。在故事的結尾，所有的人、事都有了可喜可賀的結局，唯獨她沒有變成刻板印象中的「好」人，這一點很有意思。雖然這部物語的作者是男是女不得而知，不過如果是女性的話，若是她獨立自主的程度足以創作出這樣的作品，或許她曾經痛切地體驗過母性的否定面向吧。

主角待在「地板如窪地般陷落的房間」是一種象徵。再加上，後來也出現她被關進倉庫的情節。即使是在現代，女性在成人之前，待在像這樣自我封閉的空間裡，可以說也是必要的。小孩要轉大人是非常辛苦的事，身心在短期間內都必須同時完成重大變革，因此在這個過程中，某種強而有力的守護有其必要。昆蟲在蛹的階段有堅硬的外殼守護，也是一樣的道理。在這個時候，無論是「落窪」，還是「倉庫」，雖然都是心懷惡意加諸在主角身上的，卻都是主角成長過程中的必要之物。或者也可以說，在當事人獨立自主的心意相當強烈的時候，即使他人給予的是他在成長過程中所必須的，他都會以極為負面的心態來解讀。

這樣「自我封閉」的樣貌，藉由中世物語「扛鉢」的鉢、「老太婆的皮」的皮展現出來。又或者在歐洲的故事裡，則是以「白雪公主」（Snow White）的玻璃棺、「長髮公主」（Rapunzel）的禁閉之塔來表現。公認的例子則是十七世紀法國作家夏爾・佩羅（Charles Perrault）所創作的童話裡，經歷了「百年長眠」的「睡美人」（Little Briar Rose）。

「優秀的男性」以打破少女的自我封閉，並且引領她走向幸福的角色出現，這無論是在東洋、西洋，都是一樣的。不過，少女轉大人是一件足可稱之為奇蹟的重大事件，為了讓讀者有實際的感受，在西洋的故事裡屢屢會出現「魔法」，而在日本的中世物語中則是以「神佛的加持護佑」來敘述。少女轉大人雖然是一件自然的事情，卻也伴隨著「超自然」的實際感受。

相對於此，在《落窪物語》裡沒有提到任何關於超自然的情節，值得注目。當然了，近代的電影和小說也都沒有提到超自然的情節，可是，拯救少女的男性英雄很多都被賦予讓人感覺就是超自然的性格。想想從前西部電影裡的英雄就好。相對於此，落窪之君的對象少將，怎麼看都不是超自然的。少將聽聞後母將愛人關進倉庫的行徑，雖然也氣憤地想要殺死她，然而實際上卻連馬上衝進去都做不到，趁後母和其他人外出不在的時候，他才好不容易將愛人救了出來。沒有正面的對決。另外，這個情節和前文中（第三章）論述過的，典藥助想要侵入倉庫之時，「腹瀉」妨礙了他的計畫，都是一大特徵——都是「自然現象」幫忙解決了事情。

可能在這個時代，人們對於所有的自然現象，都是以今天我們所說的「超自然」的意思來認知的，因此沒有必要特別將魔法或是神佛帶進故事裡。女兒的意識想要從天生自然母女一體的世界跨出去，這個過程其實還是發生在充滿了對大自然敬畏的世界裡。我認為，這則物語敘述了這個道理。

4 復仇的方式

《落窪物語》的結構有四卷。落窪之君被救出來的情節放在第二卷的一開始，因此我們可以清楚知道，《落窪物語》並不只把主要的目的放在「霸凌繼子」而已。故事的情節從這裡開始，之後則發展到對後母的復仇，以及落窪之君夫妻的飛黃騰達。再加上，在一定程度的復仇結束之後，故事中也精心敘述了少將對落窪之君的父母是如何地善盡孝道。也就是說，這全部的情節是以一個整體的形式構成了《落窪物語》這部作品。因此，把這部物語只當做是「霸凌繼子的故事」是非常片面的。

前文中提過，古橋信孝說《落窪物語》是一則「女性成年禮」的故事。誠然如他所言，將《落窪物語》視為描寫女性成長所必須經歷的過程，是比較妥當的。就算面對的不是後母，而是親生母親，任誰都會有必須忍受母女糾葛的時候，而這則物語要說的是，誰能忍受得了這樣的糾葛，誰就會幸福快樂。雖然不能說是很有道理，不過物語中對於報復後母的情節倒是寫得相當詳細而有趣。

民間故事中的「霸凌繼子的故事」，有的完全沒有提及對後母的復仇，又或者，即使後母到後來遭遇不幸，受到神佛懲罰的形式也比較多。所有事情都照著主角的意念走，這樣的情節發展在民間故事和王朝物語中並非主流。

這則復仇故事的趣味，在於它讓人感覺像是「大眾小說」的部分。試想，「大眾小說」出現在十世紀的年代，實在是令人驚訝的不是嗎？前文中我曾經提到，後文中應該也將會數次重複再提。也就是說，王朝物語的主要著眼點是「事情的演變趨勢」[17]，用現在的話來說，我們無法將它歸類為物或是心，只能稱之為「もの」。而這個趨勢推進了所有的事情，絲毫不在乎人類的意志。這樣的認知，存在於物語創造的根本之中。在基督教文化圈中，人們認為所有的事物都是依據神的意志來運作的，因此我認為，在人類擁有某種程度相對於神的力量之前，是無法創造出「故事」或是「小說」的。所以在西方，「大眾小說」的誕生是在近代之後。

說到大眾小說及復仇故事，我想起法國文豪大仲馬（Alexandre Dumas）的《基督山恩仇記》（*Le Comte de Monte-Cristo*）。我小的時候，非常喜歡這個故事，因為真的是有趣得不得了。主角基督山伯爵擁有取之不盡、用之不竭的財產，他也憑著財富獲得了貴族的地位，並藉著財產和地位，依照自己的想法逐步實踐了復仇計畫。這個故事的結構寫得真的是非常好，強而有力地吸引讀者深入其中。畢竟主角近乎全知全能，再加上又揮著「打擊邪惡」的正義大旗，因此所向無敵。

《基督山恩仇記》誕生於十九世紀的法國。因此，《落窪物語》誕生於十世紀的日本，實在是一件了不起的事。雖然受盡委屈的主角落窪之君是位女性，且復仇的進行不是依據她的意志，而是由男性代為執行，這一點和《基督山恩仇記》不同。然而這位男性的財力和權勢都過人，足以讓他隨心所欲依照計畫行事，這一點卻非常相似。而受到報復的人，不知道自己為什麼會連續遭遇這樣的不幸，感嘆自己的運氣不好，這部分也是一樣的。到最後，復仇的那一方才讓遭到報復的一方恍然大悟，「現在你懂了吧」。

復仇必須要冷血無情，不過這樣冷血無情的主角也會有畏縮的時候。基督山伯爵為了折磨背叛自己的莫爾瑟夫伯爵，計畫與莫爾瑟夫伯爵的兒子決鬥並殺死他。莫爾瑟夫伯爵的妻子得知此事，前來請求基督山伯爵饒命，她曾經是基督山伯爵的情人。然而即使她前來求情，基督山伯爵仍然堅持必須完成復仇計畫，於是她說：「你要讓你從前的愛人承受痛苦嗎？」一舉扭轉了基督山伯爵的心意。這裡故事人物的人際關係極其複雜地牽扯在一起。

在《落窪物語》中，折磨後母的所有計畫到最後都會連帶使得落窪之君的父親受苦，實在是不得了。因此，落窪之君數次拜託丈夫停止復仇。本來落窪之君就被描寫成一個理想的女性形象，因此，故事的敘述方式才會採取即使後母再怎麼欺負她，她心裡都只想過要盡孝，從來沒有復仇的念頭。雖然她的夫君還是一步步進行報復，但這可以說是因為他已經下定決心，會在完成一定程度的報復之後對岳父母盡孝的緣故。

在這裡，很重要的是阿漕的角色。她對於落窪之君的後母遭受報復，感覺十分痛快。雖然嘴巴上說同情她，心裡其實幸災樂禍。卷二的終了，阿漕和落窪之君之間有一段相當有意思的對話。落窪之君在得知夫君（當時的衛門督）毫不留情地教訓後母及其手下，針對那個典藥助尤其狠狠地大肆教訓之後，覺得他們十分可憐，並且為之嘆息。阿漕看見了，勸她不必太過哀嘆，她說典藥助之所以受到懲罰，是那個時候（倉庫入侵未遂事件）的代價。對此，女主人對她說，如果妳要說這樣的話，就不要來侍候我，去衛門督身邊侍候他吧。阿漕滿不在乎地大膽回嘴：「那就這麼辦吧。衛門督大人所有的事情都會讓我照自己的意思去做，我也覺得他是比您更重要的主人呢。」

在這裡，阿漕真不愧是阿漕，她的這席話其實是看穿了落窪之君在內心某處，也有著想要報復的想法而說出來的。這一番對話並不表示女主人動氣了，也不表示阿漕實際上會去服侍衛門督。

雖然是復仇，對話裡卻又帶點兒輕鬆的感覺，讓人覺得她們還挺幽默的。在更後面的內容中，當落窪之君的父親過世後四十九日的佛事結束時，丈夫對她開玩笑說：「快回家吧，不然又要被關進倉庫裡了。」落窪之君雖然一本正經地回答「才不會呢」，內心其實是在偷笑的吧。

最後，我來簡單談談關於復仇的樣貌。在日本國文學者三谷邦明的〈解說〉[18]裡寫到：「這部物語自古以來遭受許多人的譴責，尤其是卷二中對典藥助復仇時飽以老拳，讓人覺得太過殘忍、粗暴。」對於「殘忍」程度的判斷，依個人、依時代而有所不同。確實，如果以「平安時代」為標準，這或許是殘忍的。然而在今天看來，對於典藥助的懲罰實在是輕微的。三谷所說的「許多人」指的是什麼時代的人，不得而知，姑且不說別的，光是看這一點就讓人感覺平安時代真的是相當「平安」。字面上雖然相似，但如果是在「平成」時代[19]的話，事情應該不會這麼輕易就解決了吧。

5 阿漕的觀點

在復仇結束之後，故事接下來都是可喜可賀的情節了。畢竟落窪之君的丈夫都當上了太政大臣，一人之下萬人之上，再加上他們的女兒後來也當上了皇后。同時，他們也藉由這些財力及權勢盡心孝敬落窪之君的雙親，充分彌補了過去的復仇所造成的傷害。故事就像這樣有了圓滿的結局，不過在這之前，卷二談到了一個重要的情節，我想在這裡提出來。

落窪之君的丈夫還是三品中將的時候，右大臣[20]想將獨生女嫁給他，因此透過中將的奶媽提親。中將考慮到落窪之君的感受所以拒絕，然而奶媽認為這是一樁好的親事，因此一意孤行答應了下來。對方因此開始進行結婚的準備，但中將卻一無所知。在這個過程中，消息傳到了落窪之君的耳裡，兩個人之間的相處開始有了嫌隙。後來，中將得知奶媽的獨斷獨行，要她停止這樣愚蠢的行為。奶媽回覆說，男性接受妻子娘家的照顧過著奢華生活是當代風潮，就算你已經有了心上人也無所謂，迎娶右大臣女兒的這門親事還是可以同時進行。對此，中將說自己趕不上時代潮流也沒有關係，他下定決心絕對不會離棄落窪之君。阿漕的丈夫帶刀在聽聞此事之後勸奶媽（帶刀的母親）說：「您不知道中將的人格是多麼高尚，請不要多管閒事，如果您堅持一定要這麼做的話，那我就要出家。」這件事情因此得以小事化無。

這裡有著強烈的一夫一妻主張。這在平安時代，尤其是在貴族社會，應該是相當稀有的。先不論奶媽所說的「當代風潮」，幾乎所有的貴族都是一夫多妻制。為什麼會出現一夫一妻的主張呢？關鍵應該是在阿漕身上。姑且不論貴族社會，在阿漕所屬的階級中，由於經濟情況等等緣故，一夫一妻的模式是不是在那個時代才剛剛開始形成呢？而在開始實行一夫一妻制之後，女性應該就會體會到這遠遠優於過去的模式。可見這部分存在著女性的觀點。

在這則物語中最重要的，當然是落窪之君夫婦這一對伴侶，然而我們卻也不能忘記在他們背後的帶刀和阿漕這對夫妻。這兩組伴侶成立在非常微妙且洽當的對應關係及合作關係之上。說起來，從中安排使得主角夫妻得以結為連理的是阿漕這對夫妻。隨著主角夫妻的社會地位攀升，帶刀和阿漕也跟著發跡，擁有更多的財富。帶刀成了三河守，又當上左少弁，阿漕則如同故事最後所說的成了典侍。不得不說以他們的身分而言，已經站上了最高的地位。再加上當落窪之君做為一個理想女性的化身，經常保持和善態度、對所有人都親切以待時，阿漕是完全專注在復仇之上的。這豈不是起了滿足落窪之君隱藏需求的作用嗎？帶刀及阿漕，其實巧妙地分擔了形象完美的主角夫妻不為人知的部分。

像這種兩組伴侶的共存關係，在東、西洋的「故事」裡都是一定會附帶的角色安排，在故事成分濃重的西洋歌劇中更是經常出現的現象。如果只舉一個例子的話，在奧地利音樂家莫札特的歌劇《魔笛》（*Die Zauberflöte*）中，支持著主角塔米諾（Tamino）及帕米娜（Pamina）這對伴侶的帕帕基諾（Papageno）和帕帕基娜（Papagena）夫妻，便是典型。讀者應該會發現，這和

《落窪物語》中的兩對夫妻在很多部分的相似程度極高。恕我畫蛇添足補充說明，這些都是發生在「故事」的世界裡。生活在現實世界的夫妻，有必要將這兩對夫妻活成一對。

而關於復仇，貴族的想法應該是，不需要復仇，一切交給自然的力量或是神佛就可以。然而隨著武士階級抬頭，報仇這項依據個人意志進行的行為受到讚揚，後世也誕生了許多「復仇故事」。這些作品反映出武士的道德觀，都是報仇的一方面對勢力強大的仇人，歷盡千辛萬苦達成目的的故事。「忠臣藏」可以說是這類故事的典型。

武士的報仇和《落窪物語》的復仇，就像這樣，有著全然不同的意趣。後者光明而有趣，故事中對於強而有力的「個人」有著信賴，卻不允許命運或神佛的介入。這恐怕是在貴族社會，尤其是上層的貴族社會，所沒有的價值觀，而是屬於阿漕這個階層的。阿漕的階層難以稱之為庶民，這個階層的人，比起家世和身分，更多的是憑藉每一個人自己的能力，努力獲取成功。

這麼一想，關於故事在最後提及阿漕並就此畫上句點，讓人感覺意義深遠。只不過，故事原文在岩波書店出版的「日本古典文學主題叢書」（日本古典文学大系）中寫的是「内侍のすけは二百まで生けるとなり」，而在小學館出版的「日本古典文學全集」中則是「『典侍は二百まで生ける』とかや」[21]。依據前者的「補充註釋」，這個句子依不同文本而有差別，也可能是後世之人修改的結果。雖然我心裡也湧上一些疑問，想說現在的《落窪物語》有沒有可能是鎌倉時代的改寫作品，然而因為這些非我能力所及，因此不加論述。總而言之，在現存的這部物語中，阿漕的重要性是非常明確的。

綜合以上所述，如果把《落窪物語》當做是從阿漕的視角來寫成的，我們就能夠非常清楚了解她的性格。關於這一點，三谷邦明在前文中提過的〈解說〉（同註18）中，談到了非常饒富趣味的意見。他說，將這則物語翻譯成英文的威爾佛瑞德・懷特豪斯（Wilfrid Whitehouse）及柳澤英藏（Eizo Yanagisawa）指出：「作者彷彿就像是阿漕一樣。」對此，三谷正面評價道：「這項說法點出了過去由日本人進行的物語研究疏忽之處，過去的焦點總是被轉移到作者是源順[22]還是男性的問題討論上。」然後他又做了這樣的結論：「從這則物語的表現、主題、描寫來看，作者確實是男性，而且是地位不怎麼高的人。這麼一來，就不是像上述兩位譯者所說的，作者將他的自我形象投射在阿漕的身上。這也就意味著阿漕不是作者。像阿漕這樣的侍女，應該是這則物語的享受者、讀者才是吧。」

我沒有資格針對文章的表現方法進行評論，所以也不能說得很準確，然而，我對於一直以來認為《落窪物語》的「主題、描寫」是屬於男性風格的意見，是無法輕易認同的。例如，女性不可能寫出復仇的場面，這樣的說法是過於片面斷定的言論。如果是阿漕這個階級的女性，應該是寫得出來的吧。誠如以上所述，從阿漕的立場創作出這部物語的見解是相當與眾不同的，因此，專家學者若能以作者可能是女性的觀點再次進行研究討論，將是大眾之幸。

我隨興之至，暢所欲言至此。最後，我想引用古橋信孝先生與我對談之際所說的一句話：「如此有趣的物語，我認為在日本文學史上也是極其少見的啊！」（同註3）。希望《落窪物語》未來能有更多的讀者。

註釋

1 原註：《我的古典欣賞》（『わが古典鑑賞』）筑摩書房，一九六四年。
2 譯註：西元一一九二年至一三三三年。
3 原註：收錄在古橋信孝／河合隼雄的對談〈落窪物語——成為一個女人的考驗〉（「落窪物語——女になるための試練」）《談物語中的故事》（『物語をものがたる』）。
4 譯註：平安時代的女性成年禮，大約在十二至十四歲，親事即將或已經確定的時候舉行。
5 譯註：律令制下總管所有政務官的榮譽官職。
6 譯註：律令制中內侍司（後宮）的次官。
7 原註：《落窪物語：堤中納言物語》（『落窪物語　堤中納言物語』）日本古典文學主題叢書13（日本古典文学大系13），岩波書店，一九五七年。
8 原註：『日本昔話大成』，角川書店，一九七八年。
9 原註：『雫ににごる　住吉物語』，笠間書院，一九九五年。
10 譯註：在天皇成年後協助處理政務的重要大臣。
11 譯註：指日本的鎌倉時代至戰國時代（西元一一八五至一五九〇年）。
12 原註：市古貞次《中世小說的研究》（『中世小説の研究』），東京大學出版社，一九五五年。
13 譯註：說話，指民間口耳相傳的故事。
14 譯註：具教化意義的故事。在平安時代後期，發展成為宗教的表演藝術，功能同樣在於教化民眾，或勸人入教。
15 譯註：神佛為了度化眾生而示現顯靈於當地的故事。
16 譯註：兩篇故事篇名的意思與前文相同，僅改換成不同假名和漢字來加以記述。
17 譯註：原文為「ものの流れ」，有鑑於「もの」一詞對作者河合隼雄而言是一重要概念，再加上如同文中可見（請參見本書頁37），該字涵義甚廣，為避免在本書前後文中因為翻譯成不同中文語彙，造成字義上的混淆或是未能達意，書中部分保留使用日文二字，此處則配合前後文意，翻譯為「事情的演變趨勢」，在此說明以便讀者完整理解作者所欲表達之概念。
18 原註：《落窪物語：堤中納言物語》日本古典文學全集10，小學館，一九七二年。
19 譯註：一九八九年至今。
20 譯註：繼於太政大臣之下的官位，與左大臣共同掌管政務。
21 譯註：上述二句意思完全相同，只是用詞不同。
22 譯註：平安時代中期的貴族、歌人、學者。

第六章

冗句．定句．疊句——《平中物語》的和歌

1 歌物語

《平中物語》，就是所謂的歌物語。本書在此決定選用《平中物語》，或許許多讀者會說，如果要談論歌物語，應該要先提《伊勢物語》不是嗎？也許確實如此。人們應該會說這兩本書的水準完全不同。不過我偏要選擇《平中物語》，是因為以下的緣由。

和歌這樣的文學體裁，我非常不擅長，俳句也是一樣，不過後者還稍微好一點。從小，我就認定和歌的世界與我無緣。我充分明白自己在藝術相關領域沒有天分，對於和歌，我更是近乎沒有興趣。因此，當我開始對日本的物語感到興趣，一部書接著一部書讀下去的過程裡，我總是對歌物語敬而遠之，覺得自己不會有正面評論它的一天。然而在以「日本的物語」為題的對談中，日本國文學者古橋信孝先生建議我不妨選用《平中物語》[1]。

我心想，別的不管，先讀個一次看看再說。翻開書頁一讀，還真有意思。我想，古橋先生是看透了我的性格，認為「《平中物語》的話，您應該讀得懂」，才會如此提議。確實如他所預期的，我被平中物語的世界深深吸引。不過，讓我覺得最有意思的地方，從和歌「鑑賞」的觀點來說，或許是旁門左道，我認為在日本從前的和歌裡，蘊含著我將於接下來所述的另一個面向，而我們絕對不能忽略這一點。

閱讀《平中物語》的過程中，我心裡浮現的是「鬥嘴鼓」[2]這個詞。故事主要發生在男女之間，兩個人精采地互開玩笑，有時候說贏對方，有時候敗下陣來，因此有時候讓人感覺好像很委屈，卻又樂在其中。之前我在第三章提到「不取人性命的戰爭」，支持著這樣的戰爭的，正是鬥嘴鼓，這應該也可以稱為「文雅之戰」吧。我自己與其說是喜歡看他們開玩笑，更應該說是陶醉在他們如連珠炮般的俏皮話中。因此，從上述的觀點來讀《平中物語》，實在樂趣十足。也因為這樣的緣故，所以我才會在提及歌物語時，決定採用《平中物語》。

玩笑話一則接一則，本文的標題也立意在詼諧逗趣。關於這一點，我想要稍微加以說明，雖然說明笑點實在是件掃興的事。和歌不光只有「鬥嘴鼓」而已，在一定程度上，人們認定和歌有其約定俗成的表現和形式。舉例而言，我們來看看第二十一段的和歌[3]。大納言[4]國經大人吩咐故事主角平中辦事，平中在回覆其吩咐的同時，附上了美麗的菊花。平中因為能夠栽種出美麗的菊花而聞名於世，對此，國經大人送來了一首和歌。

> 仕君數代翁，風年殘燭身，欲拄杖睹花，可得如願否？

大納言說自己侍奉過數代君主，如今已是老翁，然而即使拄著拐杖，也想親自前往如此美麗的花朵綻放之處。在這裡隱含著一層寓意，當時一般人普遍相信菊花是生長在仙境的長生不老之藥。大納言藉此暗喻，讚美平中的住所是仙境。平中誠惶誠恐，寫了一首和歌回覆。

寒舍庭蓬蓽，如能承君臨，雜草中陋菊，益增其芬芳。

意思是，如果能夠承蒙您大駕光臨，我家的菊花也會更加芳香，他藉此抬舉對方。說起來，這些都是老套的應酬話，玩笑話在此完全沒有露臉。如果我們想想日常的「寒暄」，就能夠充分了解這一點。像這樣當做是「寒暄」互贈的和歌，我想在當時應該是很多的。因此，我也曾經考慮過使用「常句」這個詞。只是後來當我知道在連歌[5]的世界裡，人們是用「定句」一詞來表示固定的句型表現，我便採用「定」字當做標題[6]。

在定句的作品中，有的是基於平中和大納言國經夫人的戀愛關係寫成，並且流傳在一般民間。如果考量到這一點，我們也可以站在這樣的觀點來詮釋：平中雖然正經八百，但是在向上位者奉上以「寒暄」為目的的老套話時，背後也暗藏著詼諧。不曉得國經大人知不知道夫人與平中的關係呢？

另外，關於疊句，意思是重複使用同一個句子。在中國的詩中，「對仗句」非常重要，採用的句型結構是在一句話出現之後，緊接著寫上與之對仗的句子。然而在日本的連歌中，比起採用「對仗句」，更多的是運用既像是重複又不像是重複的句子。當人們在創作和歌以及回覆該和歌的「返歌」時，在結構上不會採用容易理解的對照性質，而是一再重複，我認為這個部分正表現出日本式的結構。當我們讀返歌的時候，可以看見比起和第一首和歌對峙，更多的是採取依附的形式來回覆。例如，一位男性寫給一位女性的和歌（第八段）。

花開又花落，吾雖明此理，賞花時猶盼，花開永不落。

對此，女方如此回覆：

妹若化身做，櫻花歲歲開，君之心是否，偶爾佇此身。

男方隨和歌附上了花。櫻花盛開雖然令人驚豔，卻很快就凋零了，他以花開即落的印象寫了和歌。女方看似照單全收這樣的意境，卻逆襲反問男方心意如何。此二人之間看似不是那樣的濃情密意，卻透過彼此創作和歌一來一往，大大樂在其中。他們之間並不處於馬上就能轉變成為「近身互搏」的熾烈愛戀，然而他們擁有充分享受曖昧情意的能力，把這樣的曖昧當做是鬥嘴鼓的題材，透過和歌魚雁往返，活得開心精彩。

2 文雅的戰役

如同前文中舉例說明的和歌一樣，雖然感覺男方和女方藉由和歌相互交鋒，不過這些「戰爭」並不流血，這是特徵。即使是以相當尖銳的言詞交手，也都包藏在詼諧和美感之中，巧妙而柔軟地進行。

分做兩段敘述的男女和歌互贈，恰似「和歌大戰」。男方寄了情書，卻收不到回音，最後他再寫了一封信說，如果你已經看過情書，就算不回覆，至少也要告訴我，你「看過了」。對此，女方只寫了「看過了」就寄回去，也真的是了不起。不過，男方可沒有因此受挫，他再寫了一首和歌回應。

孤身寂寞火，熾烈如夏日，汝提水潑熄，吾放聲嚎泣。

單看和歌，雖然意思非常簡單，不過，「夏日」之「日」，取「火」的諧音[7]，「孤身」取「澆熄」的諧音[8]，向對方強烈傾訴「被寂寞之火熾烈燃燒的我」的樣貌。「看過了」的這句話，則是取「水」的諧音[9]，之後再加上「哭」，營造淚流滿面的形象。能夠在一首和歌裡鑲入這麼多的雙關語和相關語，實在令人佩服。女方或許也覺得到了這種地步，實在不能棄之不顧，所以回覆了一首和歌。

來簡已讀閱，若問妹以為，君之徒然淚，應作滅焰水。

意思是，如果你積累了許多平白無故流下的淚水，應該利用它來澆熄你猛烈燃燒的熱情才是。實在是非常冷血無情的回覆。這首和歌一樣運用「看過了」和「水」的聯想來回覆。男方並不因此而卻步，又透過「火」的聯想再次挑戰。

砍木伐柴薪，慨嘆身心疲，孤身無扁擔，肩辛難挑起。

「柴薪」當然是「嘆息」的雙關語[10]，不過也和第一首和歌中的「火」有關聯。另外，又用「伐木」的「樵」這個字，與嘆息時氣息凝滯的「凝」字雙關[11]。真令人想大加讚賞，這首和歌真是講究再講究啊[12]！

這樣的和歌大戰持續進行，這對男女雖然最後無法結為連理，然而，這樣的一來一往，肯定是樂趣十足的。此處所採取的形式，雖然是和歌，不過這和法國宮廷裡，男男女女享受著在談話中隨意加入情欲內容，並摻雜著玩笑的對話，幾乎可以說是一樣的。我們可以說，即使到了現在，這樣的對話形式都還一直延續著。將這樣的對話以和歌往返的形式進行，正是文雅之處。在寄送和歌的時候，不但需要附上花朵，紙質、文字的筆跡、排列方式全部都會產生連帶關係，需要相當程度的才智及周到顧慮的心思。在這一點上，這些歌物語對於當時埋首於和歌大戰的男女而言，或許也產生了某種像是教科書一樣的效果吧。

接下來的情況又是如何呢？在第十七段的物語中，詳細述說了當男方前往女方住處時，發現有另一名男性——而且還是僧侶——在場的故事。在兩人有了深入的關係之後，男方因為某些因素無法再次拜訪女方，因為憐惜女方的緣故，於是他在三、四天之後，一個月色美麗的夜晚再次造訪，在芒草茂盛之處卻躲了一名僧侶。女方一直叫下人傳話給僧侶，另一方面又叫男方早些進入屋內。男方氣到甚至想叫隨從「找人來捉他」。他一邊猜想，這名僧侶到底是在我之前就已經和這位女子來往了，還是兩個人是在我沒來的這短短期間內才開始來往的呢？總而言之，這是個情敵爭風吃醋，將要興起一陣腥風血雨的情況，男方卻只留下一首和歌，轉身離去。

芒花已出穗，身隨風飄搖，卿如牆頭草，終向何方倒。

著實是「芒劍一刺」啊。他啪地一聲刺向對方，不過不是用刀劍，而是引僧侶藏身的芒草叢做譬喻，吟了一首和歌。男性像這樣「捅一刀」之後，心情應該也舒坦了。這個時候避免以血肉之軀交戰是其特徵。另外，在這首和歌中，雖然利用了僧侶藏身的芒草叢來做譬喻吟詠和歌，卻一概沒有雙關語或相關語。是因為這是發生在瞬間的事，所以沒有餘力講究意趣嗎？還是因為他想要直話直說，正面衝撞對方呢？

在第三十四段，男方發現還有其他的男性也出入女方家裡。然而因為這位男性的地位極高，他是自己也經常造訪的皇族的一家之主，因此他無計可施，只能發發牢騷，寄情於和歌之中。因為這位男性習慣在和歌中寫入「逢坂」的緣故，女性一直暱稱他為「逢坂」，他以此為靈感吟了一首和歌。

與卿相逢坂，吾身之所倚，此關名是否，改喚人守山。

對此，女性的回覆是：

逢坂之關名，威震天下勇，勸君守此山，使人不得過。

在這首和歌中，使用了男性的暱稱「逢坂」。逢坂關這個要塞入口，因為與「逢」字相關的緣故，是一個被運用在非常多首和歌之中的地名。和歌中從關、鎮守、守山一直聯想，守山也是地名。兩人雖然像這樣運用相關語或是譬喻來吟詠和歌，不過如果轉化成世俗的語言，大概就會像是「都說只有兩個人單獨相處，妳卻讓其他男人進來！」、「你如果要說這種話，不如和我建立起緊密關係，讓人無法乘虛而入，如何？」如此一來，最後或許會演變成為暴力事件，不過，只要還是以和歌一來一往，就不至於形成這樣的場面，這是很了不起的。

這兩個人的唇槍舌戰，之後也還繼續進行，雖然非常有意思，不過就此省略。從這些和歌來看，我們充分了解女性一樣可以站在對等地位反擊男性，不過這也是因為他們透過和歌交鋒的緣故。

另外，這是閒話，在這裡，「逢坂」這個暱稱被放入和歌中吟詠。在和歌中創造雙關語時，如果利用對方的姓名，應該可以變化出形形色色的詞彙，然而在我的所知範圍裡，卻不見這樣的情形。恐怕在當時，「姓名」非常受到重視，連不小心叫到，都是不被允許的吧。在這裡，我想也是因為逢坂是暱稱的緣故，才能被放進兩首和歌裡。

3 喚起意象的力道

藉由和歌來喚起種種意象，也可以說是特徵之一。物語第二十九段中的和歌有兩首如下。

東屋倭文織，梭具簡陋故，經緯間隔遠，遙遙難相見。

若以字面的意思而言，這是說因為遙不可見，所以感覺孤寂。而為了道出這樣的心境，我們可以感覺到上一句的巧妙之處。和歌裡運用了織倭文布時網眼的粗疏來比喻間隔遙遠，然而說起來，織布原本是命運女神的工作，藉此，他在和歌背後隱藏了種種不同命運被織者創造出來的思維。以遙遙難相見的事實為背景，浮現出命運女神的意象。經緯線構成的孔隙是疏是密，依女神操縱梭子的手法而變化不同。

雖然不是什麼了不起的事，男子得知女子還有其他男性往來之後，以「家父家母聽見傳聞囉嗦嘮叨」為藉口，再度吟了一首和歌。

君織倭文布，孔隙之粗疏，若出自汝心，吾嘆向誰訴。

織布女性的意象繼續延續。可是，這一次他說：「正是因為妳的心思，織布的線距才會如此遙遠」，清楚地指出事情的發生是源自於女方的意志。明明上一首和歌還採取模稜兩可的表達方式，寫著該怪罪於誰呢，是命運的緣故嗎？或許他已經忍無可忍了吧。不過即使如此，他依然延續使用織布女性的意象，避免說得太過直白。

在第十八段，對於寄出再多封信也收不到回音的對象，他寄出了下面這一首和歌。

吾言若庭葉，人視如土芥，掃棄積成堆，慨嘆君不屑。

從日語中的「言葉」[13]這個詞，帶出「葉」的相關語「庭屑」[14]、「掃棄」等詞彙。這首和歌並沒有什麼特別的問題，只是因為對方沒有回音，所以他又做了以下這一首，令人印象深刻。

秋風吹葛葉，掀翻白葉底，正反兩面看，憾恨復亦然。

毫無回音，實在過分，這首和歌直接傾訴了他的怨恨心情。這裡提到了「葛」，出色地令人佩服。當然，「葛」字也是從「屑」字演繹出來的[15]，不過葛這種植物的葉面、葉背顏色完全不同，當風吹翻轉葉背的時候，會讓人驚覺「咦！」

從屑來聯想到葛，再將葛葉葉背翻轉的意象連結到「可恨」[16]，「即使反過來看也一樣可恨」的心態，與這樣的意象是完全一致的。寄了信，卻一封回覆也沒有，在憤恨的情緒中，還能玩著這樣意象的遊戲，實在是了不起。

在意象的世界裡，有著將難以直接化為言語的事情透過形象來訴說的力道，情感也會伴隨著一起運作，這是特徵。因此，將難以完整化為言語的心理狀態訴諸於意象，是非常有效的。

順帶一提，促成這段戀情的媒人實在是靠不住，對方那位女性不但字寫得不好，似乎連和歌也不會吟，而且，最後還以「後來聽說她不費吹灰之力，就當上了別人家的女主人」來做結尾。因為故事中說這位女性後來成了「一個家的女主人」的緣故，我們可以知道在當時，除了平中這樣「風流多情」的一群人之外，還有另外一群過著正派生活的女性。也許，大部分的女性都過著良家婦女的生活，偶爾才享受閱讀《平中物語》的樂趣也不一定。就像後世之人如果研究在平成時代被人廣泛閱讀的小說《失樂園》[17]，就做出平成時期幾乎所有的人都外遇這樣的結論，同樣是會讓人感到困擾的。

4 具備美學概念的搗蛋鬼（Trickster）[18]

在《平中物語》最後的第三十九段中，有著這樣的故事。右大臣的母親到賀茂川遊玩時，服侍於本院[19]的大臣也來到此處。因此，右大臣的母親派出了信使，男方卻沒有回覆便回去了。當右大臣的母親為此嗟嘆之時，平中送來了一封信。

果然如斯乎，彼人未停駒，直上竹葉舟，急渡檜隈川。

對此，女性的返歌是：

君此言差矣，川滿覆竹葉，妾身不得出，故而未相見。

右大臣的母親因為收不到男方的回音正在慨嘆，面對如此身分高貴之人，平中逮住機會倏然寄出一首和歌，對方卻俐落回招。對於平中調侃問道：「我聽到的傳聞是真的嗎？」右大臣的母親毫不留情地狠狠回擊：「君此言差矣」。

平中應該是早已預料會收到這樣的返歌，才寄出信的吧。這樣一想，我們可以充分明白平中在這個時代的角色。就右大臣母親的立場而言，女方厚顏主動寄信卻得不到回應，不但遺憾，也覺得沒有面子。這個時候，以風流多情聞名的平中來信，姑且不論表面上如何，內心深處其實有一部分也覺得開心吧。而且，她不但可以不由分說地加以否認，甚至連自己曾經寄信給本院大臣一事都可以不加承認。如此一來，她的心情應該也會舒坦許多。在這裡，平中有他的角色，應該有不少人因為他的存在，原本鬱悶的心情得以紓解而開懷。這段故事被安排在物語的最後，我們也可以認同，因為這充分說明了平中的角色。

又或者，我們來看看物語最開始的一個段落。平中因為遭人誹謗的緣故，失去了官位，哀嘆度日。即使眺望空中明月，也只感覺到慨嘆的心情。因此他向友人送出一首和歌。

> 天上月如空，望之為興嘆，孤寂復心愁，淚流成銀河。

對此，友人回覆的和歌是，

> 君之傷心淚，若成銀河水，必如入瀑沫，絢爛色繽紛。

表面上看起來，這是說友人對平中感嘆的心情深表同情，如果天上銀河是你的淚水，他歌詠道，那「必如入瀑沫，絢爛色繽紛」。可是在這句話的背後，讓人感覺有些「冷冰冰的」，這難道是我的偏見嗎？男性友人一邊說，你真的是很慘喔，卻又冷言譏諷，天下無人不知、無人不曉的平中啊，你的眼淚應該是相當與眾不同的吧。讓人感覺話裡有話，「平中哪，你也有這一天啊！」

因此，我們可以說，世間因為平中的存在平添了趣味，不過卻也不能一概而論。事實上，在前文中提到的第三十九段之前的第三十八段裡，描寫了一位因為平中關照不周的緣故，落髮為尼的女性。平中與女方一夜春宵，卻因為工作忙得不可開交，共寢後的隔天清早應該寄的信沒寫，之後也未再造訪。女方哀嘆，落髮為尼。後來，她寫了一首和歌給平中。

聽聞那銀河，遙遙遠在天，妾身落髮淚，卻漫流眼前。

這裡也出現了「天の川」[20]，指的雖然也是淚流成河，不過在這裡，「天」被用來當做是「尼」的雙關語[21]，平中接到此信，心頭為之一驚。回覆了一首和歌。

君早早成尼，淚簌簌成河，人世雖孤寂，怎可如兒戲。

意思是說，雖然傷心淚流，怎麼可能這麼快就變成天河（尼）呢？這和第一段裡平中所寫的和歌，兩相比較之下會是如何？那時候，平中的眼淚輕易就流成了天上銀河，友人既同情又譏諷地說：「必如入瀑沫，絢爛色繽紛」，然而在這裡，平中卻向女方說，如此輕易就變成了「天上銀河」，實在令人困擾。

這些段落裡見到的平中角色，彷彿就像是搗蛋鬼一般，變換自在，幸與不幸緊挨著彼此存在，從他的周遭接二連三地產生一則又一則的「故事」。

和歐洲的故事相較之下，日本的物語裡不存在典型的英雄角色，這是人們經常指出的特徵。無論是日本武尊[22]或是義經[23]，他們都不是典型的英雄，都具有搗蛋鬼的性格。平中若和唐．喬凡尼（Don Giovanni）[24]比較之下又是如何呢？後者仍是英雄，平中則是搗蛋鬼。

搗蛋鬼的故事，全世界（包括歐洲）都有，平中的特徵，應該是他的美學眼光吧。也就是說，平中其實具備了成為歌物語英雄人物的天分，無論陷入多糟的窘境，他都還是會創作和歌。而他的和歌中，又滿載著如此豐富的詼諧。像他這樣具備美學概念的搗蛋鬼，或許是舉世稀有的。

5 和歌的傳統

和歌即使是在現代日本，也都極為盛行。在日本，有多少人吟詠著和歌呢？一方面也是因為想要開始培養興趣的高齡人士增加的緣故，有相當龐大的人口正在創作和歌，對和歌抱持興趣。若是和其他國家作「詩」的人數比較起來，他國應該是難望日本項背的吧。因此，自古以來的和歌傳統，才得以源遠流長至今。

和歌的吟詠中有著日本的傳統，沒有人會懷疑這一點。可是如果是「平中」式的和歌，恐怕是個無人繼承的流派。運用雙關語和相關語創作的和歌很少，也就是說，時至今日，人們期待和歌成為一件「作品」，然而《平中物語》中的和歌，恐怕很少被視為獨立的作品。就其細心周到的問候，以及做為一種對話表現的形式而言，這些和歌都意義重大。

如此一來，「平中」的傳統就不是和歌，而是鬥嘴鼓了，但這傳統到現在還存在著嗎？我想，這個傳統在江戶時代[25]灌注到了洒落本[26]等文學作品中。不過我思考當代現況，立即聯想到的是，日本人不擅長開玩笑的這個全球共通的評價。與其說是不擅長，或許應該說是不開玩笑，或是不會開玩笑的日本人很多才對。《平中物語》的傳統，現在已經消失了嗎？

或許可以說，原因之一也在於玩笑的種類。歐美社會通用的玩笑模式不同於日本，日本人即使想要開開「平中」式的玩笑，對方也無法意會，因此沒辦法用得上。例如，雙關語或相關語的手法，在英文中該如何表現？日本人在開玩笑的時候會產生這樣的問題。如此一來，我們就不得不進行玩笑的文化比較了，這個話題暫且先擱置下來。

更值得討論的是，在日本人聚會場合中的宴會演講，或是統稱為致詞的這一類談話，是不是有太多都讓人覺得無聊呢？如果就本章的章名而言，拿掉冗句，這些談話都是一連串的定句、疊句。為什麼日本人如此一本正經呢？或許，日本人在接觸歐美文化之後，在努力想要「趕上、超越」的過程中，朝著單一方向直衝，因而喪失了創造玩笑的基礎，也就是心境上的寬裕，也不一定。

又或者這是因為，有別於《平中物語》的傳統，日本文化中重視「形式」的風潮普遍化，變得僵直呆板，進而造成了定句，也就是老套的八股文氾濫的結果。日本的現狀是不是變成，「平中」充其量只是日本國內的文化，崩壞在電視中插科打諢的低級節目裡，而定句和冗句都完全背離它們原本的意義了呢？

我們應該要思考的課題還有很多，總而言之，現代的日本人有必要多向《平中物語》學習。在這個國際化的時代，身為一個具備美學概念的搗蛋鬼活躍其中，應該是一件非常愉快的事吧。

註釋

1 原註：收錄在〈平中物語──當代上班族的處世格言〉（「平中物語──当世サラリーマンの処世訓」）《續・談物語中的故事》（『続・物語をものがたる』）。

2 譯註：此處原文為「ジョークの応酬」，意近臺語民間曲藝一說一答的說唱，也叫做「拍喙鼓」。

3 原註：以下引文依據《平中物語及其他》（『平中物語他』）日本古典文學全集8，小學館，一九七二年出版。

4 譯註：日本古代官位名。

5 譯註：由兩個人以上交互吟詠和歌的上句與下句，接連不斷的詩歌形式。

6 譯註：「常」、「定」二字在日語中的發音相同。

7 譯註：日文中，「日」、「火」的讀音都是hi。

8 譯註：日文中，「ひとり」（孤身）、「火取り」（澆熄）的讀音都是hi-to-ri。

9 譯註：「看過了」的讀音是mi-tsu，「水」的讀音是mi-zu。

10 譯註：兩者的讀音都是na-ge-ki。

11 譯註：「樵」與「凝」二字出現在日文原文當中，讀音都是ko-ri。

12 譯註：原文做「こりに凝っている」，作者採日文中「凝」字的另一個意思──講究，加深了雙關意趣。

13 譯註：指話語。

14 譯註：原意為庭園中的垃圾，此處中譯為土芥。

15 譯註：「葛」、「屑」二字，日語讀音皆為ku-zu。

16 譯註：葉背翻轉的日文為「うらがえし」（讀音為u-ra-ga-e-shi），與可恨的「うらめし」（日文古語，讀音為u-ra-me-shi）讀音相近。

17 原註：渡邊淳一，講談社，一九九七年。

18 編註：活躍於神話或民間故事中的角色，他們有時是反派，但有時卻會帶來意想不到的成功而被視為英雄。

19 譯註：同一時期有一位以上的退位天皇時，稱最年長者為本院。

20 譯註：銀河。

21 譯註：「天」、「尼」二字的日文讀音皆為 a-ma。

22 譯註：第十二代景行天皇的皇子，曾經南征北討的傳說中英雄人物。

23 譯註：源義經，平安時代末期的武將，日本史上知名的悲劇英雄。

24 譯註：莫札特同名歌劇主角。

25 譯註：西元一六〇三到一八六七年。

26 譯註：江戶中期通俗文學的一種。

第七章

物語中的 Topos

1 「場所」的份量

在故事裡，特定地點有時候有著重大的意義，甚至會讓人感覺這個地點本身就帶有某些重要的特性。

例如，在《源氏物語》裡，宇治[1]這個地方扮演著重要的角色。京都雖然是許多物語的產地，然而，出自宇治的物語卻有著和這些物語不同的意涵。

有著特定意義的地點——Topos——的這個概念，在近代之後，隨著以個人為中心的思想日益增強的緣故，急遽地變得薄弱。人們認為個人的存在樣貌、性格非常重要，即使所處的地點四處移動，核心性格也不會改變，就算某個人物在某個地點感覺到什麼，那充其量不過是他個人的感受而已。相對於此，對於重視 Topos 概念的人而言，他們會覺得這個地點本身就具備了某種特性，他們相信「Genius loci」（或者譯為「場所精神」）的存在。在近代之前，這樣的觀念存在於世界各地。因此，Topos 與王朝時代的物語有著重要的關聯，也是理所當然。

如果我們把《住吉物語》也當做是從住吉這個 Topos 誕生的作品，那會怎麼樣呢？因為這個緣故，住吉才會成為故事的名字。主角因為是繼子，歷盡了千辛萬苦，不過卻在住吉這個地方一下子得到救贖，故事情節快速地朝著幸福的結局發展。或許這是因為，「住吉」這個地名讓人聯想到「住下就會吉祥」的原因吧。不過暫且不論這一點，當時一般人肯定認為住吉這個地方，是一個可以孕育出和他們日常生活的京都完全不同性質的故事地點。住吉神社就是一個例子，它象徵性地顯示出這個重要的 Topos 性質。

大和時代[2]的長谷（初瀨）地區[3]也是一個 Topos 性質相當高的地方。中世時期誕生了許多與長谷有關的故事。故事人物在長谷寺閉關齋戒，會在夢裡得知天啟。而依著這個天啟，故事人物可以得到人生方向的指引。如果實際走訪一趟長谷，即使是現在，那裡也是個群山環抱、僻靜深邃的地方，傳達出一股特別的氛圍。

近代扼殺了這些地方的「場所精神」，土地被全然地單調化，與特別的精神或是神靈等沒有任何關聯。我們雖然獲得了任何人都可以隨心所欲到任何地方的「方便」，可是所有事情都是伴隨著犧牲的。我們不能忘記，這樣的方便是建立在扼殺場所精神的犧牲之上。

現在，在美國，各式各樣的工作坊在進行的時候，流行採取「閉關」的方式，意謂在遠離人煙之處隱居數日，進行精神及心理上的體驗。我們可以將這樣的方式，看做是人們想要設法超越近代所做的努力。確實，這麼做比起聚在都市裡開會更有效果，這是事實。不過我也在思考，場所精神在被大量扼殺之後，是不是這麼容易就能夠恢復呢？姑且不論前現代的智慧能夠活化後現代到什麼樣的程度，就算是一點一滴，我們都必須要持續累積這樣的努力才行。

而用心閱讀充滿 Topos 智慧的故事，可以做為這項努力的一個環節。當你讀到主角前往住吉的時候，不要單純將它視為人類的移動，必須充分玩味其中的意義。不管怎麼說，從京都徒步走到住吉，就是一件重要的事情。這漫長的過程，是抵達一個特定的 Topos 所必須的。這和搭乘日本鐵路公司的列車前往，意義是完全不同的。雖然在現代，大眾交通運輸系統的故障、災害所導致的混亂及傷亡，也展現出了「便利」的負面面向，然而這是偶爾發生的「偶然」，人們不會去思考它的意義。相對於此，在過去，每個人都是各自經歷了危險和辛苦，才感受到 Topos 的份量的。

如此思考，我們就能夠知道，王朝時代的物語受到某種 Topos 的特性所支持。例如，源氏身處「明石」一地，在整部物語裡有著重大的意義。遠離京都，看得見海的明石，是一個具有獨特性格的地方。《源氏物語》裡有一位名為「明石君」的人物，是這個 Topos 的具體呈現。源氏將他在明石的經驗化為自己的一部分之後再回到京都，此時的他，和過去有著截然不同的性格。在明石這個 Topos 的「閉關」經驗，對於他的成長是必要的。

2 《換身物語》的情形

我明確意識到物語中 Topos 的重要性，是在閱讀《換身物語》的時候。關於這一點，雖然已經公開發表過[4]，然而因為接下來論述上的需要，我希望還是能簡單描述其故事概要。

《換身物語》的主角是一對姊弟（也有一說是兄妹，不過本文以姊弟來進行論述），姊姊天生氣質較為男性化，弟弟則較為女性化，因此各自被當做男孩及女孩來養育。知道這個祕密的，只有他們的父母以及極為少數的幾位親信之人。後來，姊姊以男性之姿進入宮中當官，晉升至大將之職，弟弟則以女性之姿成為服侍東宮（女性）的女官。因為這樣的緣故，在他們身邊不但掀起了嚴重的波瀾，兩姊弟自己也背負了許多煩惱。

畢竟，大將（姊姊）要結婚，弟弟則因為東宮主人視他為手帕交，過程中不小心發生了性關係，東宮主人因而懷孕。大將這一邊呢，則是被他最親近的友人中將（此人的官位後來有所變化，但因為擔任中將的時期較長，因此稱其為中將）識破了女兒身，他們這一對也發生了關係，大將因此懷孕。

姊弟兩人都走投無路，甚至一心求死，此時，兩人角色互換，弟弟變成大將，姊姊變成女官，利用大膽的角色轉換，擺脫眼前的險境，最後有了一個圓滿的結局。

這雖然也讓人感覺實在是個荒誕無稽的故事，不過我們可以說，針對人類的男女社會性差異，這則物語用非常激進的思維發展出了全部的情節。一般人對於男女的角色有著固定的看法，這則物語則說明了兩者之間可以置換到什麼樣的程度。而過去人們相信男女有著明確的區別，這則物語也顯示出，其實界線並沒有那麼明確，而且在這個界線崩解的周圍，存在著幾近於怪誕、非屬於人世間的美。我從這樣的觀點，認為這是一部優秀的物語作品。詳細的情節就此省略，接下來談談關於這部物語的 Topos。

在《換身物語》裡，宇治和吉野這兩個地方有著重要的意義。請讀者參見圖一，這張圖中顯示出，重要的登場人物隨著故事的發展出現了什麼樣的變化，讀者

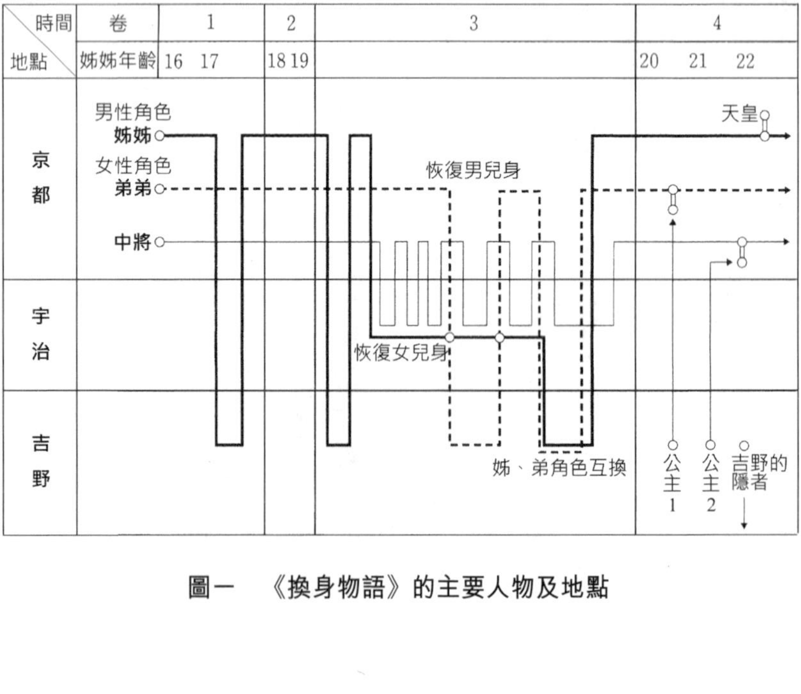

圖一　《換身物語》的主要人物及地點

可以充分了解宇治和吉野所代表的意義。

京都就是一個日常的世界。相對於此，宇治則是一個遠離京都的世界，在那裡發生著一般人無法想像的事情。中將偷偷將懷孕的大將（姊姊）帶出京都，讓她住在宇治，而大將就在此處變身成為女性（或者應該說，恢復她原本的性別）。這是一個天大的祕密。對京都的人而言，這是完全無法想像的事情，大將居然是個女人，大將居然生下孩子。中將知道了沒有人知道的祕密，還將她占為己有，應該是得意洋洋的吧。

可是正所謂好事多磨，這個時候中將的夫人也懷孕了，而且為生產所苦，中將因此不得不在京都和宇治之間數度十萬火急地往返。而在這個過程中，弟弟（女官）決心要恢復男兒身，他以男性之姿四處尋找失蹤的大將（姊姊），兩個人一起啟程前往吉野的深山。

吉野有一位隱者，他在這整部物語中扮演著重要的角色。正因為住在吉野的緣故，他理所當然有著超乎日常邏輯的智慧，能夠體察故事的所有發展。和他相對應的角色，是兩姊弟住在京都的父親。他寸步不離京都，一如世間所有父母，拚命地祈求自己孩子的幸福。可是以他的能力，什麼解決辦法也沒有。京都日常世界中的父親和住在吉野的老賢者對兩姊弟的愛交相錯雜，孩子們在這樣的過程裡進行了極其不可思議的性別交換，最後邁向幸福人生。

這部物語如果拿掉了吉野這個 Topos，情節就無法展開。而在最後，父親透過夢境得知在吉野發生的一切事實，故事朝大團圓的結局發展。住在日常世界的父親，必須要透過夢境與吉野這個部分產生關聯。

當孩子遭遇不幸時，很多父母都會感嘆自己為孩子付出了多少努力。有些人做了能力範圍內能做的，有些人則是竭盡最大努力。這些付出都不是假的。只不過就這一部物語而言，這樣的努力只要僅限在京都這個範圍，就不會產生任何效果。如果不和層次全然不同的吉野這個Topos產生關聯，事情就無從解決。如果事情可以用常識來解決，故事就太過簡單了。不過雖說如此，僅靠吉野隱者的智慧，事情也不會有所進展。後來，兩姊弟之所以能夠各自得到幸福，京都的父親所付出的努力也發揮了相當大的作用。此時，吉野的隱者往山的更深處隱去，斷絕了與人世的往來。

京都和吉野的中間有著宇治這個地方。從圖一觀察主要人物的動向，讓人印象深刻的是中將的軌跡。他匆忙地往返京都及宇治之間，完全不知道有吉野的存在。他知道了京都人不知道的天大祕密——大將是位女性，不僅如此，還讓她懷了自己的孩子。他得意至極，什麼都不曉得了。

我在《換身物語、男與女》中敘述，這個中將的角色是「近代自我」的典型。如同前文所述，近代扼殺了「場所精神」。如果以個人為中心來思考，我們就必須從自己的內在發掘出重要的Topos才行。我們必須從自己的內心領域找出宇治、找出吉野，並與它們經常保持接觸。

中將英俊瀟灑又具行動力，和許多女性都有關係。他或許以為這個世界是以他自己的力量在支配著的，可是他對最重要的Topos——吉野，卻一無所知。中將弄不清楚事情到底是怎麼一回事，這部物語描述了中將一籌莫展的樣貌，然後結束了整個故事。實在是非常傑出的收尾。一名男子在故事裡縱情活躍，彷彿是故事的催化劑，透過在故事的最後描寫他困惑至極的樣貌，清楚展現出這名男子雖然才華洋溢，然而事情運作的直接成因卻完全不同於他的意志或是欲望。如果將這名中將看做是近代自我的樣貌，讀者就真的能夠充分理解。

在《換身物語》中，京都、宇治、吉野的 Topos 意義表現得非常明確，甚至是有些明確過度了，因此可以用圖表的方式說明。可是在現實裡，Topos 的意義沒有這麼明確，是理所當然的，因此，故事裡的 Topos 並非總是都能如此清楚簡潔地加以論述。就展現出物語中 Topos 的意義而言，《換身物語》實在是一部方便解說的物語作品。

3 《濱松中納言物語》

在其他的物語中，和《換身物語》的情況不同，即使 Topos 的重要性不變，其意義卻無法如此明確斷言。如同在本章一開始稍微提及的，每一個物語故事都和 Topos 有關。雖然將它們全部化為圖表來做說明也是一種樂趣，不過，過度的圖示化也很沒意思。因此，我決定選用讓我更深入思考 Topos 意義的《濱松中納言物語》來進行接下來的論述。在這一部物語中，吉野也帶著重要的意味登場，故事的發展甚至擴及到唐土[5]，這是它的特徵。而且故事中也提到了以與 Topos 的關係來聯想的「轉世」內容。我因為這些緣故，特地選擇了這一則物語。

《濱松中納言物語》共有五卷，再加上後人明確發現還有「佚失的首卷」，透過日本文學家松尾聰的精心校註、解說，我們得以獲知其全貌[6]。

主角濱松中納言（雖然主角不可能從小就擔任中納言的官職，不過方便起見，權宜上以這個名字稱呼他）自幼喪父，他強烈思念亡父，在得知自己美麗的母親和左大將交往之後，他感到驚愕。不過即使如此，他還是和左大將家族往來。他與左大將的長女大姬雖然是結拜兄妹的關係，卻還是愛上了她。在這個過程中，他的父親在過世數年之後出現在他的夢裡，說他原本應該要往生極樂淨土的，卻因為無法忘記兒子的緣故，已經轉世成為唐土的第三皇子。濱松中納言難以漠視心中想要孝養父親的心情，他向朝廷乞求，請了三年的假，啟程造訪唐土。他在出發之前與大姬珠胎暗結，大姬雖然因此懷孕，他依然留下了她，前往唐土。

這則故事開始的所有部分，在日本的物語中都是史無前例的。首先，男主角和父親的連結非常強烈，卻抗拒與母親的交集，這和日本男性一般與母親關係極為緊密的狀態不同。濱松中納言後來的行動不同於其他的日本男性，與父母親的關係被視為重要原因之一。另外，對他來說重要的Topos，很明顯是比宇治和吉野等地更遙遠的唐土。

在前文舉出的《宇津保物語》中，有一個非常重要的，不知道位居何處的遙遠異國「波斯國」（第四章）。波斯國在故事一開始就出現，在故事後來的發展中，也發揮了從背後支持整個故事的功能。不過，從異國流傳而來的不可思議的琴音，成了貫徹整部物語的重要因素。而波斯國做為一個Topos，卻幾乎不具有任何意義。

相對於此，在《濱松中納言物語》中，主角遠渡唐土，並在這塊土地上發生了極為重要的事情。他的父親轉世成為第三皇子，他則愛上了第三皇子的母親——河陽縣的唐后。這是一段形成整部物語核心的戀情。

近代之後，由於「場所精神」消失的緣故，人們不再找尋Topos，而是努力在自己的內心尋找「場所」。當人們不再在某個地方尋求異世界之後，人類本身的異質性便開始占據重要的位置。因此，在近代西洋，男女之間的浪漫愛情變得至高無上，男性和女性都在異性身上看見靈魂的樣貌。榮格之所以認為，對男性而言，他的靈魂樣貌是女人的形象，而對女性而言，她的靈魂樣貌則是男人的形象，也是因為這個緣故。可是我認為，對人類而言，靈魂的樣貌並不一定非得要以異性的形象來呈現。這一點我已經在《換身物語、男與女》中論述過。

在《濱松中納言物語》裡也是一樣，中納言和唐后的戀愛非常重要。然而這和充其量只是以個人為中心、以個體為中心的男女浪漫愛情的意趣是不同的。他們雖然被對方吸引，卻沒有為了要在一起而相互努力。再加上，如果第三皇子是中納言的父親，唐后就成了他的祖母，兩人的關係成了祖孫關係。在他們之間運作的，不只有男女之情，也混雜著血親之間的親情，而這是超越個人意志和欲望運作的吸引力。因此，兩個人的結合也仰賴了超越雙方意志的，佛菩薩的力量。中納言受到夢諭的指引，而唐后這一方也有「難以言喻的天大神啟」。唐后向陰陽師[7]諮詢的結果，得到應該暫時改變住處的指示，兩人因此偶然相遇，從而結合。中納言是在不知道對方是唐后的情況下與她共寢的。

兩個人這樣的關係發生在極其必然的趨勢之中，對中納言而言，這是他滯留唐土期間最重要的一件事，可是這事情彷彿就像是夢境一般，後來，這件事也是以「春夜之夢」這樣的表現方式，數次出現在接下來的故事裡。這正是在異世界發生的事情，正因為是在唐土這個 Topos，事情才會發生。

在這樣必然的趨勢中出現的唐后，事實上是個與日本這個 Topos 有著深厚關係的人物。從中國的角度來看，日本無疑是個異世界。唐后的父親以遣日使者的身分來到日本，與上野宮的公主結為連理，兩人之間生下的孩子，便是唐后。唐后的父親在返回唐土之時，猶豫著要不要帶女兒一起回去，因為夢諭的緣故，最後他帶著她回國。也就是說，唐后的母親是日本人，而她是在日本出生的。

4 日本與唐土

故事嘗試將場景設定在日本與唐土，想必下了相當大的決心。在《換身物語》中，場景設定最遠也只到吉野而已。而吉野雖然也出現在《濱松中納言物語》裡，扮演的卻是京都與唐土的中間角色。

在故事中出現唐土的，還有《松浦宮物語》這部作品。一般認為作者是藤原定家[8]，他以相當豐富的唐土知識寫成了《松浦宮物語》。反觀在《濱松中納言物語》裡敘述的「唐土」，則隱含著不屬於這個人世的意涵，兩者的感受稍有不同。唐土雖然是「異國」，故事在處理上仍然將它視為具備日常性質的一個地方。當然，在《松浦宮物語》裡，男主角弁少將也和預期之外的女性在唐土結合。他在和這位女性邂逅之時，是被女性演奏樂器的琴音所吸引，這一點和《濱松中納言物語》相同。除此之外，他與女性的結合是由於超乎個人意志的力量運作的緣故，這一點也是相同的。不過，故事裡長篇大論地敘述發生在唐土的戰爭，倒是和其他物語有著顯著的差異。由於這個緣故，唐土這個Topos的意義，在這部作品裡變得比較模糊了一些。

在《濱松中納言物語》中，唐土做為一個重要的異世界，充分具備了它的意義。唐土和日本的關聯，藉由人物的往返，展現了出來。首先，男性以遣日使者的身分從唐土來到日本，並將他在日本與女性所生的女兒帶了回去。相對於此，轉世的部分容我於後文再論，濱松中納言在來到唐土之後，在這塊土地上與唐后結合，並將生下的兒子帶回日本。這些人物的動向，在敘述上帶有某種程度的對稱性質。

唐后的父親在猶豫著要不要帶女兒回去之時，在夢裡被告知：「快走吧，她是那個國家的皇后，一定可以平安無事抵達。」他遵循了這個夢諭。事實上，他的女兒後來也成了河陽縣后。然後，接下來換唐后猶豫不決，不知道該拿自己與中納言所生的孩子如何是好，她哭著入睡，夢境裡聽見神諭說：「這孩子不屬於這個世界，他是日本國的捍衛者，應速速交給對方。」她照著做了。

這兩個故事都有著連結日本與唐土的重要人物，人物往返兩地，也都伴隨著孩子的誕生，夢境極其直接的啟示，以及人物遵循夢諭來行動，是它們的特徵。也就是說，日本與唐土的關係是只憑著夢境中的智慧來維持的。不過，夢中雖然預言中納言的兒子會是「日本國的捍衛者」，在故事裡並沒有實現。因此也有人懷疑，這是不是一部未完成的作品。不過，後文中也會提到，唐后轉世輪迴到日本的這件事情後來也沒有實現。我認為，這些部分會不會是以「今後靜待新的情節發展」的形式來結束這個故事的呢。

中納言在歸國之後造訪了吉野的比丘尼，被她的女兒所吸引。不過他謹守吉野高僧的勸戒，沒有染指這位公主，而是相當珍惜。但是，式部卿宮突然出現，強行帶走了公主。中納言使出千方百計，仍無從得知公主的下落。

這樣的情節，就 Topos 論而言，是非常有意思的。中納言與唐土有著深厚的關係，因為這樣的關係，使得他與吉野也有著深刻的連結。之後，唐后在唐土過世以及吉野比丘尼的死訊，中納言都是透過夢境得知的。相較於其他人，他可以說是一個與 Topos 關係遠深於其他人物的人。可是，他在京都卻無從得知他最重視的事。當公主下落不明之時，他的夢什麼也沒有告訴他，因為這件事不該是憑著夢來了解的。他必須自己「思考」強奪公主的人物會有誰，以及該怎麼做才能找出這樣的人物，但他卻沒有這樣的能力。

這種事出乎意料之外的常見，對於世間事有著深刻智慧的人，或是從事極富創造性工作的人，對於常識或是稍微思考一下就能懂得的事情，卻是完全的無知。又或者，也有人就像是式部卿宮一樣，雖然在京都能夠手段高明地策劃陰謀詭計，卻因為他與吉野、唐土都沒有連結的緣故，最後不得不放棄他好不容易強奪而來的女子。深、淺智慧共存，是一件相當困難的事情。

即使擁有高深的智慧，也不一定就能輕易地獲得幸福。中納言雖然從夢境中得知關於吉野、唐土的許多事情，然而他並沒有因此而幸福。他對生命的感嘆應該是「人生果然還是這麼一回事啊」。到最後，我感覺他應該會想說一句「命該如此」吧。

5 轉世

對濱松中納言來說，唐土這個 Topos 與自己連結的契機，應該是自己深愛的亡父轉世輪迴到唐土的這件事情。而在故事終了，因為愛人唐后未來將轉世輪迴到日本的這道預言，他與唐土的連結更加深刻。故事非常巧妙地運用了轉世輪迴做為連結兩個 Topos 的手法。

說起來，轉世輪迴是怎麼一回事呢？日本自古以來似乎認為，死者的靈魂會前往山的遠方（黃泉國度），最後重生回到這個人世間。從愛奴人的信仰也可以看到，人類的世界與神的世界（陰間）的往返，是非常頻繁且自由地進行著的。在佛教傳來日本之後，這樣的轉世輪迴信仰也與佛教巧妙連結，中世時期的日本人應該是相當相信轉世輪迴的。

該如何接受自己的死，對人類而言是個很大的問題。人類很難輕易接受自己這個存在將會完全消失的事實。希望自己這個存在在某種意義上能夠永續，這是理所當然的心理。自古以來，許多宗教討論過這個問題，而日本人也因此相當相信轉世輪迴。只不過，就現存的王朝時代物語來看，出現這個主題的作品很少，只有《濱松中納言物語》和《松浦宮物語》而已。

不過，如果我們不去討論有沒有轉世輪迴的這個事實，而是把它當做是心理層面的事實來看的時候，會非常地有意思。之所以這麼說，是因為如果觸及內心深層，則將會產生讓現代人也相信轉世輪迴的作用。

我將不會在本文中詳細敘述，不過現在在美國，有所謂的前世療法（reincarnation therapy）。醫師帶領患者進入催眠狀態，追溯過去的記憶。在出生時的記憶之後，如果醫師再引導患者敘述更早之前的記憶，有些人會突然開始說出前世的記憶。他們會開始敘述，他們曾經居住在中世紀的歐洲，和什麼樣的家人住在一起，從事什麼樣的工作等等。這讓患者理解了自己現在的情況和前世的生涯有著什麼樣的關聯，因而能夠充分產生認同。透過這樣的認同，他們的症狀有時候就會消失。《前世今生——生命輪迴的前世療法》[9]的作者非常慎重，他不說人類有、或沒有前世，只是敘述這樣的體驗對於治療相當有幫助。

我在進行夢境分析時，也有類似的經驗，當分析的經驗愈來愈深刻，有時候會遇上個案夢見自己是一個和現在的時空完全不同世界的人的情況。「我曾經是江戶時代的武士」，個案會以這樣的語氣敘述他的夢。此時，若我說：「如果把這夢境當做是自己的前世的話，還挺有意思的。」個案會回覆：「出乎意料之外，我還滿能夠接受的。」

「能夠接受」的這個說法，對於一個人的人生是極為重要的。來找我這個心理治療師的個案當中，有很多人或許可以說都經驗了多到無法處理的「沒辦法接受」的體驗。為什麼只有我不幸、為什麼我的母親會早死、為什麼醫學上說我一點兒問題也沒有，頭卻這麼痛等等。這些事都讓人痛苦，而因為「沒辦法接受」的緣故，痛苦變得更甚。有些人會說：「只要可以接受，我就可以忍耐。」

現代人為了要讓自己「能夠接受」，會將自己所知範圍內的經驗和知識，以因果關係來加以連結、理解。因此，他們會說造成自己現狀的原因是因為「父母的錯」或是「社會的錯」，可是心裡卻不能真正地接受。心裡要真正地接受，必須要超越理性上因果的掌握，去經歷讓自己全然認同「就是這樣」的體驗，而這樣的體驗又是極其因人而異的。基於一般性原則所做的說明，沒有辦法帶來真正的理解與接受。因此，對當事者而言，當自己的前世和現在的情況之間關係明朗化之後，他就能超越理性的理解，進而能夠認同。也就是說，他會感覺自己這個存在，是扎根在超越了眼睛可見的事物或知識的、更偉大的存在之間。

此外，相信轉世輪迴的另一個效用，是加深自己與其他人或其他生物關係的樣貌。與《濱松中納言物語》據說是同一個作者所寫的《更級日記》中，有一則故事是敘述一隻大納言的女兒轉世投胎成的貓。因為投胎轉世的緣故，人與貓的關係突然起了變化。這隻貓的存在遠遠超過單純的一隻動物，人與貓之間的關係急遽變得深厚而緊密。

雖然人們並不清楚知道對方是什麼東西的轉世，但僅是認為有轉世輪迴的可能，其他生物和我們之間的關係就會變得密切起來。明惠上人[10]看見一匹死去的馬，認為牠說不定是自己的父母投胎轉世而成，所以就沒有草草處理。

現代人將個人視為獨立的存在，並以此為核心來思考，因此受關係的喪失所苦。孤獨是現代人的疾病，而這又會連結到孤獨的死亡。然而實際上，所謂個人，並不是那麼自立、獨立的，個人和其他的人類、生物、事物，非常深刻地相互依存著。自體與他體的區別，遠比現代人相信的要薄弱。現代人將自己身邊的事物當做是轉世輪迴的結果，藉此演繹從前人們所擁有的緊密關係、情感，這麼做是最恰當的，不是嗎？

心理相關的話題到此為止，回到故事本身，對濱松中納言而言，年幼時期，父親的亡故是絕對無法接受的，可是他後來卻能見到轉世投胎的父親。這裡很有意思的是，唐土的第三皇子交錯出現有如孩子般極其幼稚的言行，以及父親般的言語措辭。濱松中納言有時候覺得他是「父親」，有時候又覺得他是「可愛的孩子」。

因為相信轉世輪迴的緣故，人類因此可以避免犯下錯誤，以為孩子在絕對意義上，充其量只是孩子而已。孩子有時候也擁有老者的智慧。以絕對意義來區分自己是大人還是是孩子的人，不會懂得與孩子接觸時的真正趣味。男女的區別也是如此。男性的前世並不一定是男性，女性的前世也並不一定就是女性。

濱松中納言好不容易與唐后結合，卻必須帶著兩人所生的男孩回去日本。而他在日本，應該要和他因為唐后的緣分認識的吉野姑娘結婚，卻因為式部卿宮的闖入而遭到妨礙。他在這個人世間經歷的盡是無常。不過後來他透過夢諭，得知唐后轉世投胎成為吉野姑娘的女兒。這意謂著他與深層世界的連結，有著過度充分的關係。

6 故事要說的是什麼？

透過這一部《濱松中納言物語》，作者想要說的是什麼呢？《更級日記》據說和這部《濱松中納言物語》是出自同一位作者之手，在後文中（第九章），我將詳細論述，藉由比較兩部作品中的夢境，可以知道它們都述說了夢的經驗對人類而言是何等重要。

站在這個基礎之上而言，《更級日記》的作者如同她在日記中所寫的，就世俗的意義來看，她的生涯稱不上是幸福。可是她透過夢境得知的是一個非常深奧、具深遠意義的世界。人類為了得到幸福，會有意識地付出努力，可是，努力也沒有任何幫助，因為有一股更偉大且強而有力的，也可以稱之為「事情的演變趨勢」的力量，是人類無法與之抗衡的。不過，接觸到這個演變趨勢，認知到它的存在之時，人類就可以感受到充分的認同與安心。對人類而言，想要達到這樣深奧的境界，有一個辦法是做夢。《更級日記》的作者基於自己的實際體驗想訴說的，應該是以上這些事情吧。

光是藉由書寫「日記」，她無法獲得滿足。她想辦法要將自己的體驗告訴他人，而她以「說故事」的方式表達出來的，正是《濱松中納言物語》。有人覺得在故事內容中，夢境過於直接地與現實連結是個問題，可是這正是作者想訴說的。只不過，這個「現實」是存在在內心深層的現實，如果要發展成為一個故事，就必須化為存在在特異的「Topos」裡的現實。作者無論如何都得將唐土這樣距離京都十分遙遠的國度放進故事裡，而夢中敘述了種種在吉野和唐土所發生的現實，可以說也是理所當然的。

人類活在各自的故事裡，不過，在一個時代，某些故事是具有普遍性質的。如果是現代，東大畢業、進入政府官僚體制、成為政治家、當上府院院長等等，亦或是畢業自知名大學學府、任職於一流企業、成為重要幹部，都是一套制式的故事。勇往直前走在這條道路上過生活的人，不會去關心其它的故事，這樣的人應該也不太會閱讀小說吧。

對於王朝時代的男性貴族而言，官位晉升是一般的故事情節，而最高的官位是太政大臣，因此，他們有必要讓自己變成天皇外戚的祖父。對女性而言，則是成為天皇之后，或是女御，讓自己所生的孩子成為天皇。到了這個時候，她便會被稱做是國母。

《濱松中納言物語》的作者是一個沒辦法活在前述故事情節裡的人（這個時期所有物語作者的人生，都逸脫於，或是不得不逸脫於前述制式的故事情節）。《寢覺物語》是這個時期的物語經常出現的模式，男女主角都如前文所述，走在官位晉升的路途上，然而在與自己所愛的對象結合的這一點上，卻都不如己願。也就是說，他們領悟到自己除了順從超越兩人意志與欲望的巨大自然趨勢之外，別無他法。就這一點而言，《濱松中納言物語》的主角官位雖然晉升到了中納言，隨著故事的發展卻一次也沒再升官，一直都是中納言（因此，中納言甚至也變成了故事名稱），這也很罕見。

這件事情反映出，故事的焦點是多麼地著重於夢的體驗，也就是內心深層的體驗。所有人都拚命熱衷爭取的官位晉升，並不在故事的討論範圍之內。對濱松中納言來說，他的男女關係也一樣難如己願。說他不幸也是不幸，可是他卻是一個和一般人所不知道的、意義深遠的 Topos 有關係的人。他的兒子將成為「日本國的捍衛者」，他以前的情人將轉世投胎到日本，這些預言支持著他。若要說這樣是幸福，那也真的是非常幸福了。

如此一來，我們就能明白，作者在《濱松中納言物語》裡，原原本本地敘述了她在《更級日記》中想要訴說的主題，也就是在外表看起來不怎麼幸福的人生裡，其實蘊藏著偌大的安心。

註釋

1 譯註：京都府內的城市。

2 譯註：西元二五〇年至五三八年。

3 譯註：位於奈良縣。

4 原註：河合隼雄《換身物語、男與女》（『とりかへばや、男と女』），新潮社，一九九一年（新潮選書，二〇〇八年）。

5 譯註：日本舊稱中國。

6 原註：以下依據日本古典文學主題叢書（『日本古典文学大系』）77，岩波書店，一九六四年。

7 譯註：日本古代律令制下，負責占卜與堪輿的技官。

8 譯註：日本鎌倉時代初期的貴族官員、歌人。

9 譯註：Brian Leslie Weiss, *Many lives, many masters*, Fireside, 1988. 中譯版為布萊恩・魏斯著，《前世今生——生命輪迴的前世療法》張老師文化，新版，二〇〇〇年。

10 譯註：日本鎌倉時代前期的華嚴宗高僧。

第八章

紫曼陀羅試行方案

1 閱讀《源氏物語》

首先，我想先闡明開始書寫本文的原委和意圖。本文敘述的是我自成一格的解讀，但充其量只是做為試行方案。原因在於，我自知自己對於日本國文學非常地不了解，也沒有讀過必要的文獻，因此在這裡，我是以一個大致的形式，提出個人方案的結構大綱，並承蒙專家批評指導，在此基礎之上形成更加踏實穩固的文章，重新問世[1]。

可能有人會說我一個門外漢，不需要特地這麼做，不過事情的原委如下。非常汗顏的是，我並未通篇讀完《源氏物語》（即使是現代白話文譯本）。忘了是什麼時候，年輕時我曾經挑戰閱讀現代白話文譯本（應該是日本詩人與謝野晶子的譯作），讀到〈明石〉就氣餒了。其實是因為當時我受到西洋式「浪漫愛情」相當大的影響，光源氏的男女關係，不管取哪一段來看，都稱不上是浪漫的，因此大失所望而無法繼續讀完。

我曾經甚至覺得通篇讀完《源氏物語》是不可能的，然而後來對於日本文化有愈來愈深刻的關心，以《換身物語》為契機，我開始閱讀王朝時代的物語。而在一九九五年的春天，我以美國普林斯頓大學客座研究員的身分停留美國約兩個月的期間，決定開始閱讀《源氏物語》。因為待在國外的緣故，讓我可以專注埋首其中，這是一幸。另外，我年過六十，則是另外一幸。如果身處中年，恐怕還不太能夠充分理解。

在閱讀《源氏物語》的過程中，我所感覺到的是，光源氏這個人物，做為主角，沒有一致的個性，隨著故事的發展，反而愈來愈感覺不到他的份量。同時，從光源氏的背後，以一個堅實的樣貌出現的，是作者紫式部這個人，不知道從什麼時候開始，我便把這部物語當做是「紫式部的故事」來讀了。我感覺到，故事裡登場的多數女性，都是紫式部的分身。

讀到「宇治十帖」[2]，這樣的感受益加鮮明，我可以看見紫式部尋求女性的人生樣貌，一個勁地說著故事的樣子。通篇讀畢之時，激動的心情依然無法平息，一時之間無法入睡。遠在千年以前，可以說在歐洲都還未開化的時代，居然存在一位針對女性做為一個「個體」存在的樣貌，一步步思考到這樣的程度，並且說出一個故事來的作者，實在令人驚訝，也不得不為之讚嘆。不過，我也認為，正因為作者是處在那個時代的日本，在這樣特殊的情形之下，才得以寫出這部作品。這確實是一部出自女性之手的女性物語。

在普林斯頓大學的圖書館裡，有相當多日本文學的相關書籍，因此我林林總總地讀了一些《源氏物語》的解說，卻找不到任何一本和我所見略同的論述。當然，我藉此也獲取了許多可資參考的知識。

我在普林斯頓停留期間所讀到的英文論文——艾琳・賈登（Aileen Gatten）的〈《源氏物語》中的死亡與救贖〉[3]非常有意思。在《源氏物語》中，只有描寫藤壺、紫之上、大君三位女性邁向生命終點的過程，賈登將焦點放在這一點上寫出了這篇論文。當我們把這三位女性人物當做是紫式部內心世界的女性形象時，「藤壺—紫之上—大君」這樣的脈絡，顯示出了一個方向。藤壺在與男性的關係上，給人相當不穩定的感覺；紫之上則是安定在與單一男性的關係之上（不過還是飽受嫉妒的威脅）；而大君則是不願活在與男性的關係裡。我感覺紫式部在她所描寫的眾多分身之中，對這三個人物放了相當多的心力，正因為如此，她才會描述死亡的場景，而這三位女性人物與男性之間關係樣貌的變化也非常有趣。因為這樣的緣故，當日本文學研究者艾琳・賈登恰好來到普林斯頓大學進行集中授課的時候，我得以有機會與她對談，實在感激[4]。在這場對談中，我針對《源氏物語》述說了我在前文所敘述的想法。

回國之後，我讀了日本小說家瀨戶內寂聽的《女人源氏物語》[5]，因為覺得這部作品的基礎想法，有著和我的解讀相似的心態，因此與作者有了一場對談[6]。對談一開始，瀨戶內寂聽就說：「雖然說是《源氏物語》（源氏的故事），源氏本身的輪廓卻非常模糊。讀再多次，也無法浮現光源氏具體的形象。（中略）結果源氏這個角色，到頭來只是個關鍵性的配角。」我聽了之後激動不已。她又說：「《源氏物語》的有趣之處在於，無趣、懦弱、淫亂的女子在萬念俱灰之際出家的瞬間，她的精神高度就遠遠高於源氏了，這一點真是了不起。」這和我將於後文敘述的想法相符，給了我相當大的勇氣。

接下來，有一個事實強化了我的想法。那就是，在榮格學派的女性分析師中出現了一股潮流，她們認為現代人對於女性的看法，受到了父權意識的影響，而這應該要以「女人之眼」來重新審視。其中有兩本理應要受到注目的書籍出版了日文譯本。我為了寫序，讀了這兩本譯書。對於想要把《源氏物語》當做「出自女性之手的女性物語」來讀的我，這兩本譯書的內容極具參考價值。關於這一點，將於下一節中論述。

只是，若要針對《源氏物語》寫些什麼，想到有那麼多的先行文獻，我便有些膽怯了。光是閱讀主要文獻，可能就要了我這條命。當我還處在這樣的心境時，受邀參加了雜誌《源氏研究》的座談會，有幸與研究源氏的專家三田村雅子、河添房江、松井健兒三人對談[7]。不論是在對談的過程中或是在之後的閒聊，我都表達了自己對於《源氏物語》的解讀，三位專家都給予鼓勵，說我的想法非常有意思，應該要試著寫下來，而關於先行文獻，他們將會提供協助，給了我十足的勇氣。因此，我終於開始書寫本文，提出我的試行方案。

以上長篇大論彷彿像是在自我辯護，不過我希望讀者能夠理解，我以完全不了解先行文獻的門外漢之姿，之所以會針對《源氏物語》發表看法，事情的始末是這樣的。另外，我身為一個心理治療師，在思考現代女性的生活樣貌之時，這項作業也形成了一個重要的要素。而這篇論述也擁有另外一個面向，那就是透過《源氏物語》來討論生活在現代的女性——甚至是男性——的生活樣貌。

2 女性與男性

《源氏物語》裡描寫了男性與女性之間的關係，以及他們的愛恨，這些甚至可以說是作品的主題。可是，如同前文所述，在我看來，無論怎麼想，這些都不是所謂的「浪漫」。尤其是一開始的男女關係，在很多情況下，用「男性的侵入」這樣的說法來描述還比較恰當。所謂的浪漫愛情，說起來本是以男女之間沒有性關係為前提來思考的。然而日本王朝時代的男男女女，雖然男性有時候可以隱約窺見女性的樣貌，但大半的情況下幾乎連女性長得什麼模樣都不知道。幾乎可以說他們最初的關係都是從性關係開始發展的。而即使這樣的性關係是「正式」的，他們也會在三天之後才面對面。對於這樣的關係，我們到底應該如何思考它的本質呢？

男性在這樣的狀態裡，應該是不怎麼感覺奇怪的吧。不過，女性呢？

每一個文化，每一個時代，都有各自的生活模式。人們生活其中，只要不對它感到任何疑惑，這個人就不會特地想要去書寫「物語」（或是文學作品）。又或者，即使稍感疑惑，如果「個體」的能力不足以獨力創造出物語來，事情就會僅止於這個人向周遭抱怨不滿或是不公平的程度而已。

在平安時代，程度上大致能寫出文章的人，男性大多走在體制內，因此不會興起想要創作

「物語」的想法，只有極其例外的人才會。而女性也是一樣，如果和高貴的男性結婚，或是成了天皇的對象，生了男孩，男孩會不會變成皇太子，走在這樣制式模型中的人，也不會去寫物語。可是，像紫式部這樣在身分上逸脫於制式路線，而且在知性和財政上都可以獨立生活的人，就會開始書寫「物語」了。這一點即使是放在全世界來看，也是近乎奇蹟一般的事情。

擁有這般「個體」能力的紫式部，當她在以「女人之眼」看待事情的時候，對於「男性的侵入」以及男性極其任性自私的部分卻不會冷眼相待，這是為什麼呢？恐怕當時對於男女關係以及性的理解，和現代是相當不同的。浪漫愛情這種源自於歐洲中世紀的男女關係，對於理解《源氏物語》中的男女關係，應該是派不上用場的。

我想舉出一個能夠幫助讀者理解王朝時代男女關係的觀念，那就是「聖娼」。這個觀念是我以榮格學派的女性分析師南西・闊爾茲・柯貝特（Nancy Qualls Corbett）在其著作《聖娼》[8]中提到的內容為靈感所想出來的。闊爾茲・柯貝特主張，現代人對事物的看法及想法都過度偏重父性意識，我們應該要更加以母性意識來看待事物，唯有如此，現代的女性才能以全人的樣貌生活。

「聖娼」做為植物生命的再生儀式，以未婚女性在古代社會進行的「聖婚」典禮中所扮演的神聖新娘角色為原型，在農耕民族間以種種不同的變化形式來進行。而無論是哪一種形式，都與大地母神的信仰結合，具有重現伊絲塔（Ishtar，或做 Ashtarte）這樣的大地母神和愛人之間「聖婚」的意圖，在神殿參拜的處女，委身於造訪神殿的陌生男性旅人。這樣的行為，充其量是在人們依據女性原理來貫徹執行的這一點上有其意義，而男性在這裡不過是擔任配角而已。

日本做為一個農耕民族國家，恐怕在過去也有著這樣的「聖婚」或是類似的制度。生活在這樣的古代制度下，人類幾乎沒有我們現在所認為的「個體」意識。穀物的豐饒是整個民族的共同願望，這樣的儀式被當做是全體參加的儀式來舉行。因為其意義是集團而非個人的，因此男女之間必須要是互不相識的陌生人。藉此，人們得以參與植物「死與重生」的祕密儀式。

聖娼的制度，隨著男性的意識漸趨優勢而消失。典型的例子是猶太教對於聖娼的禁令。在基督教文化圈中，靈性（spirituality）與性（sexuality）是完全分離的，而性與身體則被單向地貶低為世俗的。

日本的情況更為複雜。在日本，父權也漸趨強勢。可是，這又和基督教文化圈受到天國的父性之神支持，在整體生活中貫徹執行徹底的父性原理是不同的。父權雖然變強了，卻沒有強到連人類的意識都變成強烈父性意識的程度。倒不如說，在日本，母性的意識還更為強烈（這樣的情況，可以說在現代也都還是這樣，關於這一點，我曾經數次在其他文章中論述過）。

平安時代，在制度上並沒有完全確立是父權的，存在著許多父母雙系的要素。就心理層面而言，母性的意識仍然非常強烈，而在這樣的情況下，想要真正對於男女關係感到共鳴，對我們而言或許可以說幾乎是不可能的事。只是，我們可以從男女關係的底層推測到，類似「聖娼」的觀念曾經運作著。如果開始進行相關論述，光是這部分可能就占據本文的全部篇幅，因此割愛。直截了當地來說，陌生男性的侵入，對當時的女性來說，儘管伴隨著痛苦，但或許她們是把這當做是成年禮，或者當做是超個人的神聖體驗來看待的。她們並沒有將之後的性體驗看做是與靈性切割的，反而是將它視為儀式的整體來接受的吧。

對男性而言，他們又是如何看待性體驗的呢？對男性來說，超個人的關係與個人的關係、性關係與靈性的關係是比女性來得難以融合的。不過話雖如此，事實上其分裂的程度也比不上被基督教觀念束縛的現代人。

隨著社會的型態漸漸固定，男性也在相當程度上受到社會制度的制約。再加上，男性的性欲比女性更為直線式，更難控制。到底是要依照強烈的身體欲望來行動，還是要把社會地位放在第一位？是該考慮可以獲得或保全自己地位的男女關係，還是應該要考慮靈魂層次的結合？對男性來說，應該是相當苦惱的。即使如此，和現在相較之下，當時靈性與性的分裂程度並不強烈，男性的風流多情也被賦予了相對應的價值。非常粗略籠統地來看，《源氏物語》應該是從這樣的男女關係之中誕生出來的。

3 女性的物語

在母權較強的時期，男性在女性的人生中沒有太大的意義。女兒有一天會變成母親。此時，讓她變成母親的男性對象，是完全不知名的。只要她成為母親，一切就天下太平。她的生命受到大地母神的支持，只要留下足以稱之為她的「重生」的女兒，再回歸大地就可以（圖二）。

在這個世界裡，男性會出現並且主張父權。男性透過他強壯的力量擴大權力，不只將女性分類為「母親—女兒」，更將她們與男性的關係分類，在其中加入了妻子、娼婦等類別。而父權一旦變得強而有力，男性便會活躍在社會中的軍事、政治、經濟等領域，他們會將男性世界依照這些領域分類，並把女性當做是支持男性世界的存在，他們將女性關在圖三所示的女性分類之中，並且不在裡面放入女性的職業。也就是說，在思考女性的時候，他們

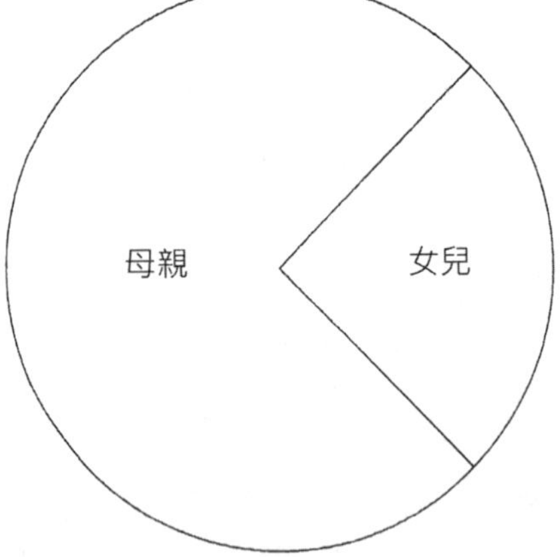

圖二　母權制度下的女性

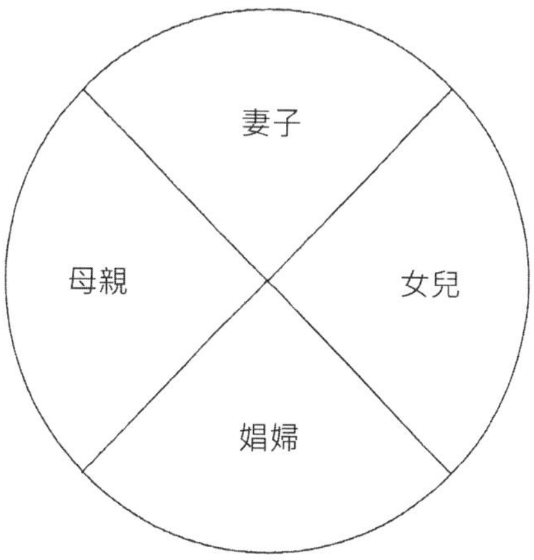

圖三　父權制度下的女性

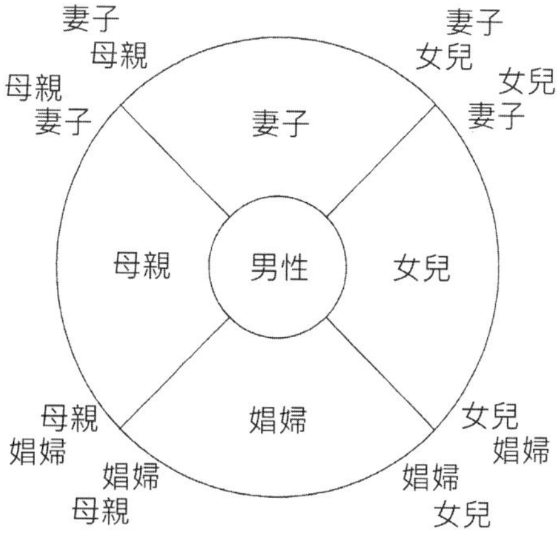

圖四　父權制度下的男、女

一定會將女性放在與男性的關係裡來思考。藉由對男性而言，一名女性是母親、女兒、妻子，還是娼婦，來決定她的身分（圖四）。相對於此，男性則是將他身分的比重放在社會地位或是職業的那一邊，這和他與女性之間的關係，在意義上是不同的。

可是，平安時代的男性並不如此明確。在貴族社會裡沒有軍事。他們比起其他文化中的男性，更深入地活在與女性的關係裡。因此，風流多情對他們而言，也是人生中的重要要素。

紫式部和同一個時代的其他人相較之下，擁有更強烈的「個體性」，在知性上也相當傑出。

然而她不得不在一定程度上接受當時的時代制約。她觀察身為一個「個體」的自己，在這個過程中，她知道了在她的自我裡其實存在著許多的女性。她所體驗到的個人，是女性群像。這一點和依據父權意識來看的「個體」是極為不同之處。

現代的女性在思考「個體」的時候，往往依據父權意識來思考。如果依照前述闊爾茲・柯貝特等榮格學派的女性所主張的，女性雖然努力於父權意識的確立，得以和男性平起平坐，然而卻因此受到極為嚴重的靈性與性的分裂，以及極端的孤獨所困擾。

對紫式部來說，找出「個體性」，就是描繪出女性群像。在《源氏物語》中登場的女性，全部都是她的分身。而在「宇治十帖」中雖然有戲劇性的轉變，然而在這之前的章節中，所有的女性都放在與男性的關係上來描寫是最恰當的，因此，她才會以與眾女性的關係為核心，設定「光源氏」這樣單槍匹馬應付群芳的男性。

4 紫曼陀羅

光源氏雖然被稱做是「理想的男性」，然而這和人類應該修煉達到的目標的「理想」是一點關係都沒有的。如同前文所述，因為他是以眾多女性為對象出現在故事裡，因此具備了一般人無法兼具的傾向，他是一個非現實的人物，這是事實。人們應該是錯誤理解了這個事實，才會以「理想」來形容他吧。就他具備多重屬性的這一點而言，雖然有近乎神的部分，然而說起來，他也有一些隨叫隨到，很好用的部分。如果沒有察覺到這一點，把他看做是具備單一人格的人類的話，就會對源氏的狡猾感到厭惡。美國的讀者討厭光源氏的人很多，應該是這個原因吧。我年輕的時候也是用這樣的態度來接觸《源氏物語》，所以才讀不下去。

光源氏雖然以這樣特異的角色登場，不過，作品中的人物還是有著遠離作者意圖自行發展的傾向，而作者透過與這些人物發生糾葛，使得作品的趣味更加深厚。這樣的傾向較強的情況下，作品與其被稱做是「物語」，更接近於「小說」，在《源氏物語》中也有幾個篇章呈現出這樣強烈的傾向。我覺得源氏對玉鬘的感情就是如此，讀者認為呢？

關於這一點暫且擱置。《源氏物語》在〈幻〉這一卷之前，與其說紫式部主要是在描繪自己內在的分身，不如說是在描繪她的「世界」。而為了要成功描繪出她的世界，她把光源氏這個男性形象放在中心，試圖完成一個曼陀羅。我認為，用這樣的方式來思考，將能把這部物語的整體構圖看得一清二楚。紫式部自己無論是內在或是外在，應該都經歷了非常多樣的體驗。母親、女兒、妻子、娼婦，她或許全部都體驗過。這樣的她，將光源氏這樣的男性形象放在中心，以描繪與光源氏之間關係的形式，來呈現出她的「世界」。我們姑且稱之為「紫曼陀羅」。

因此，我將光源氏放在圖五的中心，再將《源氏物語》中提到的女性放進這個圖裡。不過，這裡將不顯示和光源氏沒什麼關係的女性角色。

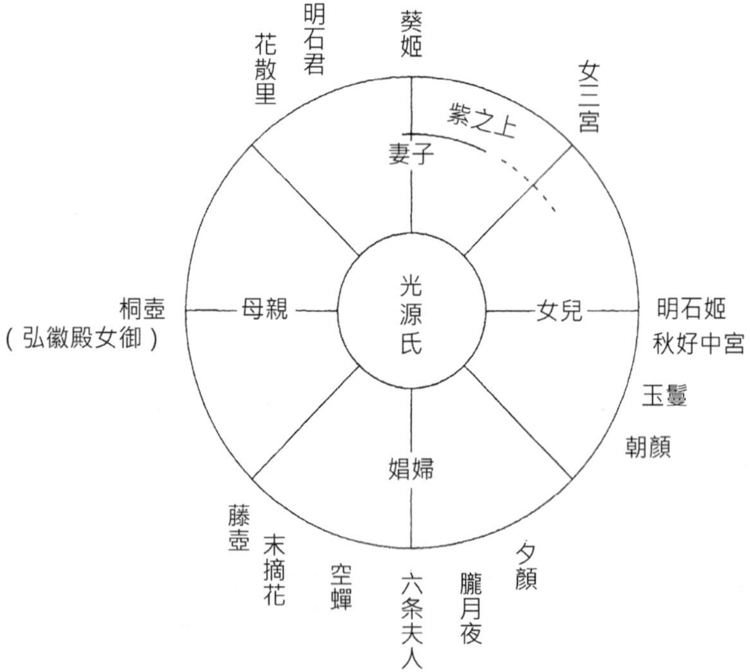

圖五　紫曼陀羅

首先，在「母親—女兒」的軸線上，在母親的位置放上桐壺、在女兒的位置放上明石姬是理所當然的。出現在這個曼陀羅的女性之中，和源氏有著清楚的血緣、親子關係的就是這兩個人。在這裡，很有意思的是秋好中宮相對於明石姬的關係。後者雖然與源氏沒有血緣關係，卻也一樣是「女兒」，只不過她和實際的女兒意義上並不相同，畢竟她是六条夫人的女兒，有一部分承襲了源氏對六条夫人的情感。因此，我將秋好中宮放在比起女兒的軸線更接近於娼婦的位置。源氏這樣的情感動向，後來連結到朝顏和玉鬘的身上。

我在母親，桐壺的影子裡，配置了弘徽殿女御。當然了，她既不是源氏的母親，也並不扮演母親的角色。應該說，她做為一個與光源氏敵對的「母親」，如實地表現出了母性對於他者是如何地以否定面向來運作的。弘徽殿女御成功地扮演了這個角色。做為一個住在紫式部世界裡的女性角色，她被視為是與母性本質相關的人物，因此將她放在這個位置。

在妻子與娼婦的縱軸，我放上了葵姬與六条夫人。葵姬放在妻子的位置上，應該沒有人有異議吧。而要把誰放在娼婦的位置上，看法就因人而異了也不一定。不過因為六条夫人與葵姬的對立關係異常明顯，加上我將於後文中敘述的其他「娼婦」都感覺稍微偏於母親或是女兒的軸線，因此我將她們如此配置。關於我將與源氏有性關係的女性分類為妻子或是娼婦這一點，或許有人並不認同，不過我是就與源氏同一住所的這一點來思考，才將紫之上、明石君、女三宮、花散里放在妻子的位置上，其他則放在娼婦的位置。

因此，首先是妻子這一邊，花散里雖然是妻子，然而她也承擔著母性的角色，因此將她放在最接近於母親軸線的位置。相對於此，女三宮則是放在比較靠近女兒軸線的位置上。明石君，應該是比較靠近母親這條軸線的吧。像這樣安排，雖然有些勉強，不過總算是能讓每個人物各就各位。只有紫之上是例外，很難把她放在某一個點上。她涵蓋的範圍很廣，起初，她以「女兒」的身分登場，在葵姬亡故之後，她雖然安坐在妻子的寶座上，卻不像葵姬一樣在社會意義上確保她做為「妻子」的鞏固地位。心理上她雖然是妻子，但是她對源氏，時而像女兒，時而像母親。除此之外，時而像娼婦的角色好像也被加諸在她的身上。

紫之上這樣的特性，顯示出她可能是和紫式部同質性最強的人物。她雖然沒有生育子女，卻是明石姬的養母，她是一個好像和這個紫曼陀羅的全部範疇都有關係的角色。可是，紫式部並不因此而滿足，這裡所顯示的女性群像，才讓她感覺完整地描繪出了她的「世界」吧。

接下來來看「娼婦」這一邊，空蟬和夕顏在物語很前面的情節裡就出現了。將這兩個人物放在「娼婦」的位置上，雖然感覺是妥當的，不過她們卻又帶有某種意義上的對照性質。夕顏對於光源氏是相當死心塌地的，相對於此，空蟬則以成人該有的分寸相待，最後更離光源氏而去。我將焦點放在這樣的對照性質上，把夕顏放在比較接近於女兒的位置，空蟬放在比較接近母親的位置，而六条夫人則放在中心軸線上。夕顏因為疑似為六条夫人的生靈所害，丟失了性命，相對於此，空蟬則在後來的發展中出家為尼，這一點也顯示出兩人的對照性質。我對於朧月夜並沒有特別接近於母親軸線或是女兒軸線的感覺，不過因為她所傳達出來的感覺是開朗熱鬧的緣故，因此將她放在比較靠近女兒軸線的位置。

關於末摘花，放在非常接近於母親軸線的位置上，是最為妥當的吧。源氏之所以對她展現出母性的溫柔慈祥，也是因為她所回饋的母性是源氏所需要的緣故。而花散里和末摘花有著類似的特性。另外，藤壺是特異的存在。她在社會意義上是源氏的繼母，不過對光源氏來說，在心理上恐怕並不將她視為母親。我就這樣的意義，將藤壺放在接近於母親軸線的「娼婦」的位置上。雖然她在位置上與末摘花相近，意義卻是全然不同的。

藤壺後來出家了，這讓人感覺呼應到與她的位置呈對角線關係的女三宮。這兩個人物的出家，是後來浮舟出家的前奏，有著重要的意義。她們透過了源氏這位男性，懂得了這個世界的「悲傷」，或者我們更應該說，她們是想要藉由離開源氏，來保全自己的生命。

前文中已經敘述過在女兒軸線上的明石姬和秋好中宮，相對於此二者，扮演著微妙的女兒角色的，是玉鬘。源氏一開始是將玉鬘當做是「女兒」收養。可是，之後，源氏的感情漸漸起了變化，如同身為女兒的紫之上後來轉換到妻子的世界一樣，玉鬘也慢慢地進入到娼婦的世界，源氏應該是希望她能夠和紫之上成為相似的一對吧。然而事與願違，玉鬘最後和鬚黑大將結婚了。

在玉鬘的事情發生稍早之前，朝顏出現了。這是一個拒絕源氏求愛的稀有例子。從她的名字來看，也是和夕顏相互對照的。要把她放在哪個位置上？有點難以決定，但就把她放在接近於「娼婦」軸線的「女兒」位置上。玉鬘在心理上對源氏抱持著什麼樣的情感，雖然並不明確，不過這裡出現了女性拒絕與過了中年的源氏發生關係，這是特徵之一。

像這樣，如圖五所示，雖然有些牽強，但總算能將光源氏周圍的女性群像放在各個位置上。

如同前文所述，這不是光源氏的世界，而是紫式部的世界。只是她認為在描述自己的世界時，透過與光源氏這名男性的關係來進行描述是最恰當的，所以才把他當做是所謂的假借人物，放在中心位置。如果再更加詳細地探討圖五所示的女性各自的性格與關係，將能更加深這個曼陀羅的意涵，不過就此打住。

看看這些女性形象的變遷，我們可以認知到，紫式部漸漸地把著力點放在與光源氏斷絕關係的女性身上。對葵姬、六条夫人而言，她們應該是沒辦法想像沒有光源氏的人生吧。正因為如此，她們才反而會表現出冷淡或是嫉妒的一面。而紫之上呢？她雖然把光源氏當做是她的全部，晚年卻一味地指望能夠出家。關於藤壺及女三宮的出家，前文已經敘述過。另外，後來也開始出現像朝顏或是玉鬘一樣，從她們與源氏的關係逃離的人物。這樣的變化意味著，紫式部在把自己當做「個體」來看的基礎之上，漸漸地開始意識到她自己的另一個樣貌，而這個樣貌是不以她與男性之間的關係來看待的。

為了追求這一點，源氏必須要死。紫式部不把女性放在與光源氏這名男性的關係中來看待，而是把女性當做一個個體來思考她的生存樣貌會是如何？為了找出這個答案，她寫下了「宇治十帖」。

6 做為獨立個體的女性

在思考身為一個個體的人類的自主性之時，如果父權意識強烈，便容易把身為一個個體的自己看做是與他者切割的另一個人，然後就會確立一個不依賴他者的自己。如果把這件事情以膚淺的方式來理解，就會把依賴當做是獨立的相反，極力避免對他人的依賴。可是，這是不可能的。無論是男性還是女性，想要走在這樣的獨立道路上的人，到頭來都會採取讓某個人從屬於自己的方式，來確保表面上的獨立。如果父權意識增強，就會在表面的獨立之上，讓妻子、娼婦、女兒（有時候連同母親）都從屬於他來生活。為了與之對抗，女性會變成母親，讓男性從屬於她，有時候則是雖然身為妻子、娼婦、女兒，也找出方法來讓男性從屬於她。又或者，女性會主張與男性平等，讓自己陷於極度孤獨的獨立之中。這樣的女性，也被稱做是「父親的女兒」。

人類可不可能確立一個依賴卻不從屬，獨立卻不斷絕關係的「個體」呢？我並不是說，紫式部是抱持著這樣的問題意識來創作《源氏物語》的。然而我認為，她在與男性有著種種關係的同時，也意圖想要在她與所生存的時代及文化制約的糾葛之中，追求一個對她自己而言的個體（one for herself）。應該是這樣的意圖，讓她感覺勢必要把「宇治十帖」當做是源氏死後的情節來書寫。

「宇治十帖」把宇治這塊土地當做是主要場景來發展故事情節，值得注目。關於物語中Topos的重要性，已經在前文中敘述過（第七章）。為了清楚呈現這是一個和京都這樣的日常世界層次不同的地方，所以利用了「宇治」這塊土地。因此住在這裡的八宮[9]的少女們，和之前的篇章中，以與光源氏的關係來書寫的女性，在某種意義上是不同的。這是「宇治十帖」的前提。

有兩位男性和這些女性發展出關係——匂宮及薰。此二人身分高貴，與光源氏有著深厚的關係。匂宮是源氏女兒明石中宮的兒子，也就是源氏的孫子。薰則是源氏與女三宮之間的獨子。不過，這只是表面上的說法，其實他是女三宮與柏木私通所生下的孩子。在之前的篇章中，頂多是以光源氏一個人為中心來發展故事情節，為什麼男性在這裡變成了兩個人呢？這是因為在過去的篇章裡，充其量是把女性放在與男性的關係中來看，而在這之後，則不再以與男性的關係為核心來看女性了。比起光源氏這樣非現實的人物，故事需要更有現實感的男性，說起來也就是，作者將源氏所擁有的、難以並存的面向一分為二，化為兩位男性人物的性格。

匂宮及薰的性格是相反的兩個極端，這一點經常有人指出。前者活躍且具行動力，以所謂風流多情的角色與眾多女性發展關係。相對於此，薰則是內向的，對所有事情都抱持懷疑，重思考甚於行動，考慮周全。這兩個人與宇治產生關聯，故事首先從薰熱戀八宮的長女大君開始說起。

薰對大君的感情可以說是非常誠實的。即使如此，大君仍然一味地逃避薰。在這裡，想要擺脫與男性之間瓜葛的女性形象出現了。只不過，與男性的關係斷得有些過頭。她屬於某一種「父親的女兒」，原原本本地繼承了父親八宮的人生觀，她並不想超越父親對於男女關係樣貌的想法。她的父親認為，如果一不小心陷入男女關係之中，將會導致不幸。她繼承了父親扭曲的人生觀，將肯定男女關係的這一面讓給了妹妹中君，自己則活在否定的那一面裡。因此，她「一個人」堅決地過著艱苦的日子，變得孤立。而如同前文所述，書中記述了她邁向生命終點的過程，讓人感覺紫式部對她著力甚深，可是並不能說這對紫式部而言是理想的樣貌。

薰可以說是光源氏的分身，他因為受到大君強烈吸引，想了很多辦法，進行種種策劃，到最後拉攏匂宮的部分實在有趣。他是一個「會思考的人」，可是他的想法充其量是被束縛在「京都」之內，並沒有開拓到「宇治」，虧得他曾經那麼多次造訪宇治。

作者抱持著相當的善意來描寫薰。他也有熱烈的愛戀，可是卻和那些風流多情之徒不同。後來甚至有過匂宮與薰誰才是理想男性的爭論，不過紫式部想說的是，即使是這樣的薰，也有他無法理解的女性境界。

最後出現的王牌——浮舟，是一名什麼都不懂的，身分低微的弱女子。她以這樣的形象登場，令人印象深刻。她總之是個不知名的存在。雖然身分低微，身上卻繼承了「王室」的血統，這或許象徵了她的潛在價值。什麼都不懂的她，看似被男性和命運的安排推著走，卻有著透過這些經驗成長的潛力。在她決意投江自盡之前，幾乎看不出她有任何自己的意志。遇上薰，她就被薰吸引，當匂宮出現之後，她又跟著匂宮。當她看到匂宮死心塌地陷入情網的模樣，便傾心於他，可是接觸到薰既慎重又優秀的人格，卻又迷戀上薰。

如果以前文所示之圖的同樣形式來加以圖示，浮舟與男性的關係會如圖六所示。之前位於中心的光源氏分成了兩名男性，浮舟在與薰的關係中經歷了「妻子」，在與匂宮的關係中則經歷了「娼婦」的體驗（雖然薰已經有正式的妻子，但從浮舟所經歷的內容來看，應該可以將之視為「妻子」）。

圖六　浮舟與男性

說到為妻子及娼婦的經驗所困，在浮舟之前還有先驅，那就是藤壺及女三宮。藤壺是在帝王與源氏之間，女三宮則是在源氏及柏木之間經歷到這樣的體驗。可是，她們並沒有對兩位男士都傾心。在這一點上，浮舟的經驗既深刻且沉重。因此，她選擇了比兩位先驅所走的出家之路更加激烈的途徑──「死亡」。自主尋死也是一種出家。出家當然是象徵性的死亡體驗，然而在出家變成一般習俗之後，它的象徵意義就被忽視了。因此，就算浮舟要「出家」，也必須要體驗賭上自己血肉之軀的死亡不可。

這樣的死亡體驗做為女性的成年禮，其重要性請參閱希薇亞．布林頓．裴雷拉（Sylvia Brinton Perera）的著作《神話中的女性成年禮》[10]。

創造出集難以兼具的特質於一身的人物形象，表現出不同層次的高度，這是人類在各自的文化中所成就的。在基督教文化圈中，兼具女兒與母親（在沒有性經驗的基礎上）形象的有聖母瑪利亞。聖母瑪利亞做為女性的理想形象，是強而有力的。然而在女性考慮自己的性之時，她卻是一個完全無力的象徵。關於這一點的議論，在此略過。

兼顧妻子與娼婦形象的，可以舉聖娼為例。聖娼接受所有的人，與所有人交合，卻不從屬於誰。浮舟煩惱於妻子與娼婦的糾葛，為了克服這樣的糾葛，她有必要與聖娼的儀式一樣，體驗死亡與重生。重生之後的她雖然「出家」了，然而這和藤壺、女三宮所經驗的「出家」層次卻是不同的。浮舟深刻地體驗了與男性的關係，為情所苦，到最後，她找出了完全不從屬於男性的女性生存之道。以一個個體來生存（one for herself）的道路，理所當然是孤獨的。可是，這並不是在割捨關係之後所感覺到的孤獨，而是在加深關係之後才領悟的。雖然說和誰都沒有關係，但若是說和誰都有關係，也是可以的。紫式部走在自己個體化的道路上，首先藉由設定光源氏這樣的男性形象來清楚展現自己心中的女性形象，接著又提出了同時經歷分裂為匂宮和薰的男性形象，並且為之苦惱的浮舟，來完成塑造一個身為個體、不依附於男性的，她自己的形象（圖七）。

她以兩則插曲毫不隱諱地表示，她所到達的境界，對當時的男性是如何地難以理解。橫川的僧都在得知浮舟的對象是薰的時候，勸她還俗。也就是說，當時的僧侶所以為的「出家」只是這樣的程度，他沒辦法理解浮舟的層次。另外，薰在知道浮舟毫無回音之後，便猜想她是不是有了其他男人。也就是說，當時的男性所認為的男女關係——甚至連薰都是一樣——只有這個程度，到不了浮舟的層次。

紫式部表達了她所到達的境界，是當時男性所無法理解的，然後就此結束她的長篇物語。

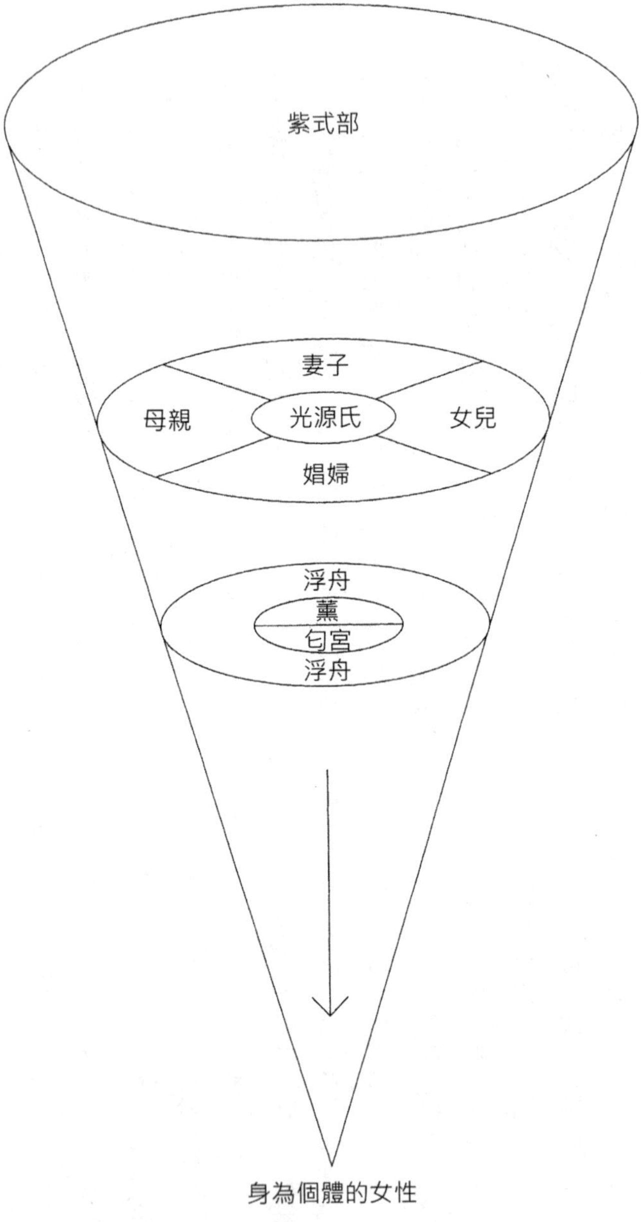

圖七　紫式部的個體化

註釋

1 原註：河合隼雄《源氏物語與日本人：女性覺醒的故事》（『紫マンダラ——源氏物語の構図』）小學館，二〇〇〇年。中譯版為心靈工坊出版，二〇一八年。

2 譯註：《源氏物語》從〈橋姬〉到〈夢浮橋〉，這最後十篇稱為「宇治十帖」。

3 原註：Aileen Gatten, "Death and Salvation in Genji Monogatari", Michigan monograph series in Japan studies, No.11, Center for Japanese Studies, Univ. Michigan, 1993.

4 原註：收錄於艾琳・賈登／河合隼雄的對談〈源氏物語（I）——紫式部的女人曼陀羅〉（「源氏物語（I）——紫式部の女人マンダラ」）《續・談物語中的故事》（『続・物語をものがたる』）。

5 原註：全五卷，小學館，一九八八至一九八九年。

6 原註：瀨戶內寂聽／河合隼雄的對談〈源氏物語（II）——愛與苦惱盡頭的出家物語〉（「源氏物語（II）——愛と苦悩の果ての出家物語」）前揭書所收。

7 原註：河合隼雄／三田村雅子／河添房江／松井健兒〈源氏物語：從心靠近〉（「源氏物語　こころからのアプローチ」）《源氏研究》（『源氏研究』）第四期，翰林書房，一九九九年。

8 譯註：*The Sacred Prostitute: Eternal Aspect of the Feminine*, Inner City Books, 1988.

9 編註：八宮（八の宮）是《源氏物語》卷末登場人物之一，桐壺帝的第八皇子，朱雀帝、源氏的異母弟弟，浮舟的父親。

10 譯註：*Descent to the Goddess: A Way of Initiation for Women*, Inner City Books, 1981.

| 第九章 |

《濱松中納言物語》和《更級日記》的夢

1 夢的價值

日本的王朝物語中，經常出現夢。雖然出現的頻率、重要性，依每部物語而有異同，不過一般而言，夢是被當做有意義的元素安排在物語裡。這表示了同一個時代的人們肯定夢的重要性。

我在進行心理治療時，把夢當做非常重要的素材來運用。在這裡，我並沒有要針對現代深層心理學中，關於夢的理論來進行說明的意圖，不過直言不諱地說，我把夢當做是做夢之人無意識樣貌的展現。夢在古代，在世界上很多的文化圈中，都被當做是傳達神明意旨的媒介而為人們所重視。這樣的傾向經歷了某種程度的迂迴曲折，依然源遠流長，不過卻因為西方啟蒙時代的出現而一舉逆轉。夢被駁斥為荒誕無稽之物，人們開始認為，要找出夢的意義完全是個迷信。

西方近代的合理精神，如同我們在科學、技術領域的發展上可以看到的，成效頗彰，並且在本世紀達到巔峰。然而隨之而來的是精神與肉體、理性與本能（這樣的思考方式本身可以說就是個問題）之間產生了嚴重的分裂，因此造成了許多的心理疾病，或者是說，造成了很多被稱為身心症的，無法判定是心理還是身體的疾病。要治療這樣的分裂，必須要善加檢討在西方近代確立的自我，以及自我意識的樣貌，並且找出克服的方法。這在下一個世紀恐怕會是個重大的課題。

在探討後現代的意識樣貌時，重新檢討前現代的意識樣貌是非常有意義的。我們不應該單純地將前現代的意識視為「不合理」、「不合邏輯」，而加以拋棄。如果以深層心理學的用語來說的話，因為意識與無意識的界線變得模糊，我們反而需要重新評價從中獲得的，與現實相關的智慧。雖然從這裡開始進行單純的逆向操作，進而擁抱「古代勝於現代」、「東方勝於西方」這樣的口號是非常危險的一件事，不過，我們可以用前述的態度慎重探討，藉此獲得現代生活的啟示。

夢的價值，在近代西方一度遭到否定，但如果站在以上的觀點，我們可以感受到以新角度重新研究它的意義。我秉持這樣的想法，一路在實際的臨床經驗中運用、研究現代人的夢。以此來研究日本王朝物語中所提及的許多夢，應該也不能說是沒有意義的吧。

我曾經以日本中世時期說話文學、王朝物語中的夢，或是禪僧明惠的《夢記》為例，在國內外發表論述[1]。本篇論文一以貫之，以曾經在一九九五年瑞士的阿斯科納（Ascona）舉行的愛蘭諾斯會議（Eranos Conference）中發表的論文[2]為骨幹，加上更詳細的資料來加以論述。

在這裡，我特地以《濱松中納言物語》以及《更級日記》[3]為例，不僅僅是因為這兩部作品都包含了相當多夢的緣故，也是因為有許多專家認為，這兩部作品是出自同一人物——平安時代貴族菅原孝標的女兒——之手。關於後者，文獻的考察作業交給專家進行，我想針對兩部作品中的夢，以及作者對於這些夢所表現的態度特徵來進行考察。此外，這兩部作品，一部是「物語」，另一部則是「日記」，這個事實也很有意思。雖然我們的前提大致上是把這部「日記」當做是非虛構的作品，不過，比較「物語」和「日記」中的夢，實在是很有趣的一件事。再加上，雖然依據過去日本國文學者的研究，《濱松中納言物語》與《更級日記》的作者是同一人的這個結論，幾乎已是定論，但對於作者到底是不是同一個人的這個問題，透過比較、探討兩部作品中作者對於夢境的態度，我或許也有資格間接表達一些看法吧。

2 《濱松中納言物語》的夢

接下來我將敘述《濱松中納言物語》極其簡單的故事梗概，並同時介紹其中提到的夢。這部物語的故事情節就像是和夢一起發展的，可以說，拿掉夢之後，就沒辦法介紹這個故事了。

這部物語由五卷構成，後世的研究明確發現，在卷一之前還有〈佚亡首卷〉的存在。主角中納言喪父，與母親一起生活。大將的愛女大君經常前來拜訪中納言的母親，中納言因此與大君情投意合。亡父出現在中納言的夢裡，告訴他「我將轉世成為唐土的第三皇子」[4]（夢一）。中納言相信了這個夢，拋下母親、大君，遠渡唐土。

這是〈佚亡首卷〉的情節，從一開始就出現「轉世」和「夢諭」的主題，這是它的特徵。

在卷一，中納言遠渡唐土和父親（雖然說是父親，卻是個孩子）重逢，可喜可賀。後來，中納言偷窺了這個孩子的母親——唐后（河陽縣后），並且一見鍾情。唐后的父親曾經到過日本，在那裡與日本的女子（後來被稱為吉野的尼君，在第二卷中登場）生了一個女兒。而這個女兒就是唐后。唐后的父親要回中國的時候，猶豫著要不要帶女兒一起回去，後來他做了一個夢，夢見自己向「海龍王」祈求許多的事情。在夢中，龍王對他說：「快走吧，她是那個國家的皇后，一定可以平安無事抵達。」（夢二）。他遵循了這個夢，帶著女兒回到唐土，而女兒也如夢諭所示，成了唐后。

中納言雖然與唐后相戀，但並不表示他忘了身在日本的大君。大君突然出現在他的夢裡，一邊哭著一邊說：「君可知妾身，為誰淚成海，淚海中浮沉，今已成海女。」（夢三）。中納言在做這個夢的時候，並沒有想到，這首和歌裡的「海女」也等於是「尼僧」的意思[5]，此時，大君已經落髮為尼，這是一個告訴他重要事實的夢。

中納言對唐后的情感日益深厚，唐土的第一大臣不知情，計劃讓自己的女兒五之君與中納言共度一晚，中納言極盡禮數，未碰五之君一根毫髮。他一心想見河陽縣后，當他到一間寺廟參拜之時，念頭裡也只有這件事。後來，夢裡出現了貌似該寺廟的僧侶，對他說：「再見一面，而且這一面大概也不會是從遙遠的距離望見唐后而已，畢竟這是你們二人前世互許的深刻承諾。」（夢四）。

後來，中納言在完全偶然的情況下，與前來寺廟齋戒的唐后結合，而他也不知道對方是誰，後來才知道她就是唐后。而且，唐后還因此懷孕，生下了若君。此時，中納言才想到夢裡所說的前世註定的姻緣。

滯唐三年之後，中納言將要回國。他可以面對自己的孩子，卻無法面對河陽縣后，甚至連要不要回國都猶豫不決。此時，他的母親出現在夢裡，訴說期待他歸國的心境（夢五）。中納言回國之際，雖然想要帶自己的孩子若君回去，但若君的母親河陽縣后卻拿不定主意，此時，出現在夢裡的人對她說：「這孩子不屬於這裡，她是日本國的守護者，應速速交給對方。」（夢六）。

因此，河陽縣后便決定將若君託付給中納言。

在卷二中，中納言回國，得知大君落髮為尼。他回到京都，與大君以及他們的女兒見面。隨後他看了河陽縣后託付給他的信匣，得知河陽縣后的母親痛切的心情，決定拜訪住在吉野的唐后之母，她也是位尼僧。在這一卷裡沒有夢境。

在卷三中，中納言拜訪吉野的尼君。他帶了河陽縣后託付給他的信匣，吉野的尼君卻早已在黎明的夢裡「夢見唐土之后現身，我終日修行佛法，另一顆心卻依然遙想女兒，突然聽見中納言捎此消息來，不知道這是夢與否，心中激動不已」（夢七）。

吉野的尼君和她的女兒（唐后的異父妹妹）姬君一起生活，因為一心掛念姬君的將來，她祈禱了三年，一位「看起來非常高貴的僧侶」現身在夢裡，對她說：

「唐土之后因為無法得知母親是否健在而悲傷，夜以繼日地哀嘆。她想盡辦法希望能夠聽見母親依然安在的消息，日夜嘆息、念佛祈禱，這片孝心雖然令人深深感動，然而在她成為異國之人離別後，這個願望便沒有了實現的可能。因此她與這個日本人結下緣分，讓他深刻體會自己對母親的深切情感。因為她對雙親的思念是如此痛切，佛菩薩因此施行方便法門，讓這個人照顧妳。另外，佛菩薩也知道妳祈禱希望女兒姬君能有依靠，如此妳便能安心往生來世，唐后與妳的心意合而為一，妳女兒的依靠，也將會是這個人。」

尼君因而認為中納言是「要來幫助我的佛菩薩化身」，而向他跪拜（夢八）。實際上，中納言也承諾要照顧她的女兒，尼君因此感謝夢境中的預言。中納言後來也喜歡上姬君。

另一方面，中納言雖然對已經成為尼僧的大君發誓保持清淨的交往關係，卻仍按捺不住愛意睡在她的身旁。大君擔心業報，希望能夠分居，中納言在房屋內，另外設置大君的住處。

在卷四中，中納言「頻繁地夢見吉野山的尼君過世」（夢九），因此急忙造訪吉野。尼君因病身亡。尼君死後，中納言將吉野的姬君帶到京都收養。

中納言不斷思念唐后，從正月十幾日左右開始，「只要稍微意識矇矓，便會夢見河陽縣后因病痛苦的模樣」，惡夢纏身（夢十）。他因此愈來愈掛念唐后。三月十六日，中納言和吉野的姬君賞月，想到當年與唐后的一夜纏綿就是在今日，於是彈琴抒懷。他深夜醒來望見月亮，天空傳來極大的聲音說：「河陽縣后，於今當下已經結束此生的緣分，在天上重生。」他清楚地聽見了三次之多，甚至連在他身邊的若君都害怕地哭了出來（幻聽體驗）。他從翌年唐土宰相的來信中，確認了這個事實。

中納言將吉野的姬君接來京都，一位老僧勸戒他說，姬君如果在二十歲之前與人發生肉體關係，將會遭遇不幸，他謹守此戒。姬君後來病了，因為恢復的情況不樂觀的緣故，她閉關在清水寺中齋戒祈禱。好色的式部卿宮老早之前就想得到姬君，他認為這個時候是把姬君搶走的絕佳機會。

在卷五中，中納言得知吉野姬君在清水寺失蹤，既驚訝又難過。中納言無從得知姬君的去向，終日悲嘆，「只要勉強自己稍微小睡，便夢見姬君衰弱至極、深深悲傷嘆息的模樣，我還以為是在身旁看見了她」（夢十一），他因此知道姬君也在思念自己，可是他沒有辦法救她。有一天，河陽縣后以中納言最初窺見她時的樣貌出現在他的夢裡。

你祈禱即使投胎轉世也要和我生在同一個國家，我的心受你的心意吸引。原本我在僅剩的陽壽已盡之後暫回天上，然而我深深地眷戀著你。因此，我已經投胎到你為她哀嘆的那位女子腹中。雖然我非常重視並受持法華經中的藥王菩薩本事品，然而我和你都被非比尋常且盲目的情愛牽引。我應該會再轉世成為女兒身吧（夢十二）[6]。

中納言得知唐后會再投胎轉世，並且成為吉野姬君的孩子，雖然開心，卻了解到這也意味著姬君已經懷孕，因此覺得傷心。

另一方面，吉野姬君遭到式部卿宮窩藏，每天過著悲傷的日子，她「片刻也未曾稍睡，當她失去意識之時，感覺中納言就在身旁，以為是真的。可是當她睜開眼睛，卻是另一個人哭著睡在自己身邊，到後來她已經分不清楚夢與現實了」（夢十三）。如同文中所述，她不知道這是夢還是幻覺，不過我們姑且把這當做是「夢」。

姬君衰弱的情況愈來愈明顯，於是式部卿宮將她送還給中納言，他則往返探視。中納言把姬君帶回自己的住處，讓她與自己的母親以及大君見面。不過，最後，中納言還是為自己不能與姬君結為連理的命運嘆息，故事在這裡結束。

以上，我敘述了《濱松中納言物語》極其簡單的故事概要，一邊也介紹了其中全部的夢。雖然有一些夢是清楚地以幻聽的形式呈現，有一些則不確定是幻覺還是夢境，不過，這些全部在相關的臨床實際案例中都是源自於相同的心理，因此過度地加以細分是沒有太大意義的。

3 《更級日記》的夢

上一節中介紹了《濱松中納言物語》裡全部的夢，同樣地，我也將在本節中敘述《更級日記》裡全部的夢。如此一來，將方便我們對兩者進行比較。《更級日記》由菅原孝標的女兒所創作，她從十二、三歲左右在上總國的時候開始，一直寫到與丈夫訣別的一兩年之後，針對她自己約四十餘年的生活進行了敘述。不過，據說這並不是所謂的「日記」，而是晚年的她站在自己已經到達的境界，從這個觀點來回憶自己的生涯所書寫的內容。在此，我將順著《更級日記》的概要情節來介紹記載於其中的她的夢境。

作者在父親的任職之地——上總國長大，因為聽到繼母和姊姊的敘述而受到物語故事的吸引，想辦法想要看到這些物語。她塑造了等身大的藥師如來佛像，並向藥師佛祈禱，希望能夠早一點到京都去閱讀許多的物語。十三歲的時候，父親結束任期，全家來到京都。文中雖然有關於旅途的描寫，不過在此省略。繼母因為與父親相處不睦求去，奶媽也撒手人寰。不過，作者從伯母手中得到了期盼已久的《源氏物語》，入迷地閱讀。這時候，她做了一個夢，「夢裡見到一位非常清淨的僧人穿著黃色的袈裟前來，要我『立刻學習法華經第五卷』，可是我沒有對人說，也沒有想要學習法華經的念頭，只是一心沉浸在物語故事之中。」（夢一）[7]。

在這個夢裡出現的〈法華經第五卷〉，其中敘述著女性也能成佛的內容。這一點，在當時上流階級的女性中，應該是眾所周知的。在佛教裡，一般都認為女性無法成佛，過去很多人都照單全收地相信了這個說法。相對於此，〈法華經第五卷〉講述女性成佛的這一點，是與眾不同的。

接著，作者在十五歲左右依然為物語故事傾倒的時候，做了這樣的夢。

此時，有人在六角堂[8]設置了庭園流水，做為皇太后的皇女一品之宮御用。我問此人：「這是為什麼呢？」他說：「你要向天照御神祈禱。」（夢二）

這個時候作者也是一樣，沒有向人述說夢境，什麼也沒有多想，把這件事就這樣擱著。同樣是作者十五歲的時候。侍從大納言的女兒姬君在花落的季節過世，作者反覆看著她的字跡，心裡覺得悲傷。五月的時候，不知道打哪兒來的一隻貓迷路來到這裡，貓很可愛，於是作者和姊姊兩個人偷偷收養了牠。貓和兩姊妹非常親，不過後來因為姊姊生病的緣故，她們便讓這隻貓終日待在僕人們使用的「北面」房間裡。病中，姊姊醒來，要妹妹把貓帶回來這裡，這是因為姊姊做了以下這個夢的緣故。

夢裡，貓來到身旁，牠說：「我是侍從大納言殿下的女兒轉世。因為一些前世因緣的緣故，受到二小姐無比的疼愛，所以我在這裡稍做短暫停留。可是我這段期間待在僕人當中，覺得非常

寂寞。」牠萬分傷心哭泣的模樣，看起來就像是個有高貴氣質的美女，我突然醒來，聽見貓的叫聲，便深深覺得難過。（夢三）

作者聽聞此言，從此以後便不再讓貓到僕人房裡，對牠呵護備至。當她對貓說：「你是侍從大納言的姬君呀，真想讓大納言殿下知道啊。」貓看著她的臉，溫柔地叫了幾聲，便讓她覺得這隻貓不是普通的貓。這是一個以輪迴轉世為主題的夢。不過不是作者，而是作者的姊姊所做的夢。

作者二十六歲到二十九歲左右，父親前往常陸國[9]赴任。期間，作者到清水寺閉關齋戒，卻無法專心，當她迷迷糊糊地睡著之後，做了一個夢。

在佛前垂幕裡，佛堂前的矮柵欄內側，有一位身穿青色絹織高貴衣裳，頭戴錦帽，腳穿錦鞋的僧侶，看起來像是別當[10]的人走近，對我說：「妳連自己將來的命運會有多悲慘都不知道，盡做些完全沒有意義的事情。」然後便心情不悅地走進佛前垂幕裡。（夢四）

僧侶給她忠告，「來生是更加重要的，妳連這個都不曉得，盡想些無聊的事情」，可是作者在這個時候，一樣沒有把這些話放在心上。

差不多在同一時期，作者的母親命人鑄造了一尺高的鏡子，派遣僧侶替代自己前往初瀨[11]參拜，閉關齋戒三日以獲得關於女兒（作者）未來的夢諭。僧侶在回來之後，向她們報告了以下的夢。

從佛前垂幕裡走出一位氣質高雅純潔的女性，身穿正式的衣裳，手提著您所供奉的鏡子問我：「這面鏡子有附上祈願文嗎？」我戒慎恐懼地回答：「沒有祈願文，僅奉上這面鏡子。」她說：「真奇怪呀，應該要附上祈願文的。」「你看看在鏡子這一面映照出來的影像，看了你就會深覺可憐、難過啊。」說完她潸然淚下。我看看鏡子，裡頭映照著一個滾臥在地上，悲傷嘆息的身影。「你若看這個影像，會覺得非常悲傷。來看看這個吧。」她說。我看看另一面映照的影像，那裡垂掛著好幾片用新綠的竹子編織而成的顏色青翠的御簾[12]，隔屏被推得靠近御簾，從下方露出了五顏六色的衣襬，在梅花及櫻花的綻放之中，黃鶯在枝頭上跳躍、鳴叫，她說：「你看了這個，就會開心了。」我做了這樣的夢。（夢五）

我們可以充分了解，當時有著到初瀨閉關齋戒等待夢諭，以及派代理人前往的風俗習慣。閉關齋戒等待夢諭，疾病因而痊癒的風俗習慣，在古代希臘非常盛行。加拿大精神科醫師安里・艾倫柏格[13]詳細調查過動力精神醫學的歷史，他說：「『真正的夢』是非常特殊的夢，是一種在夢本身當中就完成治療的夢。」[14]關於這個夢，作者同樣不怎麼放在心上。可是到了晚年，丈夫亡故之時，她卻嘆息地說：「這個鏡子的夢，只實現了悲傷的那一面啊。」

作者三十二歲的時候，因為他人的推薦供職於宮中。那時候，她夢見了自己的「前世」。關於這個夢，作者是這樣起頭的，「聽說，想要夢見自己的前世，即使是高僧，也是非常困難的」，接著寫下了這樣的內容。

我在清水寺的禮堂[15]，有個像是別當的人走過來說：「你在前世是這座寺廟的僧侶，也是雕塑佛像的佛師，你造了許多佛像，因為這些功德而得以轉世成為貴族菅原家的人。在這個佛堂東邊高一丈六尺的佛像，就是你的作品。你在為木雕佛像貼上金箔的過程中往生。」於是我說：「這樣真是糟糕呀。那麼，我就來為這尊佛像貼金箔吧。」僧侶繼續說道：「因為你往生的緣故，其他人已經貼好金箔，也為佛像開光了。」（夢六）

作者在後文中追加寫下，難得夢見前世，在這之後卻也沒有熱衷於前往清水寺參拜。晚年，甚覺遺憾。

作者放棄了宮中的官職結了婚。之後又忙於家中雜務，幾乎都要忘了物語。三十八歲的時候，為了替來世祈禱，她到京都石山閉關齋戒，做了一個夢。在作者意識稍微昏沉之時，「有人對我說，大殿給了我麝香，請趕快告訴對方。我突然醒來，原來是一場夢」（夢七）。作者說，此時，她覺得這是一場好夢。不過除此之外，就沒有再多加敘述了。

三十九歲的時候，她到初瀨參拜。這一天是大嘗祭[16]的御禊[17]之日，她在京都嘈雜熱鬧的時候逆向而行，出發前往寺廟參拜。作者詳細記述了對此抱持肯定與否定態度的兩派人士的意見。在前往初瀨參拜的途中，她在停宿的寺廟裡做了一個夢。

有一位氣質非常高貴清雅的美女。當我上前，強風陣陣地吹。她發現我，笑了笑，問我：「妳來這裡做什麼呢？」我說：「我怎麼能夠不來呢？」她說：「妳在宮中當女官，可以和內侍司的女官好好商量看看。」（夢八）

之後，在初瀨閉關齋戒三日，即將圓滿將要離開的前一天晚上，她忽然睡著，做了一個夢。「有一個聲音從佛堂傳來，『喂！這是稻荷神所賜的靈驗杉木[18]』，然後丟了一個東西出來。」（夢九）。

過了四十歲，作者想起以前在宮中服侍的日子，懷念起那個時候一起親密交談的友人，想著此人現在在筑前，一邊就睡著了。這個時候，她做了一個夢。「夢中與此人在宮裡相見，以為真的是在現實中見到了面，之後突然醒來」，醒來之後，發現月亮已經接近西邊山的稜線，於是她吟了一首和歌（夢十）。

從夢中初醒，床浮在淚海，西行之月啊，請傳表我心。

接下來要介紹的最後的夢，對作者來說也是個非常重要的夢。這是作者四十八歲時的事。只有這個夢有日期，是天喜三年十月三日。

在我住處屋簷前方的庭院裡，站著阿彌陀佛。看得不是非常清楚，好像隔著一層霧似地，看起來狀似透明，勉強在霧的縫隙之間看見離地約三、四尺的高度有一蓮花座，座上佛像高約一丈六尺，閃耀著金色光芒，一隻手掌伸開，另一隻手掌則結了手印，其他人的眼睛都看不到，只有我一個人看得見，我非常害怕，躲到竹簾近處，連拜也不敢拜，阿彌陀佛說：「那麼，我先回去，之後再來接妳。」祂的聲音只有我聽得見，其他人都聽不見。我突然醒來，已經是十四日了。我把這個夢當做是來世往生極樂世界的依靠。（夢十一）

如文中所示，作者非常重視這個夢。而我們應該要注意的是，這則夢的紀錄是寫在敘述三年前作者丈夫往生的段落之後。作者哀悼丈夫完全出乎意料之外的死，而她特地在這之後寫下這段文章，顯示出這個夢是她晚年境界的精神支柱，她是站在這樣的人生觀之上，寫下了這本《更級日記》。這個夢不需要任何解釋，夢境的原本樣貌就有著重大的意義。

4 夢與現實

前文中已經全數介紹《濱松中納言物語》及《更級日記》中所提及的夢。尤其是前者，雖然有些因為是幻覺體驗，難以與夢明確區別，不過我還是把這些看做是具備相同性質的東西。

在思考這所有的夢的時候，首先，夢與現實的區別以及兩者之間的關係會是第一個問題。我閱讀《濱松中納言物語》，覺得當中極具特徵的是對做夢時的描寫，作者其實很少使用到「夢」這個字。例如，讀者如果看看前文中編號夢三的中納言夢境原文，在中納言想著河陽縣后，又覺得她和留在日本的大君不是那麼相似，這個段落是從「大將殿下的姬君（大君）在身旁，看起來陷入相當的沉思之中……」開始寫的。如果心不在焉地讀，會以為大君是不是實際上忽然真的出現了。接著是大君吟詠的和歌，然後，中納言說：「她和我一起哭泣，淚流不止，突然醒來之後感覺她身影尚存，依然在我左右。」「突然醒來」的這個日文古字有著「突然睜開眼睛」和「嚇一跳」的兩種意義，在這裡是指前者。讀到這裡，我們知道中納言是在做夢，不過如果取後者的意思來讀的話，讀者或許會不知道這是一場夢，而以為大君真的出現了也不一定。現實與夢的界線極其薄弱，作者是以兩者似乎混雜在一起的感覺來加以描寫的。

針對這一點，《濱松中納言物語》的英文譯者湯瑪斯・羅立克（Thomas Rohlich）認為，這是物語的「語法」之一。他說：「夢混進了故事的脈絡裡，這樣的語法是一種指標——對作者而言，夢與現實的世界並不像我們[19]所期待的，是那麼明確區分的兩個世界。」[20]

現實上發生的事情有的也被當做是「夢」來敘述，這可以說和前段所述之事呈現了正好相反的關係。在《濱松中納言物語》裡最明顯的例子，是將主角中納言無意間與河陽縣后共度的一夜良宵，以「春夜之夢」的說法來加以記述。

稱現實中發生的事為「夢」，而做夢的時候卻不用夢這個字，這是在《濱松中納言物語》經常使用的筆法。相反地，在《更級日記》中，做夢的時候幾乎在所有的情況下都是用「夢」這個字來敘述的。這個現象顯示出，作者是有意識地運用上述的筆法來做為「物語」的語法。

不過，現實與夢境之間的界線薄弱，這樣的表現方式意味著什麼呢？是意味著當時的人們無法區分夢與現實，以為兩者是完全一樣的東西嗎？絕不是這樣的。現實與夢境之間的界線薄弱，意味著人們認為兩者有著同等的份量，亦或者，人們甚至認為夢的那一邊，份量是比較重的。絕對不是意味著人們混淆了這兩者。如果不充分留意這一點，讀者將會產生誤解，以為現代人可以明確區別夢與現實，平安時代的人卻連這樣的區別都做不到，而認為他們有著**較低**（或是**不成熟**）的意識或是思考能力。

我反而認為，近代的人們應該要反省，在西方近代的啟蒙主義之後，我們喪失了自古以來從夢裡發現意義的態度。將夢斷定為是「非現實」或是「無意義」的，是近代人普遍會犯的錯誤。我們在閱讀王朝物語時，必須要先充分地理解這一點。

看看《濱松中納言物語》裡的夢，我們會知道這些夢與外在的現實有著極為密切的關聯。中納言在唐土，從夢裡得知大君出家（不過，這個時候他並不是明確知道）。又或者，在京都，他從夢裡得知吉野的尼君生病，以及在唐土的河陽縣后的死訊。或許有人會說，哪有這麼愚蠢的事。不過，像我這樣，從事夢境分析的工作，就會實際體驗類似現象的發生。當人們問道：「這是為什麼呢？」憑著我們現在所擁有的自然科學的知識系統，是沒辦法解釋的。如果在這裡勉強加以解釋，就會變成是偽科學了。儘管如此，如果因為以現在的知識系統無法解釋，就斷定這樣的現象是不存在的，這也是不科學的。無論如何，就算無法解釋，我們都還是得承認這樣的現象是存在的。

在《濱松中納言物語》中，夢有著比告知現實更重的份量，那就是預見未來，並依著這樣的預見來命令人們行事的份量（夢二、夢六）。如此一來，相信「夢諭」便成了完全的迷信了。舉例來說，如果夢見接到命令「去殺人」，就真的要去殺人嗎？

對此，現代人可以採取和面對外在現實時同樣的思考方式。別人有時候會給我們忠告，有時候會對我們下命令，但是最終的決定，還是出自我們自己的判斷。此時，我們會接受他人的影響到什麼樣的程度，問題就在於我們要和他人保持多遠的距離。王朝時代的人們對夢有著相當程度的信賴，這雖然是事實，但並不是所有人的步調都是相同的。保持自他之間距離的方法，可以說在《更級日記》裡看得比較清楚。

王朝時代的人在辯解的時候，會把「沒有做的夢」當做是「夢」來善用。從這樣的態度可以看得出來，他們是帶著某種程度的距離來看待夢，並且加以尊重的。關於這一點，我已經在論述《換身物語》的時候討論過了[21]，因此在此省略。在《濱松中納言物語》裡，也有這樣透過夢來進行的辯解。我以為，把夢當做是辯解的理由這一點，顯示出夢與外在現實有著同等的份量，而有意識地利用「假」的夢，則表示人們對於夢境保持了適當的距離。夢對他們來說，並不一定是「絕對」的。

接著我們來看看《更級日記》中的夢。乍看之下，可以說這些夢顯示出和《濱松中納言物語》相反的傾向。也就是說，作者所做的夢，幾乎全部都和外在現實沒有關聯。有時候即使請人「解夢」，也沒有任何幫助。除了最後的夢之外，只有一個夢讓人覺得有道理，那就是在夢五中，僧侶報告了悲喜兩面的夢，而作者在丈夫猝死之際，只想起其中悲傷的那個夢。

如果把焦點放在這一點上，我們將會對於《濱松中納言物語》和《更級日記》到底是不是出自同一作者之手感到疑惑。雖然兩部作品裡都有許多夢這一點是一樣的，可是夢的內容完全不同。如同日本國文學者池田利夫也曾經指出的，「在《濱松》裡一次也沒有解夢，因為夢的內容清楚明白到不需要解夢的程度」[22]。相對於此，《更級日記》的夢不但意義難懂，就算請人解夢，也很難與外在的現實連結。

不過在《更級日記》裡，我們應該要注意的是最後的夢。在夢十一中，作者本人也說了：「我把這個夢當做是來世往生極樂世界的依靠。」閃耀著金色光芒的阿彌陀佛現身，而且只有作者本人看得見，佛菩薩的聲音，其他人也聽不到，在這樣的情況下，阿彌陀佛承諾她說，這次祂暫且先回去，之後再來接她。作者把這個夢當做是真的「現實」，並且心懷感謝。因為對當時的人們而言，死後的涅槃是最大的心願，這對作者而言是無比重要的夢。《更級日記》的作者透過夢得知的「現實」，或許可以說是內在現實也不一定。這和《濱松中納言物語》的夢所關係到的現實、個人現實，在層次上是不同的。

5 夢的體驗和故事

《更級日記》的夢，乍見之下和《濱松中納言物語》的夢有著顯著不同的風格，不過，前者在最後所敘述的夢，更像是在後者中提到的夢一樣，與現實有著深厚的關聯。

在這裡，如果我們試著去思考《更級日記》的作者對於作品的態度，就可以知道，如同日本國文研究者已經論述過的一樣，《更級日記》並不是我們所以為的「日記」，而是作者在晚年回顧自己的生涯所寫下的作品。如此一來，我們就可以知道夢十一在這整部作品裡占有非常重要的位置。也就是說，作者把夢十一當做是立足點，藉此構想出《更級日記》的整個結構。

夢有時候如同夢十一所示，在人生中扮演著非常關鍵的角色。作者藉由夢境所獲得的，是對於自己死後平安的確信，而她必須站在這樣的立足點上來回顧自己的整個人生。菅原孝標的女兒，從年輕的時候就一直夢見重要的夢，可是她一個也沒有認真看待。她試著記錄下至今她依然記得的夢境，就成了夢一到夢十，她是以這樣的態度來書寫《更級日記》的——我們是不是可以用這樣的方式來解讀這一系列的夢呢？如果再更加深入探討，我以為，作者原本對於夢的重要性就有相當程度的認識了。為什麼這麼說呢？這是因為，若非如此，她怎麼可能在近五十歲的晚年，還記得十四、十五歲所做的夢，並且加以敘述呢？其他的夢，她也記得相當仔細。這甚至讓人以為，她可能是在之前就先記錄下來了也不一定。不過在西下經一的〈解說〉中，關於《更級日記》，他說：「在上京時的紀行中，地理位置上有許多前後不一之處，因此應該是全憑記憶，而不是先有筆記的。」（《更級日記》，同註3）。如果這些夢也全部都是記憶，表示作者認為夢是非常重要的。如果我們這麼說呢？——因為她一直如此重視夢境，所以到了晚年才終於能夠達到夢十一的境界。

因此，當她在構思整部作品之際，便想要強調夢十一的意義，所以她特別加強敘述口吻——夢是如此地重要，自己一直以來卻都不明白夢裡的真正含意。十四歲的時候，夢見「去學習法華經第五卷」的這個夢本身，就顯示出她對於佛教和夢都抱持著相當程度的關心。不過，她卻是透過和最後到達的境界相互比較，才發現自己過去對於這一點居然是如此地不留心，進而感到遺憾。我認為她是採取了從反面來敘述的表現方法。相同的表現方法，也可以在夢四、夢六、夢九等情形中看見。

作者應該是認為，比起用強迫推銷的方式告訴讀者，自己是憑著這些夢加深了信仰，並且認為夢是重要的，倒不如採取否定自己的例子的方式會更好。因此，乍見之下，作者似乎是在興嘆夢境與現實的不一致，然而到頭來，我想作者想說的是夢的體驗的重要性。仔細調查過《更級日記》的夢的池田利夫也下了這樣的結論——「夢對她而言，可以說是信仰」（同註22）。

擁有了這些夢的體驗，如果不把它們當做是「日記」，而是當做「物語」來寫的話，會如何呢？關於「說故事」的意義，我已經在其他文章中論述過[23]，因此在這裡僅極其簡單地敘述。

要將外在現實傳達給他人，我們必須要記錄下這個事實。透過正確的記述，就可以傳達給他者。可是，如果是要將內在的體驗傳達給他人，就必須要「說故事」了。舉一個非常簡單的例子，假設我們在釣魚的時候，釣到一條出乎意料之外的大魚，如果只是想要傳達這個事實，那麼只要記錄下這條魚的身長和重量就可以了。可是如果想要告訴別人自己釣到這條魚時的「激動心情」，就必須要「說故事」了。我們伸開雙手表現出的魚身大小，並不一定要與魚的實際大小確實一致，很多的釣魚故事於是產生。

又或者，即使是自己親身體驗過的事情，要將它「收進」心裡，也必須要以說故事的方式來進行。當我們經歷地震的時候，如果只是默默地將它放進自己的心裡，那將會非常地難以做到。透過向其他人「說故事」的方式敘述自己的經歷，才能將它變成自己的東西，收進自己的內心深處。

這樣想起來，當菅原孝標之女想要向他人傳達她在《更級日記》提到的夢十一的體驗而開始「說故事」，就會變成《濱松中納言物語》——這樣的推測就成立了。也就是說，對人類而言，夢是何等地重要，而這又會對人類的生涯走向產生多大的影響——當我們想要向他人傳達這樣的想法時，就需要像《濱松中納言物語》這樣的物語故事。在這部物語中，說它的故事脈絡都是跟著夢境走的也不為過。如果站在這樣的邏輯之上，把《更級日記》和《濱松中納言物語》的作者當做是同一人物，也就不怎麼感覺矛盾了。

夢的體驗本身，對當事人而言就是個「故事」，這樣的看法也是有可能的。例如，在《更級日記》的夢三之中，這雖然是姊姊的夢，但夢裡說兩姊妹所飼養的貓是侍從大納言已逝的女兒投胎轉世。透過相信這個夢的故事，做夢的人、貓和死者（大納言的女兒）一下子變得親近。也就是說，把事實當做是事實來記述的自然科學方法，適用在與人不產生關聯的情況下敘述事實，而故事卻正好相反，帶有「建立關係」的作用。這對說故事的人、聽故事的人來說，是牽起了自己與他人、人類與動物或物品、生者與死者、自己心中的意識與無意識之間的關係。像這樣透過在無限延展的網絡中找到自己的定位，人類便得以安心地生，安心地死。

夢六的轉世之夢，也可以用同樣的思考方式來理解。知道自己的前世，這可以說是一派胡言。又或者我們也可以說，就算知道了，又有什麼意義呢？光是這一世的外在現實就已經占據了我們的心。可是，當我們開始自覺到我們誕生在這個世界上僅此一次，並且只是朝著死亡邁進而已，就會被迫面對一個根本的問題，也就是我們到底為了什麼而活，從哪裡來，又要往何方去。在這種時候，去了解自己前世的「故事」，便讓人覺得頗有份量。站在這樣的觀點之上，在現代美國，名為「前世療法」的心理治療法交出了某個程度的成果[24]，這件事也值得在此一提吧。

作者對於夢六是抱著感謝的心情來接受的。可是在這之後她卻寫道，我原本應該要熱衷於到清水寺去參拜的，卻只是把這個夢擱著。這一點如同前文所述，我們可以把它當做是作者自謙的表現，不過也可以說，作者對夢保持這樣的距離其實是剛剛好的。在夢三的情況裡也是一樣，作者把貓當做是大納言的女兒轉世並加以疼惜，雖然如此，文後卻沒有敘述她把這隻貓帶到了大納言的家裡。也就是說，接受夢、重視夢，也意味著接受多層次的現實。我們生活在被迫只能在信與不信、真的假的，二者擇一的單一層次現實之中，這樣的人生是極其貧困的。也就是說，把自己的夢當做是沒有意義的毅然捨棄，這雖然很遺憾，但若因為自己是塑造這尊佛像的佛師轉世，就向清水寺要求特別待遇，這也很愚蠢。委身在多層次的現實之中是有意義的。如果把這樣的智慧當做是故事來講述，輪迴轉世就會原原本本地變成《濱松中納言物語》裡的故事了。

6 事情的演變趨勢

以上以夢為核心，論述了兩部作品，我感覺它們的共通主題是「事情的演變趨勢」。在這裡所說的「事情」，同時包含了現代人所謂的心和物質。就人類實際的感覺，或許會把它當做是「意識的流動」也不一定。只是，這裡所說的「意識」包含了夢的體驗，也包含了西方深層心理學者所提出的「無意識」。超越人類的意志和意圖，去感受滔滔不絕持續流動的「事情」的氣勢、方向，這是非常重要的。可是，人類常常忘了這一點，當我們委身於這個「事情的演變趨勢」之時，意料之外的事將變得可能。

《更級日記》一開始敘述的武藏國「竹芝」的傳說，便如實地展現出這一點。故事的概要如下。

從「竹芝」被送到朝廷當衛兵的男子喃喃自語：

我為什麼這麼命苦啊。我在家鄉做了好幾個酒壺放著，葫蘆瓢的柄就掛在壺口邊緣，我沒辦法悠哉地看著葫蘆瓢在南風吹時往北漂，北風吹時往南漂，西風吹時往東漂，東風吹時往西漂，卻得在這裡當差呀。

天皇的女兒聽見了，想再聽一次。男子再說了一次，皇女馬上下定決心要和男子私奔，一起回去他的故鄉。之後的細節省略，天皇也承認了他們的關係，將武藏國賜給這名男子，最後有了可喜可賀的結局。

這實在是非常棒的故事。我們應該要注意的是，皇女的行為雖然完全是天外飛來一筆，故事在最後卻能圓滿收場的這一點。這兩個年輕人的行動連天皇都無力阻止，只能順從。支持這兩個人行動的道理，明白地在男子的話裡表現了出來。也就是說，南風吹便向北漂，北風吹便向南漂，不得不依從風向的「葫蘆瓢」之姿，就是象徵。孝標之女有著覺察這樣的「事情的演變趨勢」的能力。正因為如此，她才能夠牢牢記得十三歲時聽聞的傳說，即使是在晚年的時候，也能將它詳加記載。

「事情的演變趨勢」或許用「事情的運作」這樣的說法會比較好也不一定。不只是依照時間的順序追溯趨勢，注意趨勢在同一時間的樣貌也同樣非常重要。京都、吉野、唐土雖然距離遙遠，在三處地點同時發生的事情，是做為更大的「事情的演變趨勢」的一部分來發生的。把這些當成一個整體來掌握，是非常重要的事。要將這些在不同地點發生的事情當做是一個現象來加以掌握，必須借助夢的力量。關於《濱松中納言物語》中的夢，池田利夫說：「這部物語將舞台轉換到京都、唐土、吉野三個地方，為了使兩地瞬間結合成為可能，所以才安排了夢境吧。」（同註22）真是卓越的見解。如此一來，我們可以把《濱松中納言物語》中共時的夢，解讀為把我們在《更級日記》中所看到的「事情的演變趨勢」，當做「故事」來說的一個手段。

如果能夠解讀「事情的演變趨勢」，應該就能像「竹芝」的男子一樣，獲得沒來由的幸福吧。可是《更級日記》的作者經歷了非常悲傷的體驗，最後她好不容易替自己的丈夫當官而高興，卻在轉瞬之間因為丈夫的猝死，陷入作者自己也稱之為「被遺棄的老嫗」的境地。而《濱松中納言物語》的主角在最後也「感覺丟了魂，在淚海中浮沉」。

這是為什麼呢？明白地來說就是，「人不是葫蘆瓢」，不能只是一直隨風搖擺。可是，藉著知道「事情的演變趨勢」，人是不是就能承受悲傷，也能過著快樂的生活呢？《更級日記》在書寫外在現實悲傷的同時，另一方面也在最後記錄下為她帶來近乎歡喜體驗的「阿彌陀佛的夢」。這應該才是她所夢見的「鏡子兩面的夢」（夢五）吧。她透過夢，嘗到了佛菩薩對她承諾來世往生極樂世界的幸福滋味。只不過身而為人，她還是體會到了「悲傷」。

在《濱松中納言物語》中，作者是如何以說故事的方式來敘述上述的體驗呢？她是透過故事最後所描述的深切悲痛情感，以及彌補這情感的事實——主角知道他所深愛的河陽縣后將轉世投胎到這個世間（這也是透過夢得知的）——來表達的。

不論是在哪一部作品裡，「悲傷」的情感看似都是作品的基調，可是彌補這悲傷情感的「事情的演變趨勢」卻又同時預備了令人開心的事實，這是它們的特徵。而兩部作品都是透過夢境來得知這個事實的，這一點實在很有意思。

註釋

1 原註：河合隼雄《高山寺的夢僧：明惠法師的夢境探索之旅》（『明恵　夢を生きる』）京都松柏社，一九八七年（講談社＋α文庫，一九九五年），中譯版為心靈工坊出版，二〇一三年。

2 原註：收錄於 Hayao Kawai, "Tales of Meaning: Dreams in Japanese Medieval Literature", in Eranos Conference, 1995。河合俊雄日譯《解開日本人的心理——進入夢・神話・物語的深層》（『日本人の心を解く——ゆめ・神話・物語の深層へ』），岩波現代全書，二〇一三年。

3 原註：以下的引用，皆出自日本古典文學主題叢書（日本古典文学大系），岩波書店。

4 譯註：本節所有中譯參考池田利夫《濱松中納言物語》新編日本古典文學全集27，小學館，二〇〇一年。

5 譯註：「海女」與「尼」的日語讀音相同，前者指的是潛到海底摘採海藻、貝類為業的女性。「尼僧」則指出家的女性。

6 譯註：法華經中的藥王菩薩本事品裡有一段經文是「若有女人，聞是藥王菩薩本事品，能受持者，盡是女身，後不復受」。

7 譯註：本節所有中譯參考《更級日記》秋山虔校註，新潮日本古典集成（第39回），新潮社，一九八〇年。

8 譯註：京都市的頂法寺，因大殿結構為六角形而得名。

9 譯註：日本古代的令制國之一，領域大概是現在茨城縣的絕大部分（西南部除外）。

10 譯註：古時，管轄大寺院的僧官之一，相當於現代的「住持」。

11 譯註：位於奈良縣。

12 譯註：宮殿或神社吊掛的竹簾。

13 譯註：Henri Frédéric Ellenberger，一九〇五到一九九三年，加拿大的精神科醫師、精神病學史學家。

14 原註：日譯本《無意識的發現》上（『無意識の発見』）上，木村敏、中井久夫監譯，弘文堂，一九八〇年。中文版為《發現無意識》（*Discovery of the Unconscious: History and Evolution of Dynamic Psychiatry*），共四冊，遠流出版。

15 譯註：設置在寺院大堂前，供禮拜、讀經使用的空間。

16 譯註：天皇即位後，第一次舉行的收穫祭。

17 譯註：大嘗祭的前一個月，天皇到賀茂川舉行的淨身除穢儀式。

18 譯註：伏見稻荷大社位於京都，過去人們會在二月稻荷神降臨之日，將神社中神木杉樹的樹枝帶回家種植，以卜吉凶。

19 原註：日文譯本之譯註為「指近代歐美人」。

20 原註：*A Tale of Eleventh-Century Japan: Hamamatsu Chunagon Monogatari*, Introduction and Translation by T. Rohlich, Princeton University Press, Princeton, 1983.

21 原註：河合隼雄《換身物語、男與女》（『とりかへばや、男と女』）新潮社，一九九一年〔新潮選書，二〇〇八年〕。

22 原註：池田利夫《更級日記：濱松中納言物語考》（『更級日記　浜松中納言物語攷』）武藏野書院，一九八九年。

23 原註：河合隼雄《物語與人類科學》（『物語と人間の科学』）岩波書店，一九九三年〔《心的最後一堂課》（『こころの最終講義』）新潮文庫，二〇一三年〕。

24 原註：Brian Leslie Weiss, *Many lives, many masters*, Fireside, 1988. 請參照第七章。

第十章

設計在故事情節裡的惡

1 《追溯自身身世的公主》

《追溯自身身世的公主》創作於鎌倉時代，這部物語的名稱非常吸引人，確實也是一個獨特且深具趣味的故事。我在《換身物語》中也曾經有過同樣的感受，用「擬古」一詞來總括這每一部都獨具特性的物語，讓人覺得有些遺憾。站在日本國文學的立場來看或許如此，然而對於像我一樣，一邊思考物語的意義一邊閱讀的人而言，我們會強烈感受到每部物語各自具備的特徵。

「追溯自身身世」一詞是源自於在物語開頭出現的和歌，內容如下[1]。

欲想方設法，釐清己身世，只因宿世緣，使我煩且憂。

這位公主和尼僧一起住在音羽山麓，不知道自己的父母是誰，因此她詠了這樣一首和歌。孤兒，或是出生情況異於常人的主角，是民間故事擅長的主題。這表示主角的族譜無法以一般的方式追溯，也就是說，主角的族譜具有非一般的特質，而她也因此背負著一個沉重的疑惑——「我到底是誰」。

「我是誰」。這是一個古今共通的、永遠的問題。把這個問題弄清楚，不也是現代人的課題嗎？說起來，每個人都背負著「追溯自身身世的宿世因緣」這件事。這樣想來，古時候的故事便馬上有了現代的性格。如果將「追溯自身身世」用現代的風格來說，就是「探求自身的主體性」。這位公主——名為「我身姬」——不得不去追尋自身的主體性，而如此一來，這部物語就成了以我身姬為主角，以尋求她的主體性為主題的物語。如果這是一部近代小說，或許情節會變成是這樣。然而事實上，我們卻不能只用這樣的方式來閱讀它。關於這一點，《追溯自身身世的公主》的研究者德滿澄雄說：「在這部物語中，主角並不存在，說得極端一點，其中只有族譜而已。」他的看法極具啟發性[2]。

關於族譜，留待後文探討，這裡再稍加敘述關於《追溯自身身世的公主》的故事內容。

我身姬其實是當時的關白與皇后私通生下的孩子。皇后死前，關白奔至床前，皇后向關白說明實情，將我身姬的將來託付給他。關白將她收養，接來官邸。後來我身姬也得知自己的境遇，在卷三終了，我身姬與東宮結合。也就是說，我身姬將來會變成皇后，她所生下的孩子，也能保證她將來變成國母——天皇之母的地位。如果這是一部以她為主角的物語，故事可以在這裡就畫下句點，可是在這之後，故事還有卷四到卷八漫長的後續發展。而且在卷三到卷四之間經歷了十七年的歲月，從卷四開始則是敘述這十七年之後的故事發展，這在當時的物語結構中，應該也是相當稀有的。

這樣的物語結構，想必是經過作者周密的思慮而完成的。之所以這麼說，是因為在十七年之後的物語當中，有著「重複歷史」的情節，故事在這樣的重複上添加了微妙的變化，然後結束了整部作品。

主題的重複，可以說是一個接著一個發生的。其中最顯著的，是在故事最開始登場的關白的孫子左大將（殿之中將），他收養了自己與麗景殿女御私通生下的女兒，後來，這個女兒嫁給了天皇。也就是說，這裡重複了和我身姬相同的「追溯自身身世」的主題。

那麼，這部物語到底要說的是什麼呢？「追溯自身身世」依然是這部物語的重要主題。可是，這個主題如同許多現代人所認為的一樣，最後並沒有被當做是某個單一個人的事情來收尾，而被當做是歷經了數個世代的故事來述說。整部物語的結構，在第三代帶出了某種結局，然而事實上它想說的應該是，「追溯自身身世」是會延續好幾代、好幾代——恐怕是永遠——的一項工作。我認為，即使在現代也是一樣，用這樣的角度來看待探求自身主體性的這項工作，是具有重大意義的。

近代歐洲的文化以對「個人」的重視為一大特徵，現代先進國家中的人們受到這個觀念的強烈影響。可是我認為，差不多是必須試著超越這樣的個人樣貌的時候了。在這一點上，日本的物語提供了諸多啟示，《追溯自身身世的公主》在這一點上尤其發人省思。當然了，這部物語在其他方面還有許多饒富趣味的內容，不過這一次，我先把焦點放在這一點上來論述。

2 族譜的意義

主體性的探求與自身族譜的追溯經常重疊。這等於是針對「我是誰」的疑問來釐清自己的「根」，說它是理所當然也是當然的。即使本人對於主體性沒有明確的意識，卻也可能在追溯自己的族譜和出身上耗費相當大的能量。

雖然尋求心理治療師協助的人，都是為了完全不同的問題而來，可是在這個過程中，他們有時候會對自己的出身、出生的故鄉、族譜抱持強烈的關心。拒絕上學的孩子，會花上很長的時間騎腳踏車造訪自己的出生之地，在那裡見見自己的親戚，到祖先墳前拜拜，有時候會在這之後就下定決心重返校園。也有人不斷拜訪親戚，很辛苦地想辦法建構出自己的族譜。在持續這樣的過程中，有些人會認知到自己背負著——被迫背負著——延續了好幾代的課題。

就這一層意義而言，族譜也是我們心理治療師關切的對象，不過我們也可以從完全不一樣的觀點來看族譜。我想請讀者看看圖八所示的，像是族譜的樹狀圖。乍見之下，這好像是族譜，其實不然。事實上，這是一個單一個人內心世界的樣貌。這裡寫著十六重人格者——名為西碧爾——的每一個「人格」的名字[3]。最近，也有人發表了二十三重人格的病例。近來經常有人發表多重人格的病例——特別是在美國。

多重人格的議題在此略過不談，不過，如果我們注意到在這個圖裡有著男男女女的許多人物，便會覺得，如果把圖八所示的族譜當做是單一個人的內心世界來看，或許也是可以的。

有時候我們會實際感覺到，自己的內在存在著形形色色的「人物」。當我們做出完全出乎自己意料之外的行為時，會覺得好像是自己內在的「誰」做的，或是自己被內在的「誰」教唆才會做出來的。又或者，如果把夢中出現的人物當做是住在自己內心世界的人，有時候我們會更懂得夢的意義。當我們夢見A人物時，如果不把這個夢當做是在述說關於A的事，而是把A當做是自己內心的人物——自己的內心的某個層面藉由A這個人物具體表現出來——有時候我們更能夠接受這個夢。所謂的「我」，除了我自己在意識上充分認知的

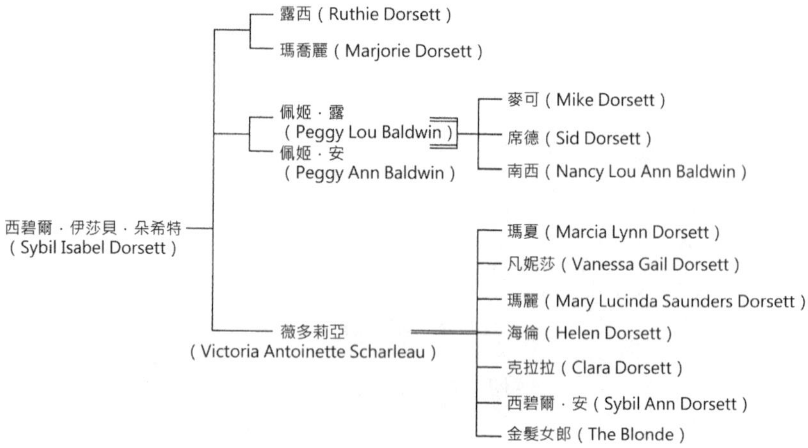

圖八　十六重人格的系統關係圖

「我」（心理學上稱之為「自我」）之外，還由其它種種不同的「他者」所共同構成。

在解讀故事的時候，當主角明確的情況下，把主角視為「自我」，或是不斷生成的自我樣貌，我們較容易地理解這個故事。可是，《追溯自身身世的公主》的故事卻如同德滿澄雄所指出的一樣，「沒有主角」。我們應該如何來思考這件事情呢？這是因為，這部物語的目標，不僅在確立對現代人來說容易理解的自我，同時也探求自我的主體性。物語發想的起點不在於「個人」，而是把個人當做是委身在整個「事情的演變趨勢」之中的人物，用這樣的形式來找到主體性，這一點才是這部物語的目的。而「我」，不也讓人感覺是偉大的演變趨勢中極小的一部分嗎？因此，這個族譜既是詳述好幾代人的紀錄，也可以解讀成單一個人的內心世界。

無論是把這個族譜當做是單一個人的內心世界，或當做是詳述好幾代人的紀錄，我都察覺到其中存在著一個重要的主題，那就是「對立物的合一」。在這部物語中，這個主題是以宮廷與攝政關白家族的對立來描寫的。讓我強烈意識到這一點的，是物語在最開始的部分所敘述的水尾中宮[4]。水尾中宮屬於攝政關白家族，而那個時候的皇后則是宮廷裡的人，天皇非常講究要從哪一個系統產生。

在思考自己內在的時候，許多人或許會察覺到其中存在著對立與糾葛。有時候，這會以簡明易懂的形式呈現，讓人感覺是善人與惡人的對立。善惡對立的結果，採取的行動將依哪一方勝出而全然不同。又或者，我們有時候會因為自己心裡有著從父親系統那裡獲得的，也有從母親系統那裡獲得的內容而感覺到對立。心中的對立太過強烈時，就會發生「分裂」的危機。這是無論如何也避免不了的。「對立物的合一」，對人類而言是永遠的課題。

《追溯自身身世的公主》中不只是我身姬，之後出現的公主們也都在「追溯自身身世」的生命歷程中，發展出消除宮廷與攝政關白家族之間對立的情節，最後迎來精采的結局。

宮廷系統的右大臣（宮之中將）與後涼殿中宮私通生下的A公主[5]，也是「追溯自身身世」的公主之一，她之後幸運地進了東宮。在她的裳著儀式上，攝政關白家族系統的左大臣（殿之中將）擔任腰結[6]的角色。兩人親密交談，發現兩個人在雙重意義上是兄妹關係。在故事情節發展的過程中，宮廷與攝政關白家族的血緣逐漸混同，如同在右大臣與左大臣的關係上可以看到的，兩家的對立消失，完全融合，故事在這裡畫下句點。因此，我們可以說，這個族譜呈現出了所有對立是如何消失的整個過程。

2 私通

這一節終於要開始論述有關於本章標題的內容，也就是在上述的故事情節發展中，被認為占有最重要角色的——「私通」。這部物語敘述了兩個主題，無論是「追溯自身身世」的主題或是「對立物的合一」的主題，如果拿掉「私通」，故事就完全說不下去了。

看看族譜，我們可以知道其中有五對私通關係（圖九）。讓我們依順序看下去。

首先，第一，是關白與皇后的私通，結果誕生了我身姬。這可以說正是故事的開頭，說這部漫長的物語是從這個私通事件產生的也不為過。我身姬在物語的一開始，以一個孤獨無知的公主的角色登場，從此展開了「追溯自身身世」的故事。不過，說起來這私通本來就是宮廷的女性（皇后）與攝政家族的男性（關白）之間的關係，我們也可以說這樣的開場早就已經顯示出故事收尾的方向。

接著發生的私通，是在三位中將和女三宮之間。因為女三宮是和三位中將官拜關白的父親結婚，因此他們的私通關係是攝政家族與宮廷的相互靠攏。這裡如果沒有發生這個私通關係，關白與女三宮之間或許不會有孩子吧。私通的結果生下了後涼殿中宮，她在表面上被當做是關白的女兒，在兩個系統的融合上扮演了重大的角色。

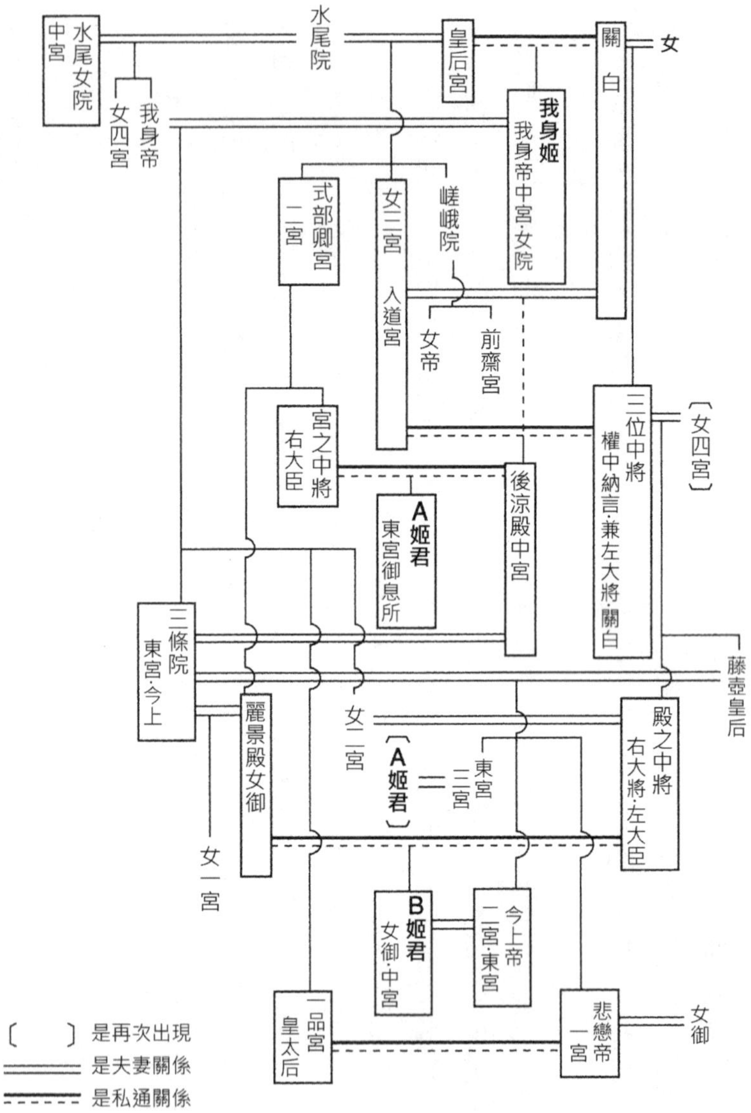

圖九　《追溯自身身世的公主》中的「私通」關係

第三對私通關係，是在由第二對私通關係生下的後涼殿中宮與宮之中將之間發生的。後涼殿中宮對天皇（三條院）一往情深，然而宮之中將卻乘轉瞬之隙悄悄潛入後涼殿得手。結果又誕生了另外一位「追溯自身身世」的公主，也就是A公主。這位A公主在嫁入東宮的時候，融合了宮廷與攝政關白家族，如前文所述。

第四對私通關係，發生在麗景殿女御與殿之中將（當時的右大將）之間。這兩個人的關係後來也一直持續，不過麗景殿女御這邊漸漸趨冷淡。這兩個人所生的B公主也踏上了與「我身姬」相同的命運。一開始，麗景殿女御是以熟人女兒的名目收養她的，後來殿之中將（已經升官為左大臣）將她收養，她之後也成為女御、中宮。事實上，前文中提到的A公主嫁入東宮，是在這之後才發生的事情。

如同以上所述，透過私通關係，宮廷與攝政關白家族的血脈混合，完成了兩個家族之間的融合。而在這個過程中，從每一個關係中誕生的「追溯自身身世」的公主也都踏上幸福之路。這樣說來，「私通」感覺好像是萬歲萬萬歲的事情，不過作者周到地在第五章的私通故事中指出，事情並不必然是這麼一回事。

A公主、B公主的丈夫——東宮，同時也是今上帝的兄長，名為悲戀帝。悲戀帝是我身姬的孫子。他雖然娶進了女御，卻沒有更進一步的意願。在這個時候，他見到了我身姬的女兒一品宮，並陷入情網。可是，一品宮比他年長，又已經是皇太后的身分，結婚是不可能的事。即便如此，悲戀帝還是潛入了一品宮的住處得逞。一品宮沒有臉活著去見母女院（我身姬），下定決心絕食。結果，一品宮死亡，悲戀帝聽見她的死訊也立刻就斷了氣息。這段關係和過去的私通不同，完全是一場悲劇。這是為什麼呢？

首先，私通畢竟是惡。只不過，依著惡所帶有的自相矛盾（paradoxical）性質，任誰的身上都會發生出乎意料之外的善的情況。在《追溯自身身世的公主》的故事中，私通人物的行動倚仗的是情欲的力量。事情發生的時候，應該沒有任何一個人是以融合攝政關白與宮廷兩個家族為「目的」而採取行動的。這兩個家族的融合，是這些行為不斷累積所造成的結果。因此，無論結果如何，都不能正當化私通的行為。

私通還有另外一個問題，無論是男性還是女性，私通有的是憑著相戀相愛的關係而發生的，有的則完全是一廂情願。在平安時代，男女關係最初多半是以「男性的侵犯」這樣的形式成立，因此，私通對女性來說，有時候也會造成嚴重的傷害。一品宮是這樣表達她遭到悲戀帝侵犯時的心情的：「啊，真叫人難受。所有的一切都讓我領悟到，沒有比生為女兒身更不吉利的事情。」這句話非常清楚地道出，無論對象是什麼樣的男性，她都無法原諒的心情。

作者如此清楚地描寫私通所帶有的負面面向，即使是從故事的整體架構來看，都讓我覺得很了不起。我認為，作者藉由最後的私通事件，說出了兩件事情，其一是，不因為結果是好的，就肯定私通的正當性；其二則是，不能忘了這樣的行為所造成的「悲傷」。

3 《理查三世》

因為提到了對立的兩個家族逐漸融合，我想起了莎士比亞的《理查三世》（*Richard III*）。在松岡和子翻譯、筑摩文庫出版的日文譯本的最後，一樣有著族譜圖。這個圖裡也放進了莎士比亞在《理查三世》之前所寫的《亨利六世》（*Henry VI*）三部曲中的所有登場人物。從愛德華三世到亨利八世為止，從年代來看，也經歷了相當長的歲月，因此故事人物遠比《追溯自身身世的公主》要多。這部作品總而言之，也是蘭開斯特家族（House of Lancaster）與約克家族（House of York）兩個家族在徹底的反目之後，到頭來終於融合的故事。如果和《追溯自身身世的公主》相互比較，相對於日本物語中的關鍵字是「私通」，《理查三世》的關鍵字則是「殺人」。

理查三世為了得到權力寶座，接二連三地殺人。這個故事的情況也和《追溯自身身世的公主》一樣，他所企望的原本是完全不同的目標，然而殺人殺到最後，結果卻是蘭開斯特家族與約克家族以兩家講和的形式合為一體。

情欲與權力，可以說是人類的兩大欲望。佛洛伊德將焦點放在情欲，阿德勒則認為「對於權力的企圖」才是人類最根本的欲求。依據阿德勒的說法，情欲到最後也是被當做用來獲得權力的道具。理查三世對安（Anne Neville）的追求，可以說是典型。他並不愛她，只是因為自己在掌握權力、成為君王時所必須，所以才向她求愛，娶她為妻。打從一開始，他就打算如果不再需要她就離棄她。這和《追溯自身身世的公主》中陷入愛情之後就不在乎自己帝王的地位，對戀情勇往直前的悲戀帝是很好的對照。

在《理查三世》中，到了戲劇的結尾，過去被他直接、間接殺害的十一個人的幽靈一一出現在他面前。這下子就算冷血如理查三世也心神狂亂。而如同幽靈們所期望的，他在和里奇蒙（Richmond）的戰鬥中失利喪命。理查三世一再殺戮，不把殺人當一回事，以為所有的事情都會順心如意，卻在獲得王位之後不久便邁向死亡。此時，約克和蘭開斯特兩個家族融合為一體，然而這與理查三世的意圖卻是完全無關的。

里奇蒙的勝利宣言是這樣說的：

> 我國人顛沛連年，國土上瘡痍滿目；兄弟鬩牆，闖下流血慘禍，為父者在一怒之間殺死親生之子，為子者也毫無顧忌，揮刀弒父；凡此種種，使得約克與蘭開斯特兩王族彼此叛離，世代結下深仇，而今兩家王室的正統後嗣，里奇蒙與伊莉莎白，憑著神旨，互聯姻緣。[7]

就像這樣，約克和蘭開斯特兩個家族到最後圓滿融合了，不過這和日本的物語兩相比較之下，可以看出其間異常明顯的差異。相對於私通有著「連結」的功能，殺人則有著「切斷」的功能。透過暗中反覆地「連結」來謀求融合，和公然地或是暗地裡反覆進行「切斷」，到最後眼中釘消失，統合完成，這兩者顯示出顯著的對比。

私通與殺人的「惡」推動著故事的進展，相關人物一心只在乎自身欲望的實現，然而結果卻產生了融合或是統合的結果，這是他們始料未及的，這一點，東西相通。此外，在故事的最後，惡的具體實現者——理查三世被殺，而在日本的物語中，則是透過悲戀帝的故事，訴說伴隨著私通行為而來的深切悲傷，這兩者的架構給人相似的感受。

4 恨的故事

關於推動情節發展的「惡」，還有一則值得舉出來做比較的故事。我過去對於鄰近韓國的故事並不知曉，最近因為日本國文學者、朝鮮文學者梅山秀幸出版了《朝鮮宮廷女流小說集：恨之物語》[8]才有機會一讀。在這本小說集中，收錄了〈癸丑日記（上‧下）〉、〈仁顯王后傳〉、〈閑中錄〉三部作品，每部作品的作者都是女性，作品成書在十六到十七世紀之間。關於作品的詳細介紹，請讀者參考上述書中〈解說〉一文，在此僅簡單敘述有關於我們主題的內容。

舉〈癸丑日記（上‧下）〉為例，請見族譜圖（圖十）。李朝十四代的宣祖大王駕崩，產生了誰來繼位的問題。宣祖大王的次男光海君謀略策劃，成了第十五代君王。在這部作品中的光海君正是「反派角色」，不斷地殺人、行為淫亂。他對權力的意圖極為強烈，完全不排斥為獲取權力犯下惡行。這個反派角色的樣貌雖然與理查三世有相似之處，作品的目的卻是全然不同的。

這整部作品從頭到尾在敘事上的著力之處，在於光海君徹徹底底地迫害他的非親生母親仁穆王后金氏，以及王后的一再隱忍。這些迫害是因為有人向光海君進了無謂的讒言，因為這樣的讒言，光海君一次又一次迫害王后。故事的描述，讓人不禁覺得怎麼連這樣的事情也做得出來，太過分了吧，而故事裡也詳細描寫了王后以及她身邊的人對於這些迫害的哀嘆。

最後，憑藉著十六代君王仁祖的力量，終於打開了仁穆王后被長久幽閉的大門，有了圓滿的結局。這如果是西方的故事，應該會把著力點放在仁祖是如何打敗光海君，也會描寫一再隱忍的王后得以復辟的喜悅。然而這部物語一以貫之的，是帶動劇情發展的惡，也就是一個接著一個的讒言，沒有任何對於這些讒言的抗辯，只有王后不斷悲傷嘆息的描寫。在這裡，可以看到故事的主題——恨。

我沒有把握自己能夠理解他國文化到什麼樣的程

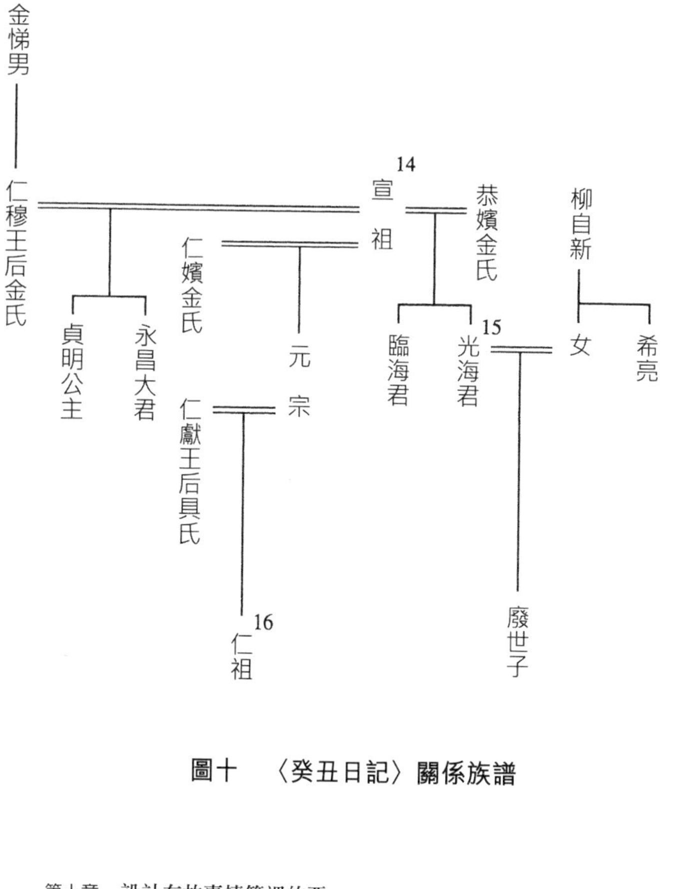

圖十　〈癸丑日記〉關係族譜

度，然而不只是上述故事，在大致讀過其他兩則故事之後，我感覺其中所謂的「恨」，遠遠超過日本人一般所以為的「怨」，已經是超個人的情感。我可以感受到恨被視為人類存在這世間的本質，它的表現雖然強烈，卻居然伴隨著美感。生成恨的力量雖然是惡的、醜陋的，恨本身卻是深切而淒美的。

讀了這部出自女性作者之手的《朝鮮宮廷女流小說集》，我感覺到「恨」和日本的物語中所訴說的「物之哀」有著某種共通的因子——「悲傷」，這樣的情感蘊藏在心裡就是「怨」，向外則成了「恨」，而無論是「怨」還是「恨」，都讓人感覺是「美」的。

5 原罪與原悲

如果和西方——應該說是基督教文化圈——的人談話，你會感覺到對他們來說「原罪」（original sin）是何等地重要。這用「原」這個字來表現，恰如其分，他們的話裡會傳達出一種，總之只要你生而為人，就必須一直背負著的感覺。在本章中只提到日本和韓國的故事，姑且不論這些故事的內容能夠擴及東方到什麼程度，我想，共通於日韓兩國，並與西方的「原罪」相呼應的，是「原悲」（original sorrow），那是存在於人類生存根源的「悲傷」。在故事中，當我們要敘述關於原罪或是原悲的時候，會設計某種「惡」的情節，使這些原罪或是原悲浮現。故事情節隨著這樣的設計發展。在這個過程中，藉由超越人類個人智慧的「神的感召」或是「事情的演變趨勢」，原罪或是原悲會在該平息的時候平息。在這裡，有意思的是，對於「原罪」，我們會看見人物採取行動，想辦法疏遠或是贖罪。然而對於「原悲」，人物所採取的行動，卻反而好像是要想辦法沉浸其中。這一點讓人感覺到東西方的相異之處。

這是我在其他文章中已經論述過的內容[9]，基督教傳來日本，在之後的鎮壓中，隱藏的基督徒倖存，經由口傳流傳下來的《聖經》內容改變了樣貌，「原罪」的內容消失。依據隱藏的基督徒的口傳，亞當與夏娃吃了禁忌之果，被上帝宣判流放到樂園。在那裡，他們想辦法向上帝祈求，希望有一天能夠回去，而上帝應允了。亞當和夏娃獲得原諒，原罪消失。閱讀之後的故事走向，我們會感覺到故事把「原罪」轉換成為了「原悲」。

如此思考起來，會感覺本書中所提及的每一則日本物語都帶有「原悲」的主題。本節是舉韓國的情形為例，不過，像這樣以「原悲」來理解故事，除了針對日本的物語，在思考其他文化的故事時又有著多大程度的意義，我想將會是今後探討的課題。

註釋

1 原註：今井源衛、春秋會《追溯自身身世的公主》（『我身にたどる姫君』）全七卷，櫻楓社，一九八三年。

2 原註：德滿澄雄〈解題　關於《追溯自身身世的公主》〉（「解題『我身にたどる姫君』について」）《追溯自身身世的公主物語全註解》（『我身にたどる姫君物語全註解』）有精堂，一九八〇年。

3 原註：Flora Rhea Schreiberie 著，日譯本由卷正平翻譯《芙蘿拉．西碧爾（在我身體裡的十六個人）》（『シビル〈私のなかの十六人〉』）早川書房、一九七四年。中文版《變身女郎——西碧兒和她的十六個人格》（*Sybil: The Classic True Story of a Woman Possessed by Sixteen Separate Personalities*），野鵝出版。

4 譯註：中宮是與皇后差不多同等身分的后妃。

5 原註：圖九，此圖依據平林文雄編著《追溯自身身世的公主》（『我身にたどる姫君』）笠間書院，一九八四年，製作而成。

6 譯註：古代女子的成年儀式過程中，會由一位德高望重之人替主角繫上腰帶。

7 譯註：以上譯文引用朱生豪譯《理查三世》，國家出版社，二〇一二年。惟原文中兩人物名，譯為「里士滿」與「伊利莎伯」。

8 原註：『朝鮮宮廷女流小説集　恨のものがたり』總和社，二〇〇一年。

9 原註：河合隼雄《物語與人類科學》（『物語と人間の科学』）岩波書店，一九九三年（《心的最後一堂課》（『こころの最終講義』）新潮文庫，二〇一三年）。

後記

日本的物語真的很有趣。在這麼久遠的時代，擁有如此多的物語，我認為日本人是可以引以自豪的。再加上如同本文中所論述的，從中可以找出許多可供我們現代人生存上參考的線索。這麼棒的東西，不讀真的是可惜了。

我在擔任日本中央教育審議會委員的時候，曾經邀請唐納德·基恩先生[1]請教他的意見。他表示，日本的古典文學實在有趣，然而學校在教的時候，卻太過於注重文法，很多指導方式都忽視了文學的趣味，因此，討厭古典文學的人愈來愈多，實在遺憾。事情的確如此。而且，基恩先生提議，為了讓學生可以實際感受趣味，可以試著讓他們大量閱讀現代日文譯本，待他們產生興趣之後，再來接觸原文。我覺得這也是一個好辦法。

雖然這麼說，實際上我自己也有很長一段時間是不讀日本的物語的。只是在一個偶然的契機下開始閱讀之後，便被它的魅力吸引而一部接著一部讀下去。而後，我又有幸在季刊雜誌《創造的世界》（『創造の世界』）上提到許多古典作品，並拜託合適的學者、作家與我對談，這實在是非常有趣也令人感激的一件事[2]。

透過這些對談，我獲得了許多見解，本書也是參考這些見解所寫成的。我要向所有與談者致上深深的謝意。

關於本書，不是日本國文學專家的我，為什麼要寫下這樣的書？針對這一點，如同我在第一章中所說明的。當科學技術像現在這麼發達，連人類過去以為不可能的事情都一件接著一件實現，我們一不小心就容易陷入科技萬能的思維裡。在人類的實際生活中，需要與上述觀點不同的思維，而「故事」在這一點上就變得非常重要。人類在自己的生涯中都活在每個人特有的「故事」裡。這麼一想，閱讀日本的古代故事就和現代生活有了連結。

說到現代，任誰都會聯想到全球化吧。全球化的力道非常強烈，可是如果因此就把整個地球統一化，那也非常愚蠢。日本必須要活在日本固有的文化之中，而這固有的文化，同時又必須與世界共通的普世價值接軌。獨善其身不但無法生存，在隨便就主張獨立性的過程中，也會被全球化的浪潮所吞噬。

為了避免發生這樣的情形，我們必須要了解日本人的特性，並與其他的文化相互比較、探討。本書也在一定程度上做了這樣的嘗試，而今後我也將持續進行這樣的工作。

關於《源氏物語》，近期我將前往美國在波莫納學院[3]與《紫式部物語》（*Tale of Murasaki*）的作者莉莎．戴爾比（Liza Dalby）進行專題研討，我非常期待。關於「物語」的國際性、學術性的研究，今後應該會愈來愈盛行吧。

本書幾乎所有的內容都曾經連載於《創造的世界》，連載期間以及整理成書出版之際，我受到小學館京都編輯室的前芝茂人、森岡美惠兩位特別的關照，在此謹致上深厚的謝忱。

二〇〇一年十月　河合俊雄

（自二〇〇二年初版）

註釋

1 譯註：Donald Keene，美國日本學學者、日本文學文化翻譯家，二〇一一年日本大地震之後，自美國哥倫比亞大學退休，遷居日本並歸化日本國籍。

2 原註：這些對談收錄在《談物語中的故事》（『物語をものがたる』）系列（全三卷，小學館刊行）中。

3 譯註：Pomona College，位於美國加州的文理學院。

〔解說〕

串聯起所有一切

小川洋子（日本作家）

什麼是好小說？當我面對這個簡單到不行卻又非常困難的問題感到進退兩難時，河合老師關於物語的幾句話讓我有了領悟。

故事中的「もの」不只代表了物質，更代表了人類的心，甚至超越人類內心，觸及靈魂層次……故事是從想要為某些事物「建立關係」的意圖中產生的……連結心和身體的「靈魂」所說的話就是故事……故事牽起了自己與他人、人類與動物或物品、生者與死者、自己心中的意識與無意識之間的關係，像這樣透過在無限延展的網絡中找到自己的定位，人類便得以安心地生，安心地死……。

當我面對剛開始提筆寫作的作品，衝撞種種不同的局面時，這一個個的解釋，從意料之外的方向，向我投射出光芒。於是我可以對自己說，身為作家，無論我想要往前挖掘的世界有多麼混沌，都不需要膽怯。因為我想要推敲出那些只能藉由書寫實際感受的，某種東西與某種東西之間的關聯，因此在過程中遇到黑暗是理所當然的。在穿越黑暗之後，存在在彼端的不是與現實隔絕的孤島，而是生活在現實中人類的，寬廣心靈的一部分。

河合老師重視臨床心理學與故事二者的連結，他在故事中找出了「建立關係」的這項特性是非常有意思的。老師在臨床心理學與故事之間設置了通道，彷彿是要消滅界線，好讓故事可以在明顯看來正相反的生死、善惡之間輕易往返。他在需要客觀證明的島嶼，以及允許主觀且含糊的島嶼之間架上了彩虹，為兩邊的風景賦予了深度。

更有趣的是，他並不一定把故事往他專門的臨床心理學拉攏，而是慎重地維持著不偏袒任何一方的中間立場。故事與臨床心理學公平地拿著透明的鏡子，相互映照、反射，最後散發出透亮到人類心底的光芒。

因為是彩虹通道，所以雖然說是連結，卻也不是膚淺的因果關係。倒不如說從中產生的，是從因果關係解放出來的，自由的往來。本書關於轉世輪迴的論述中寫著，「心裡要真正地接受，必須要超越理性上因果的掌握，去經歷讓自己整個人都認同『就是這樣』的體驗」。我也一邊來回走在河合老師架設的彩虹橋上，一邊看著自己書寫小說的背影點頭稱是：「這樣啊，原來是這麼一回事啊。」我無法以言語解釋「這麼一回事」是怎麼一回事，卻一樣能夠深深認同。

本書從《竹取物語》開始寫起，將王朝時代的物語從種種不同的斷面加以解讀。首先我注意到的是，河合老師指出這個時代的物語中，幾乎看不到殺人的情節。人類基本欲望之一的權力欲望，衍生出殺人行為。殺人可以大大地撼動整部故事，然而王朝時代即使沒有描寫這股具戲劇性力量的衝撞，一樣創造出了豐富的物語群。河合老師透過《宇津保物語》、《落窪物語》、《源氏物語》等作品來考察這不可思議之處。

日本人的美學意識，是盡可能避免直接的爭端，比起為了勝利而努力，日本人更重視努力維持顏面。因此，為求勝利不擇手段的人物，被塑造成為「反派角色」，而遵循遁世美學的那一方，則被視為「正派」。即使情況不致嚴重到殺人的程度，在比較日常的會話當中，日本人也不明說心裡真正的想法，而是委婉地讓對方領會，避免對立。這樣的感覺，有時候會描繪出從血肉橫飛的殺人情節中不經意流露出來的，更為複雜細微的人類心理。

本書中提到的一個例子，也就是《落窪物語》中，事情不經過戰鬥就得到解決的情節，令我過目難忘。落窪之君被繼母霸凌，關進倉庫小屋。因為繼母的陰謀，她差一點被名為典藥助的老人侵犯。拯救這一場危機的，不是長相俊美身強體壯的貴公子，而是典藥助腹瀉的自然現象。深夜，老人興高采烈地來到倉庫，倉庫門卻因為撐桿從內側抵住而打不開，老人想盡辦法，一番苦鬥之後，卻因為寒冷導致腸胃不適，結果令他終無所獲。

在這裡，我不禁想起谷崎潤一郎[1]的《細雪》，故事最後是結束在雪子腹瀉的情節裡，我覺得這並不算是牛頭不對馬嘴的聯想。四姊妹在大阪船場的娘家家道漸漸中落之後，卻也不勉強與命運對抗。她們重視每年依慣例舉行的家族活動，而不看重紛紛擾擾的不平常。書中描寫了雪子的身體不適，象徵著威脅四姊妹日常生活的戰爭陰影。戰爭是糾紛的極致，藉由將戰爭置換成身體不適這不可逆的現象，讓人感覺彷彿暗示著四姊妹今後將如何面對困難重重的生活。

如果當事人相互衝撞，落窪之君對戰老人，繼母對戰落窪之君，孰優孰劣，當然一目瞭然。

可是如果故事情節發展到殺人的程度，就會陷入無可挽回的局勢裡。為了讓故事可以結束在沒有人輸的、模稜兩可的狀態之中，就需要某種超越人類的東西。因為超越了人類，故事在這個時候便超越了作者的才能，將讀者帶到連作者都不曾想像的地方。

站在作家的立場，這是不是意味著，好的作品並不是從我們自己的腦細胞創造出來的，而是發生在我們的身體之外呢？不過，即便如此也無所謂，因為就算是寫作者，也會想要和讀者一起降落在文字邏輯到不了的遙遠之地看看。

另外，如果把發生在老人身上的自然現象替換成其他說法，「偶然」一詞是最吻合的。河合老師以個案自力痊癒為契機，在書中論述偶然的重要性。發生了一件「湊巧得不得了」的事情。那事情或許是很久以前就已經發生的，但問題在於當事人有沒有察覺。當他終於確實接收到這個訊息之時，他對現實的看法才會有所不同。

偶然和故事以強烈的緣分結合在一起，有時候讀著小說，我會覺得「這麼偶然的偶然是不可能發生的」，而這樣的作品在某個部分果然就是假的。當然，要為故事下定義是困難的，然而事情的真假卻是一目瞭然到殘酷的程度。無論人類建立再如何嚴密的計畫，並且依照計畫行動，都絕對躲不過偶然。偶然，會下雨、會生病、電車也會延誤。在我們活著的這個世界上，其實沒有任何一件事是可以盡如己意的，然而方便起見，我們卻陷入幻想，以為我們可以控制一切。我們能夠在不為幻想所惑的情況下，汲取出多少世界的原有樣貌，豐富到什麼樣的程度？這與故事誕生的根本息息相關。因為真正的故事不是荒誕無稽，反而是依循著現實的。

思及偶然，極其自然地讓我聯想到，那麼，應該要在這偶然的支配當中發揮出來的自我，指的又是什麼呢？書中提到的《追溯自身身世的公主》這部作品，是一部歷經數代反覆提問「我是誰」的故事。多麼獨特啊！自我的確立，在文學上是一個大哉問，這部作品不在單一個人內心解決這個疑問，而是巧妙地穿越好幾代。它不把個人的輪廓當做是絕對堅固的，而是緩緩地拉寬它的界線，這裡也充分展現出日本傳統故事的有趣之處。

……物語發想的起點不在於「個人」，而是把自己當做是委身在整個「事情的演變趨勢」之中的人物，用這樣的形式來找到主體性……而「我」，不也讓人感覺是偉大的演變趨勢中極小的一部分嗎？

河合老師針對《追溯自身身世的公主》所寫下的這段文字，不多不少與因為「湊巧得不得了」的事情而痊癒的個案的形象重疊。

另外，我非常想談談以琴的傳承的觀點來解讀《宇津保物語》的第四章。和偶然一樣，音樂既是故事的一部分，也是故事的本質。

人為了得到真正的內心平安，就必須與靈魂產生連結。靈魂的運作無法以人類的心理輕易推敲得知，不過把它當做是傳達到心靈的「聲音」，尤其是「音樂」，是非常恰當的。

如果把靈魂說的話當做是故事，把這些話載送到心裡的船，或許就是聲音、音樂也不一定。無論是《小熊維尼》、《柳林中的風聲》[2]、《長襪皮皮》[3]，原本都是從作者即興說給自己孩子聽的故事裡誕生的。孩子們躺在床上聽故事，意識游移在清醒和入睡的世界之間，他們把自己的心放在故事裡多麼深的地方啊？我甚至要擔心他們會不會再也回不來了。當故事連結意識與無意識、內心與身體、現實與夢境，創造出連續不斷的循環，在這個瞬間，聲音是不可或缺的。當我們想像故事的原點之時，那裡一定有聲音在作響。

後記中有一段話：

人類在自己的生涯中，都活在每個人特有的「故事」裡。

這句話我細細咀嚼了好幾次。我與河合老師的對談內容整理出版，是在老師仙逝之後，書名正是《活著，就是創造自己的故事》[4]。我想再次感謝河合老師，他讓我懂得故事是在多麼深刻的地方與人生產生交集。

在所有的生物之中，為什麼只有人類獲得語言，並且能夠運用語言持續創造出故事？面對這個問題，等於就是在思考人類到底是什麼。而且不是人類整體，而是有名字的個人，一個一個的人。河合老師追溯故事的歷史，探索一座座作品之森，汲取出恐怕連作者自己都不曾意識到的祕密。追尋老師探索的腳步，我發覺自己的人生並未被困在現實之間，而是與故事寬廣的水脈相互連結。我一邊傾聽這水聲，一邊實際感受到我活在自己的故事裡，覺得好安心。

註釋

1　編註：知名日本作家，作品藝術性高，曾數度被提名諾貝爾文學獎，晚年致力於《源氏物語》的現代語翻譯。著名作品有《春琴抄》、《細雪》、《陰翳禮讚》等。

2　譯註：*The Wind in the Willows*，經典兒童文學作品，英國小說家肯尼斯．葛拉姆（Kenneth Grahame）的代表作。

3　譯註：瑞典兒童文學作品，作者為阿斯特麗德．林格倫（Astrid Lindgren）。

4　原註：『生きるとは、自分の物語をつくること』新潮社，二〇〇八年（新潮文庫，二〇一一年），中文譯本由時報出版，二〇一三年。

「故事與日本人的心」選輯

發刊詞

岩波現代文庫最早發行的河合隼雄選輯，是包含《榮格心理學入門》（『ユング心理学入門』）與《佛教與心理治療藝術》（『ユング心理学と仏教』）等等在內的「心理治療」系列。對於以心理治療為專業的河合隼雄來說，這樣的選擇應該是非常適合的。接下來的「孩子與幻想」系列，也考慮到河合隼雄最主要的工作與孩子有關，同時，「幻想」也是榮格心理學中重要的概念。然而在從事心理治療工作的基礎上，河合隼雄達到了自己思想的根本，而這根本的關鍵字就是「故事」。因此，該系列收錄了《日本人的傳說與心靈》和《神話與日本人的心》等主要著作。

在心理治療中，治療師傾聽患者所敘述的故事。但是河合隼雄之所以重視「故事」，其意義不止於此；因為河合隼雄在心理治療中最關心的，是存在於個人內在的 realization 之傾向。這裡刻意使用了 realization 這個英文字，是因為它同時具有「實現某種事物」與「知道、理解某種事物」雙方面的意義。而就像故事有其劇情，能在「理解的同時逐漸實現」的，就是「故事」，不

是別的。正因為如此，故事非常重要。故事究竟是什麼？在河合隼雄人生的最後，他和小川洋子對談的標題「活著，就是創造自己的故事」（生きるとは、自分の物語を作ること），如實地呈現了這個問題。

故事在河合隼雄的人生中，具有重要的意義。首先，河合隼雄從小生長在豐富的大自然環境之中，但他很喜歡看書，特別是故事書。有趣的是，他喜歡閱讀故事，卻對所謂的文學感到格格不入。雖然小時候、年輕的時候，吸引他的都是西洋的故事，這套選輯卻如標題「物語與日本人的心」所示，主要探討的是日本的故事。戰爭的經驗，使他厭惡日本的故事與神話，但後來他之所以不得不面對它們，和他經由夢等等分析自身的經驗有關。在日本從事心理治療工作的經驗，迫使他認識到日本故事的重要性——對日本人的心來說，日本的故事就像來自遠古的歷史沉積。這樣的認識，促使他完成了許多關於日本故事的著作。

這套選輯中的《日本人的傳說與心靈【決定版】》，是透過民間故事分析日本人心靈的作品。在那之前，河合隼雄一直扮演的，是將西方的榮格心理學介紹給日本的角色。一九八二年他以這部作品，首次向世界提出自己獨創一格的心理學，不但得到大佛次郎獎，更可以說讓河合隼雄超越了心理學的領域，獲得了屹立不搖的名聲。和這本書比肩的是《神話與日本人的心》。這部作品的原型是他一九六五年取得榮格派分析家資格時，以英文撰寫的論文；經過將近四十年的醞釀發酵，再加上「中空結構論」與「蛭子神論」[1]，於二〇〇三年，七十五歲的時候執筆而成。以某種意義來說，這是他集大成的作品。關注故事的過程中，河合隼雄注意到中世，特別是中世的物語文學，對日本人心靈的重要性，於是他開始致力在這方面。《源氏物語與日本人》以及探討《宇津保物語》、《落窪物語》等中世物語文學的《活在故事裡：現在即是過去，過去即是現在》，就出自這樣的脈絡。

相對地，《民間故事啟示錄》（『昔話と現代』）與《神話心理學》（『神話の心理学』）則把焦點放在故事的現代性。收錄在「心理治療」系列中的《生與死的接點》（『生と死の接点』），因為篇幅的關係，將第二部分的〈民間故事與現代〉獨立出來，再加上探討「片子」[2]的故事（河合隼雄認為它承繼了姪子神的傳說）的一章做為壓卷，就構成了《民間故事啟示錄》一書。《神話心理學》原本連載於雜誌《思考者》（『考える人』），如原先的標題「眾神的處方箋」所示，聚焦在人類心靈的理解，以之解讀各式各樣的神話。

這個選輯，幾乎網羅了河合隼雄關於故事的大部分作品。未能收錄在這個系列的重要作品，大概還有《換身物語、男與女》、《解讀日本人的心：走入夢、神話、故事的深層》（『日本人の心を解く：夢・神話・物語の深層へ』，岩波現代全書）、《故事的智慧》（『おはなしの智慧』，朝日新聞出版）等等，還希望讀者能夠互相參照閱讀。

藉著這個出版的機會，我要向同意出讓版權的小學館、講談社、大和書房，以及當時負責這幾本書的猪俣久子女士、古屋信吾先生致謝。還有在百忙之中慨允為各書撰寫解說的各位、擔任企劃、校閱的岩波書店的中西澤子女士，以及前總編輯佐藤司先生，致上深厚的謝意。

（林暉鈞譯）

二〇一六年四月吉日
河合俊雄

註釋

1 譯註：根據《古事記》記載，「蛭子神」（ヒルコ）是創造日本的神祇伊邪那岐、伊邪那美之間所生的第一個孩子。因為身體畸形殘缺，被放在蘆葦編成的船上，丟棄到海上漂流。

2 譯註：「片子」是日本各地自古相傳的民間故事中，鬼與人類之間生下來的、半人半鬼的孩子。片子從鬼島回到日本後，生活困難，在大多數故事的結局中，最後自殺了。

〔附錄〕
延伸閱讀

- 《源氏物語與日本人：女性覺醒的故事》（2018），河合隼雄，心靈工坊。
- 《神話心理學：來自眾神的處方箋》（2018），河合隼雄，心靈工坊。
- 《民間故事啟示錄：解讀現代人的心理課題》（2018），河合隼雄，心靈工坊。
- 《閱讀奇幻文學：喚醒內心的奇想世界》（2017），河合隼雄，心靈工坊。
- 《故事裡的不可思議：體驗兒童文學的神奇魔力》（2016），河合隼雄，心靈工坊。
- 《靈魂密碼：活出個人天賦，實現生命藍圖》（2015），詹姆斯．希爾曼（James Hillman），心靈工坊。
- 《高山寺的夢僧：明惠法師的夢境探索之旅》（2013），河合隼雄，心靈工坊。
- 《榮格心理治療》（2011），瑪麗-路薏絲．馮．法蘭茲（Marie-Louise von Franz），心靈工坊。
- 《日本人的傳說與心靈》（2004），河合隼雄，心靈工坊。
- 《佛教與心理治療藝術》（2004），河合隼雄，心靈工坊。

- 《日本昔話詞彙之研究》（2014），林立萍，國立臺灣大學出版中心。
- 《活著，就是創造自己的故事》（2013），小川洋子、河合隼雄，時報。
- 《落窪物語：姬君的流離》（2012），豐子愷譯，遠足文化。
- 《竹取物語：輝夜姬傳奇》（2012），豐子愷譯，遠足文化。
- 《伊勢物語：在五中將的日記》（2012），豐子愷譯，遠足文化。
- 《理查三世》（2012），威廉・莎士比亞（William Shakespeare），國家出版社。
- 《發現無意識（一）~（四）》（2003），艾倫・伯格（Henri Frédéric Ellenberger），遠流出版。
- 《源氏物語（上・中・下）》（2001），紫式部，豐子愷譯，木馬文化。
- 《前世今生——生命輪迴的前世療法（新版）》（2000），布萊恩・魏斯，張老師文化。
- 《變身女郎——西碧兒和她的十六個人格》（2000），弗羅拉・麗塔・史萊柏（Flora Rheta Schreiber），野鵝出版。
- 《源氏物語（一）～（四）》（2000）紫式部，林文月譯，洪範。

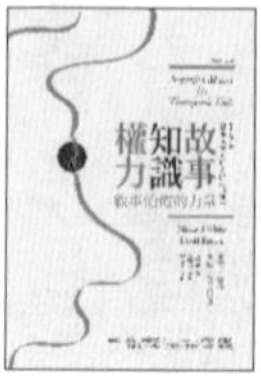

故事・知識・權力【敘事治療的力量】（全新修訂版）

作者：麥克・懷特、大衛・艾普斯頓　審閱：吳熙琄　譯者：廖世德　校訂：曾立芳　定價：360元

一九八〇年代，兩位年輕家族治療師懷特與艾普斯頓，嘗試以嶄新思維和手法，克服傳統心理治療的僵化侷限，整理出這名為「敘事治療」的新療法的理論基礎與實作經驗，寫出本書。

故事・解構・再建構

【麥克・懷特敘事治療精選集】

作者：麥克・懷特　譯者：徐曉珮　審閱：吳熙琄　定價：450元

敘事治療最重要的奠基者，麥克・懷特過世後，長年的工作夥伴雪莉・懷特邀請世界各地的敘事治療師推薦心目中懷特最具啟發性的文章，悉心挑選、編輯，集結成本書。

敘事治療三幕劇

【結合實務、訓練與研究】

作者：吉姆・度法、蘿拉・蓓蕊思　譯者：黃素菲　定價：450 元

本書起始為加拿大社會工作者度法與蓓蕊思的研究計畫，他們深受敘事治療大師麥克・懷特啟發，延續其敘事治療理念，並融合後現代思潮，提出許多大膽而創新的觀點。

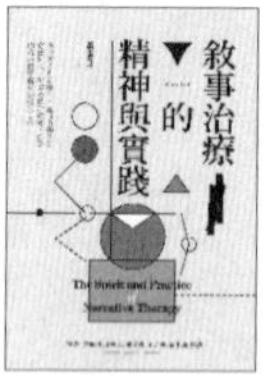

敘事治療的精神與實踐

作者：黃素菲　定價：560 元

本書作者黃素菲教授以15年來深耕敘事心理學研究、教學及實務的經驗，爬梳敘事治療大師們的核心思想，並輔以圖表對照、華人案例及東方佛道思想，說明敘事治療的核心世界觀，讓奠基於西方後現代哲學的敘事理論讀來舉重若輕。

醞釀中的變革

【社會建構的邀請與實踐】

作者：肯尼斯・格根　譯者：許婧　定價：450元

作者站在後現代文化的立場，逐一解構現代文化的核心信念，正反映當代社會的劇烈變革，以及社會科學研究方法論的重大轉向。這本書為我們引進心理學的後現代視野，邀請我們創造一個前景更為光明的世界。

翻轉與重建

【心理治療與社會建構】

作者：席拉・邁可納米、肯尼斯・格根　譯者：宋文里　定價：580 元

對「社會建構」的反思，使心理治療既有的概念疆域得以不斷消解、重建。本書收錄多篇挑戰傳統知識框架之作，一同看見語言體系如何引導和限制現實、思索文化中的故事如何影響人們對生活的解釋。

關係的存有

【超越自我・超越社群】

作者：肯尼斯・格根　譯者：宋文里　定價：800 元

主流觀念認為，主體是自我指向的行動智者，但本書對這個啟蒙時代以降的個人主義傳統提出異議，認為我們必須超越將「個體人」視為知識起點的理論傳統，重新認識「關係」的優先性：從本質上來說，關係才是知識建構的場所。

開放對話・期待對話

【尊重他者當下的他異性】

作者：亞科・賽科羅、湯姆・艾瑞克・昂吉爾　譯者：宋文里　定價：400 元

來自心理學與社會科學領域的兩位芬蘭學者，分別以他們人際工作中長期累積經驗，探討對話的各種可能性及貫徹對話作法的不同方式。這讓本書展開了一個對話精神的世界，邀請我們虔心等候、接待當下在場的他者。

重讀佛洛伊德

作者：佛洛伊德　選文、翻譯、評註：宋文里　定價：420 元

本書選文呈現《佛洛伊德全集》本身「未完成式」的反覆思想鍛鍊過程。本書的精選翻譯不僅帶給我們閱讀佛洛伊德文本的全新經驗，透過宋文里教授的評註與提示，更帶出「未完成式」中可能的「未思」之義，啟發我們思索當代可以如何回應佛洛伊德思想所拋出的重大問題。的醫療難題。

生命轉化的技藝學

作者—余德慧　定價—450 元

本書由余德慧教授在慈濟大學宗教與人文研究所開設之「宗教與自我轉化」的課程紀錄整理而成。藉由《流浪者之歌》、《生命告別之旅》、《凝視太陽》等不同語境文本的閱讀，余教授帶領讀者深入探討改變的機轉如何可能，並反思、觀照我們一己生命脈絡中的種種轉化機緣。

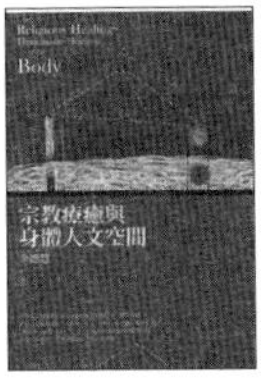

宗教療癒與身體人文空間

作者：余德慧　定價：480元

本書探討並分析不同的修行實踐，包括靜坐、覺照、舞動、夢瑜伽等種種宗教修行的法門，而以最靠近身體的精神層面「身體的人文空間」的觀點去研究各種修行之道的「操作平台」。這本書是余德慧教授畢生對於宗教療癒的體會及思索，呈現其獨特的後現代視域修行觀。

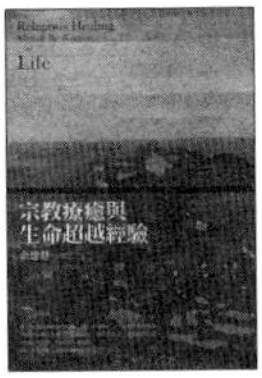

宗教療癒與生命超越經驗

作者：余德慧　定價：360元

余德慧教授對於「療癒」的思索，從早期的詮釋現象心理學，到後來的身體轉向，研究思路幾經轉折，最終是通過法國後現代哲學家德勒茲「純粹內在性」的思想洗禮，發展出獨特的宗教療癒論述。其宗教療癒與生命超越路線，解除教門的教義視野，穿越不同認識論界線，以無目的之目的，激發讀者在解疆域後的遊牧活動，尋找自身的修行療癒之道。

Master 063

活在故事裡：現在即過去，過去即現在

物語を生きる一今は昔、昔は今

作者—河合隼雄　編者—河合俊雄

譯者—洪逸慧

出版者—心靈工坊文化事業股份有限公司
發行人—王浩威　總編輯—王桂花
特約編輯：陳慧淑　責任編輯—林妘嘉
封面設計—羅文岑　內頁排版—李宜芝
通訊地址—10684台北市大安區信義路四段53巷8號2樓
郵政劃撥—19546215　戶名—心靈工坊文化事業股份有限公司
電話—02）2702-9186　傳真—02）2702-9286
Email—service@psygarden.com.tw　網址—www.psygarden.com.tw

製版・印刷—中茂分色製版印刷股份有限公司
總經銷—大和書報圖書股份有限公司
電話—02）8990-2588　傳真—02）2990-1658
通訊地址—248新北市新莊區五工五路二號
初版一刷—2019年2月　ISBN—978-986-357-141-4　定價—420元

"MONOGATARI TO NIHONJIN NO KOKORO" KOREKUSHON
II: MONGATARI O IKIRU: IMA WA MUKASHI, MUKASHI WA IMA
by Hayao Kawai, edited by Toshio Kawai
with commentary by Yoko Ogawa

Originally published in 2016 by Iwanami Shoten, Publishers, Tokyo.
This complex Chinese edition published 2019
by PsyGarden Publishing Co, Taipei
by arrangement with Iwanami Shoten, Publishers, Tokyo

國家圖書館出版品預行編目資料

活在故事裡 / 河合隼雄著 ; 洪逸慧譯. -- 初版. -- 臺北市 : 心靈工坊文化, 2019.02
面； 公分. -- (故事與日本人的心) (Master ; 63)
譯自 : 物語を生きる一今は昔、昔は今

ISBN 978-986-357-141-4(平裝)

1.物語

861.54　108000265

心靈工坊 PsyGarden

書香家族 讀友卡

感謝您購買心靈工坊的叢書，爲了加強對您的服務，請您詳填本卡，
直接投入郵筒（免貼郵票）或傳眞，我們會珍視您的意見，
並提供您最新的活動訊息，共同以書會友，追求身心靈的創意與成長。

書系編號－MA063　　書名－活在故事裡：現在即過去，過去即現在

姓名　　是否已加入書香家族？ □是 □現在加入

電話（公司）　（住家）　手機

E-mail　生日　年　月　日

地址 □□□

服務機構／就讀學校　職稱

您的性別—□1.女 □2.男 □3.其他

婚姻狀況—□1.未婚 □2.已婚 □3.離婚 □4.不婚 □5.同志 □6.喪偶 □7.分居

請問您如何得知這本書？

□1.書店 □2.報章雜誌 □3.廣播電視 □4.親友推介 □5.心靈工坊書訊
□6.廣告DM □7.心靈工坊網站 □8.其他網路媒體 □9.其他

您購買本書的方式？

□1.書店 □2.劃撥郵購 □3.團體訂購 □4.網路訂購 □5.其他

您對本書的意見？

封面設計	□ 1.須再改進	□ 2.尚可	□ 3.滿意	□ 4.非常滿意
版面編排	□ 1.須再改進	□ 2.尚可	□ 3.滿意	□ 4.非常滿意
內容	□ 1.須再改進	□ 2.尚可	□ 3.滿意	□ 4.非常滿意
文筆／翻譯	□ 1.須再改進	□ 2.尚可	□ 3.滿意	□ 4.非常滿意
價格	□ 1.須再改進	□ 2.尚可	□ 3.滿意	□ 4.非常滿意

您對我們有何建議？

□ 本人________（請簽名）同意提供真實姓名/E-mail/地址/電話/年齡/等資料，以作為心靈工坊聯絡/寄貨/加入會員/行銷/會員折扣/等用途，詳細內容請參閱：http://shop.psygarden.com.tw/member_register.asp。

廣　告　回　信
台北郵局登記證
台北廣字第1143號
免　貼　郵　票

心靈工坊 PsyGarden

台北市106 信義路四段53巷8號2樓

讀者服務組　收

免　　貼　　郵　　票

（對折線）

加入心靈工坊書香家族會員
共享知識的盛宴，成長的喜悅

請寄回這張回函卡（免貼郵票），
您就成爲心靈工坊的書香家族會員，您將可以——

⊙隨時收到新書出版和活動訊息

⊙獲得各項回饋和優惠方案